Wenn man sich für politische Kriminalliteratur interessiert, spielt der Blickwinkel des Erzählens eine gewaltige Rolle. Mich als Verlegerin reizen vor allem Personen mit Brüchen und Widersprüchen, mit sozialen Nachteilen und Blessuren, denn ihre Geschichten berühren die wunden Punkte in der Gesellschaft: Versehrte, Pechvögel, Grenzgänger/innen und schräge Gestalten sind in der Normalität schlecht aufgehoben, weil sie nicht recht in die gängige Maschinerie passen. Ihr Blick auf die Welt macht Kriminalliteratur (deren konservative Schiene so affirmativ wirkt) explorativ, öffnet Fenster zu Wirklichkeiten, die in der Heile-Welt-Werbung nicht vorkommen. International ist da viel in Bewegung. Im deutschsprachigen Genre sähe ich gern noch viel mehr solche Erzählstimmen, und Gudrun Lerchbaum erschafft in *Wo Rauch ist* mitreißende Perspektiven von genau dieser Qualität. Olga ist, was ich lässig »eine von uns« nennen möchte: eine skeptische, politisch denkende und handelnde Frau mit bewegter Vergangenheit, eine Kämpferin, deren Widerstandsgeist jedoch mehr und mehr absorbiert wird vom Ringen mit ihrem unkooperativen Körper. Dann ist da Adrian, der Bildungsmensch, der sich ungern aus dem Fenster lehnt, lieber Trost spendet als Beifall für Olgas Polemik und doch irgendwie mit ihr im Bunde sein will. Und eine dritte Stimme, deren hellsichtige Geborstenheit eine zusätzliche produktive Unruhe ins Spiel bringt, eine Verrückung im besten Sinn …

So ist dieser Roman nicht nur ein lebhafter, charmanter Wiener Krimi um Politik, Dünkel und Vorurteil, sondern auch ein Mosaikstein im Ringen um Erzählhoheit und um ein plurales, vielfältiges, inklusives Welt- und Menschenbild in unserer Kultur. Mehr davon!

Else Laudan

Gudrun Lerchbaum wuchs in Wien, Paris und Düsseldorf auf, sammelte Erfahrungen in zahllosen Jobs, u. a. als Lagerarbeiterin, Grafikerin, Kellnerin, Sekretärin, Plakatkleberin und Aktmodell, studierte Architektur und Philosophie. Neben ihrer Arbeit als Architektin zog sie zwei Töchter groß und engagierte sich für geflüchtete Mädchen. Nach *Lügenland* (Pendragon) ist *Wo Rauch ist* ihr zweiter Kriminalroman. Sie lebt in Wien.

GUDRUN LERCHBAUM

Wo Rauch ist

Ariadne 1233
Argument Verlag

Ariadne
Herausgegeben von Else Laudan

Deutsche Originalausgabe

Glashüttenstraße 28, 20357 Hamburg
Telefon 040/4018000 – Fax 040/40180020
www.argument.de
Lektorat: Else Laudan
Umschlag: Martin Grundmann, Hamburg
Motiv: Untitled © Kevin Paul Zilabbo
https://kpaulzilabbo.wordpress.com/
https://world-street.photography/en/KevinPaulZilabbo
Satz: Iris Konopik
Druck und Bindung: CPI books GmbH, Leck
ISBN 978-3-86754-233-3
Erste Auflage 2018

Dieser Roman ist Fiktion. Sämtliche Begebenheiten sind frei erfunden.
Etwaige Namensübereinstimmungen oder Ähnlichkeiten der
Charaktere mit realen Personen sind zufällig.

1

Olga

Sie fuhr ihren Rollstuhl so nah an die Kante des Grabes, dass die Fußrasten über den Abgrund ragten. Ein leichter Druck am Steuerhebel würde ausreichen, um sie zu Can in die Grube zu stürzen. Nie hätte sie gedacht, dass er vor ihr dort landen würde.

»Das unlösbare Rätsel des Todes«, hörte sie den Grabredner sagen, »entbindet uns von der Notwendigkeit, verstehen zu müssen. Lassen wir uns in dieser Stunde vom Unsagbaren berühren. Folgen wir den leisen Stimmen in unserem Inneren.«

Leise Stimmen am Arsch. Ein Geschrei in ihr, ein Klirren und Scheppern wie bei einer Massenkarambolage. Und das Herz so schwer, als wollte es sie samt Rollstuhl hinabziehen in das ausgehobene Rechteck zu ihren Füßen. Kein Loskommen von dem Kerl, der dort unten lag. Nicht durch Scheidung. Nicht einmal im Tod.

Eine Schneeflocke schwankte vor ihren Augen im böigen Wind. Ein Raumschiff, das von seinem Heimatort jenseits der Wolken aufgebrochen war, die Erde zu erobern. Und jetzt diese Turbulenzen. Aus einem Looping heraus geriet die Flocke ins Trudeln, sank scheinbar unaufhaltsam der Grube entgegen, um im letzten Moment in einer rasanten Pirouette wieder aufzusteigen. Nicht rechtzeitig, um ihr einen Blick auf das Durcheinander der Stängel und Blumenköpfe zu ersparen, die auf dem schwarzglänzenden Sargdeckel lagen wie Treibgut. Ein Bild, das sich eingravierte in ihre Netzhaut, mit Tränen nicht wegzuwaschen. Rote Rosen, Nelken, Gerbera.

Sie hatte ihre Schneeflocke aus den Augen verloren, doch da waren noch andere. Sie hielt Ausschau nach der größten, folgte ihrem unsteten Flug, der sie auf ein schmiedeeisernes Grabkreuz zutrieb, und übernahm die Navigation. Reiß das Steuer herum, Baby, links, mehr nach links!

»Mein Beileid.« Eine Hand schob sich in ihr Blickfeld und Olga zoomte vom Weltraum auf den Nahbereich, legte den Kopf in den Nacken, sah Mehmets Lippen zittern, als er sich zu ihr neigte. Sie zog ihre steife Rechte aus dem Pelzmuff, befahl ihr, sich zu heben und von seiner Hand umschließen zu lassen. Jetzt voller Sympathie zudrücken können. Doch die Zeiten, in denen ihre Gliedmaßen all ihren Kommandos gehorcht hatten, waren vorbei. Immerhin, eine kleine Kontraktion meinte sie zustande zu bringen und nur deshalb auch ein Lächeln. Von wegen Händedruck wie ein toter Fisch.

»Hast du schon seiner Familie …?«, fragte sie.

Mehmet schüttelte den Kopf. »Sie sprechen nicht mit mir.«

Ihr Blick folgte seinem zur anderen Seite des Grabes. Hinter dem Erdaushub hatte sich Cans Familie verschanzt, seine Schwester Merve an vorderster Front. Mit steinerner Miene nahm sie Beileidsbekundungen entgegen, während die Eltern zwei Schritte abseits standen, gestützt von Merves Sohn Semih, ihrer Tochter Sibel und deren Mann, extra angereist aus Würzburg.

»Warum sprechen sie nicht mit dir?«, fragte Olga. »Du warst wie ein Bruder für ihn.«

»Du weißt, wie Merve ist.« Mehmet verdrehte die Augen.

»Allerdings. Aber ich dachte, sie wäre nur zu mir so. Du bist Türke. Und außerdem nicht seine Ex.« Sie zog den linken Mundwinkel hoch, mehr lächeln ging gerade nicht. »Hat sie dir gar nichts erzählt?«

»Was meinst du?«

»Glaubst du etwa den Scheiß, dass Can einfach so gestorben

ist? Allergischer Schock, dass ich nicht lache! Da ist doch was faul, Mehmet.«

Wie er ihrem Blick auswich und von einem Bein aufs andere trat, als wollte er abhauen. Der wusste was. Oder er hielt sie für irre.

»Begleite mich auf einen Kaffee, Mehmet. Oder besser einen doppelten Wodka.«

»Tut mir leid, ich muss ins Geschäft.«

»Hast du mitgekriegt, ob die Polizei an der Sache dran ist?«

»Die Polizei? Ich weiß echt nicht, wovon du redest. Er ist tot. Es ist zu spät. Und ich halte es jetzt auch nicht länger hier aus. Mach's gut, Olga.« Er hob die Hand, ging zwei Schritte rückwärts, kam dann wieder, beugte sich herunter, um sie zu umarmen. »Er fehlt mir so!«

»Mir auch, Mehmet, mir auch. Ruf mich an, okay? Lass uns überlegen, ob sein Tod irgendwas mit seinen Nachforschungen …«

Mehmet hastete davon. Olga sah ihm nach, während die nächste Hand die ihre drückte, ein Journalistenkollege von Can, dann sein Chefredakteur. Wie viele Leute er gekannt hatte. Wie viele ihn vermissten. Wenn sie der Familie noch kondolieren wollte, war jetzt der Moment, denn allmählich löste die Trauergesellschaft sich auf.

Olga setzte den Rollstuhl zurück. Der Grip der Räder ließ zu wünschen übrig. Eine durchscheinende Schneeschicht bedeckte den gefrorenen Grund. Sie umkurvte die Grube, lenkte an den letzten drei Trauergästen vorbei und drängte den vordersten beiseite. Knapp vor Merves Fußspitzen kam sie zum Stehen. Sie hievte ihre Hand bis auf Schulterhöhe.

Ihre Ex-Schwägerin griff nicht danach. »Was willst du, Olga?«

»Euch mein Beileid aussprechen. Immerhin haben wir einen gemeinsamen Verlust zu beklagen.«

»Danke«, zwängte Merve zwischen geschlossenen Zahnreihen hervor.

»Und wo wir uns schon so nett unterhalten, frage ich gleich, ob ihr etwas Neues wisst. Es gibt doch Ermittlungen? Can war an brisanten Themen dran und hat in seinem Leben mehr als eine Drohung erhalten.«

Merve erbleichte, lief gleich darauf rot an. Der makellos festgesteckte Hijab bildete einen wunderbaren Rahmen für das Schauspiel, fand Olga. Sie lächelte.

»Was bildest du dir eigentlich ein, du …«, *Schlampe* fügte die Ex-Schwägerin lautlos, aber mit überdeutlichen Mundbewegungen hinzu. »Musst du ihn selbst jetzt noch in den Dreck ziehen? Reicht es nicht, dass …«

»Merve!« Ihr Vater griff von hinten nach ihrem Arm und trat neben sie. »Du bist unhöflich.« Seine Augen waren gerötet, seine Stimme rauer als sonst. »Wir danken dir für deinen Besuch, Olga. Dieser Tag der Trauer ist nicht der Moment für Feindseligkeiten.«

»Ich bin nicht gekommen, um zu streiten, Cem. Ich will nur, dass Cans Tod aufgeklärt wird. Wer auch immer dafür verantwortlich ist, muss bestraft werden. Das wollt ihr doch auch. Aber wir können ein anderes Mal darüber sprechen.«

»Das werden wir nicht tun«, sagte Cans Vater. »Der Schmerz verwirrt dich, Olga. Ich kann das verstehen. Aber Menschen sterben. Einfach so. Allah hat meinen Sohn gerufen. Wer sind wir, seine Entscheidung zu kritisieren?«

»Allahu akbar!«, flüsterte Merve.

Hinter ihr sandte Sibel Olga eine bedauernde Grimasse. Cans Mutter hielt ihren Arm umklammert und schluchzte an ihrer Schulter. Ihr weißer Haaransatz, das fleckige Gesicht, die Blässe der ungeschminkten Lippen: Der ungewohnte Anblick rührte Olga und hielt sie davon ab auszuspucken, was ihr auf der Zunge lag: dass Can nichts hielt von Allah und seinem Ruf niemals freiwillig gefolgt wäre. Cem hatte recht, es war nicht der Moment für Provokationen. »Münire!«, rief sie der Mutter zu. »Es tut mir so leid! Darf ich dich nächste Woche besuchen kommen?«

»Genug!«, entschied Cans Vater. »Wir achten deinen Schmerz, Olga, aber du bist kein Mitglied dieser Familie.« Seine geschwollenen Lider senkten sich, drückten Tränen aus den Augenwinkeln. Er wandte sich ab.

Olga schluckte. Wenn nicht einmal seine Familie ihre Bedenken teilte, war sie vielleicht wirklich verrückt vor Trauer. Oder es gab Druck aus der Community, deren Gesetzmäßigkeiten sie nie völlig durchschaut hatte.

Sie steuerte zurück auf den Weg und an das Fußende des Erdlochs, wandte den Kopf in die Richtung, in die ihr Assistent verschwunden war, kaum dass er sie am Grab abgeliefert hatte. Keine Spur von ihm. Hipsterhascherl. Vermutlich zu blöd, um den Rückweg zu finden.

Anstelle des Assistenten geriet der Mann im dunklen Mantel in ihr Blickfeld, der wie ein Wächter am Kopfende des Grabes stand. Ein angenehmerer Anblick als der Granitblock, der bald an seiner Stelle aufragen würde. Der Grabredner. Wozu der noch dastand. Festgefroren. Nur seine Augäpfel bewegten sich, flackerten hin und her, kreisten, hoben und senkten sich wieder. Kein Zweifel, auch er war Steuermann oder gar Captain eines der Schneeflockenschiffe, die inzwischen im Geschwader zur Eroberung des Planeten anflogen, der Boden fingerdick mit ihresgleichen bedeckt.

Ihre Blicke kreuzten sich und der Sternenfahrer blinzelte. Auf der monatelangen Reise durch die Galaxien hatte er, der Captain, zwar ihre kaltblütige Zuverlässigkeit stets geschätzt, sie jedoch noch nie wirklich angesehen. Bis zu diesem Moment. Was sah er, während sie den ihr anvertrauten Raumkreuzer umsichtig durch die Luftwirbel und zwischen den immer zahlreicher werdenden Schwesterschiffen hindurchdirigierte?

Höchste Zeit zu verschwinden, bevor der Rollstuhl ohne Hilfe des Assistenten auf dem glitschigen Untergrund manövrierunfähig wurde. Ein halber Kilometer war es mindestens bis zum Tor, und wenn es so weiterschneite … Ihre Hand allerdings wollte nicht, lag bläulich und kältesteif auf ihrem Schoß. Olga half ihr mit der Linken in den Muff und hielt erneut nach dem Assistenten Ausschau. Wenn nur die Batterie hielt bei der Kälte.

»Darf ich Sie begleiten?«

Eiskristalle bissen ihr ins Gesicht, als sie den Kopf hob, außerirdische Flugobjekte attackierten ihre Augen, abzuwehren nur durch heftiges Blinzeln. Ein Blinzeln, das der Captain offenbar als Zustimmung deutete. Er setzte sich eine Wollmütze auf, schwarz wie der Rest seiner Kleidung, und deutete mit einer Geste an, dass er ihr den Vortritt lasse. Schneeflocken landeten in seinem kurzen Vollbart und den Augenbrauen, hängten sich in seine Wimpern wie in ihre.

Olga manövrierte den Rollstuhl über die wenigen Meter unbefestigten Weges zum Asphalt. Noch hatte sie keine fremde Hilfe nötig, Mitleid erst recht nicht. Aber Begleitung, das war etwas anderes.

»Wohin möchten Sie? Zum Leichenschmaus?« Sein warmer Bariton war ihr bereits während der Grabrede aufgefallen, obwohl sie seinen Worten wenig Aufmerksamkeit geschenkt hatte. War er so intensiv mit der Schneeflockennavigation beschäftigt gewesen, dass ihm ihr Streit mit Cans Familie entgangen war? Oder gab er sich nur taktvoll?

Sie schüttelte den Kopf. Eisstaub wirbelte ihr von der Baskenmütze in den Nacken. »Zur Straßenbahn will ich, Tor 1 oder 2, was näher ist. Ich mache mir Sorgen wegen der Batterie.«

»Ist beides ungefähr gleich weit. Wenn es Ihnen egal ist, bewegen wir uns zum Tor 1.«

Bewegen, nicht *gehen*. Ein Leisetreter. Oder einfach ein achtsamer Mensch.

»Darf ich Sie schieben? Ihre Hand ist ja schon ganz blau.«

Doch nicht übervorsichtig. Damit war die Sache entschieden. »Wollen Sie mich heiraten?«, fragte sie. Ein Scherz, das würde ihm wohl klar sein, und wenn nicht, dann war er ohnehin die falsche Begleitung.

Der Grabredner lachte. »Geben Sie mir etwas Bedenkzeit. Das ist mein dritter Antrag in dieser Woche.«

Olga hielt an, schaltete auf manuellen Betrieb und versenkte ihre Hand im Muff. Der Captain packte die Griffe und schob so energisch an, dass der in Fahrt kommende Rollstuhl ihn in einen kurzen Laufschritt zwang. Sie überquerten einen der kreisförmigen Plätze, auf denen die Wege aus allen Richtungen zusammenliefen. Eine winkende Gestalt stand unter dem Vordach des WC-Häuschens in der Mitte des Rondells. Eine Gestalt in weiten Hosen und Kapuzenjackenschichten, die jetzt schlingernden Schrittes auf sie zukam. Der Assistent.

»Na endlich!«, rief er. »Ich habe schon gedacht, du nimmst womöglich den anderen Ausgang.«

Ihm links und rechts eine pfeffern können. »Hast du kurz mit dem Gedanken gespielt, mich wieder am Grab abzuholen? So war es nämlich ausgemacht.«

»Na, oh ja, aber ich war nicht sicher, welchen Weg …« Er schlackerte neben ihr her in diesem breitbeinigen Gang, den ihm die unter dem Gesäß hängende Hose aufzwang, und machte keine Anstalten, den Rollstuhl zu übernehmen.

»Weißt du was, Alex, schleich dich heim!«

»Echt?« Er grinste sie an, wieder ein Missverständnis. »Aber die Stunden krieg ich schon bezahlt.«

Olga atmete tief durch, um den Hohlkopf nicht in Gegenwart des Captains anzubrüllen, der ob ihrer Schroffheit ein wenig außer Tritt geraten schien. »Geh heim«, sagte sie mühsam beherrscht, »und bleib dort. Du hast erst vor zehn Tagen angefangen und das ist das zweite Mal, dass du mich hängenlässt. Ich zähle auf meine Assistenten! Du hättest mich hier eiskalt erfrieren lassen. Auf solche Dienste verzichte ich.«

Eiskalt erfrieren, unter anderen Umständen könnte sie darüber lachen, ebenso wie über den entgeisterten Gesichtsausdruck des Jungen. Olga senkte den Blick gegen das Schneetreiben und starrte die breite Allee entlang, an deren Ende das Friedhofstor, von Flocken verpixelt, kaum auszumachen war.

»Das kann sie nicht machen. Ich war nur am Klo. Sagen Sie ihr, dass sie das nicht machen kann!«

»Ich wüsste nicht, was mich das angeht.« Die Wärme war aus der Stimme des Grabredners gewichen. Dass dieser dämliche Assistent auch alles vermasseln musste.

Der fiel nun zurück, schimpfte hinter ihr her, irgendwas über *Sklaverei* und *Egoismus* und *emotionale Behinderung*, während der Rollstuhl vorwärtspflügte. Gern hätte sie angehalten und den Idioten noch ein letztes Mal zusammengestaucht. Andererseits wollte sie auf dem rutschigen Untergrund nicht auf die Unterstützung des Fremden verzichten, ob er nun Weltraumfahrer oder Grabredner war. Nur eines war er wohl nicht mehr: ihr Verbündeter. Ohne ihn sehen zu können, meinte sie seinen Ärger zu spüren, und ihre Nackenhaare stellten sich auf. Ärger, der ihn zum Laufschritt antrieb, um sie möglichst bald loszuwerden.

»Ich kann auch alleine …«, murmelte sie und beschloss dann, das Gefühl der Erniedrigung hinunterzuschlucken. Ein paar Minuten noch.

Dem Schmatzen der Räder nach zu urteilen spritzten ihrem Helfer Fontänen aus Schneematsch gegen die Beine, die seine Hose inzwischen völlig durchnässt haben mussten. Auch in ihrem Strickrock nisteten sich die Flocken ein. Doch noch war sie angenehm, die Kälte, ein Gefühl, das ihre Beine etwas lebendiger hinterließ.

Links zogen jetzt die efeuumrankten Steine des alten jüdischen Friedhofs vorbei. *Gaskammern* dachte sie, *Konzentrationslager*. Nie konnte sie *Juden* denken, ohne den Holocaust vor Augen zu haben. Wie sich das wohl anfühlte für die. Die Juden. Vermutlich ähnlich wie die Blicke, die Olga täglich trafen und in ihr nur die Behinderte erkennen konnten.

Immerhin klarte es nun auf, der Angriff des Schneegeschwaders eingestellt, und da war endlich auch das Tor, Gefängnisgittertor, nachts verschlossen, um die Toten im Friedhof festzuhalten. Über die Schienen noch und auf die Haltestelleninsel und stopp. Die Plattform war überraschend voll, doch sie würde schon dafür sorgen, dass man sie zuerst hineinließ. Ein elektrischer Rollstuhl hatte im Bedarfsfall durchaus Rammbockqualitäten.

»Ja, dann …«, sagte der Grabredner und umrundete sie, die Hand bereits ausgestreckt.

Sie extrahierte ihre Rechte aus dem Lammfell. Der Kältereiz trieb die Taubheit zurück. Mit dem Daumen strich sie über die Innenseite ihrer Finger, freute sich über den Kitzel. Sie sehnte sich nach einem Joint und einem Glas Rotwein, hob träge die Hand und den Blick, wollte sich bedanken und dann nichts wie heim. Doch jetzt sah sie ihn wieder. Den Captain. Unwillkürlich lächelte sie, verführerisch wie früher, als sie ihm noch auf Augenhöhe hätte begegnen können.

»Captain, mein Captain«, sagte sie. »Herzlichen Dank für die Begleitung! Mein Name ist übrigens Olga. Olga Schattenberg.«

Er ließ ihre Hand nicht sofort los, schien sogar regelrecht in ihren Anblick versunken. Kein Anlass, um gleich in feuchten Träumen zu schwelgen. Anscheinend benötigte er einen

Moment, um die Anspielung einzuordnen und sich an ihr gemeinsames Weltraumabenteuer zu erinnern.

Er nickte. »*Our fearful trip is done*, Olga Schattenberg.« Immer noch hielt er ihre Hand. »Adrian.« Die kleine Verneigung, mit der er die Vorstellung begleitete, ironisch abgefedert durch ein Lächeln, das nur in seinen Mundwinkeln hing. »Adrian Roth.«

Sie spürte ein lustvolles Prickeln im Nacken und zwischen den Schulterblättern und musste lächeln. Buchhändlerinnenerotik. Ein passendes Zitat von Walt Whitman, und schon war es um sie geschehen.

Der Lautsprecher der Verkehrsbetriebe knisterte und verkündete eine vorübergehende Einstellung des Fahrbetriebes der Linie 71 aufgrund der Sperrung des Schwarzenbergplatzes. Ein Schienenersatzverkehr würde in Kürze eingerichtet. Da das Murren der Umstehenden sich in Grenzen hielt, vermutete Olga, dass die Durchsage nicht zum ersten Mal ertönte.

Adrian Roths Griff war in Konzentration auf den quäkenden Boxenton erschlafft. Jetzt legte er Olgas Hand auf ihrem Schoß ab und griff nach seinem Telefon, scrollte mit dem Daumen.

»Ein Terroranschlag?«, fragte sie.

»Was sonst«, warf ein älterer Mann in Daunenjacke ein. »Drecksbagage. Erst London, Paris, Berlin, jetzt sind wir dran.«

»Wasserrohrbruch«, sagte Adrian Roth. »Der Schwarzenbergplatz steht unter Wasser beziehungsweise unter Glatteis und wird gerade quasi abgetaut.«

»Kann auch wer gesprengt haben, das Rohr«, murmelte der Daunenmann und drehte sich weg.

Der Schneefall setzte wieder ein, dicke, nasse Flocken diesmal. Als hätten die Invasoren die Pause genutzt, um für den finalen Angriff aufzurüsten. Sollten andere das Ruder übernehmen. Olga hatte keine Lust mehr. Sie würde den Fahrtendienst verständigen müssen.

»Lassen Sie uns einen geschützten Raum aufsuchen«, schlug der Grabredner vor und deutete mit dem Kopf auf das Concordia auf der anderen Straßenseite.

Das Glück in glücksfernen Zeiten, schoss ihr durch den Kopf. Genazino, irgendeine synaptische Fehlschaltung. Sie warf einen bedauernden Blick zu den vier Stufen hinüber, die vom Gehsteig zum gekiesten Vorplatz des Lokals hinaufführten, wo eine überlebensgroße Christusstatue ihre Arme ausbreitete. Stufen, die, wie ihr zum Hohn, mit einem roten Teppich belegt waren. »Dieser geschützte Raum ist für mich leider nicht erreichbar.«

»Hätten Sie denn Lust?«

Sie nickte. Ohne ein weiteres Wort schob Adrian Roth sie über die Straße und dann am Zaun entlang nach rechts, bog in eine holprig gepflasterte Einfahrt, in der eine Reihe von Müllbehältern Wache hielten. Die kahlen Bäume und bröckelnden Wirtschaftsgebäude auf den angrenzenden Grundstücken wirkten traurig und aus der Zeit gefallen, den Toten des Friedhofs näher als der Lebenslust, die Olga mit einem Mal packte.

Eine Rampe führte zum Hintereingang des Lokals, einer Glastür. Dort stand ein Raucher, der dem Schneefall zum Trotz leidenschaftlich an seiner Zigarette sog und sich am abblätternden Lack der Türsprossen zu schaffen machte. Sie hätte sich jetzt selbst gern eine angezündet. Doch die Verlockung, mit Adrian Roth an einem Tisch zu sitzen, war größer. Sie sandte dem Raucher einen auffordernden Blick. Der klemmte sich die Zigarette in den Mundwinkel und hielt ihnen die Tür auf, die unmittelbar in den Gastraum führte.

2

Kiki

Was tut er da? Schiebt die Rollstuhlfrau über die Straße, statt sie bei der Haltestelle abzuladen. Er geht doch sonst immer allein auf seine Post-funeral-Lunches. Typisch Adi, dieser pompöse Ausdruck für eine Suppe und die Nusspalatschinke danach, immer dasselbe Programm. Und ein Viertel Rotwein. Oder zwei. Ja, den Wein nicht zu vergessen. Eigentlich geht es ihm sowieso nur um den, wem will er was vormachen. Den Schmerz der Hinterbliebenen fortspülen nennt er das. Pegel halten, könnte man auch sagen.

Jetzt mit der Behinderten. Sagt man nicht, aber ist sie etwa keine? Behindert und hinterblieben, ganz schön viel auf einmal. Überhaupt – komisches Wort: hinterblieben. Immerhin lässt Adrian sie nicht hinterbleiben, ganz im Gegenteil. Fragt sich nur, wie man ihn … Wenn er mit ihr da sitzt.

Vielleicht doch erst morgen. Und bis dahin – was? Gut, dass der Friedhof nicht auf einer Klippe liegt. Man könnte sich natürlich auch einfach in den Schnee setzen, Rücken an einen Grabstein gelehnt, einschlafen und morgen … Eisblock. Besser noch: sich in ein offenes Grab legen, am allerbesten in eines, bei dem er morgen eine seiner Ansprachen hält. Grabrede. Trauerrede. Trostrede. Totengesang.

Dieses entschlossene Nicken. Als hätte er um ihre Hand angehalten. Was die sich einbildet. Krüppelfrau. Aber Mitleid war ja schon immer sein Schwachpunkt, zu weich für die Welt, der gute Adrian.

Einen Versuch nur, und wenn er nicht darauf anspringt,

gleich wieder gehen, bloß nicht lästig werden. Scheißschnee, und die Bim fährt auch nicht, bleibt einem ja praktisch nichts anderes übrig.

Was heißt das jetzt? Doch wieder Fahrbetrieb bis zur U-Bahn oder was? Dass die es nicht schaffen, diese Lautsprecher so hinzukriegen, dass man die Durchsagen versteht. Da kommunizieren sie mit Sonden, die um den Jupiter kreisen, und plaudern in 1-a-Qualität mit Astronauten auf der Raumstation, aber die Wiener Verkehrsbetriebe rauschen uns noch immer was vor. Wird womöglich extra eingespielt, das Gegrummel. Wie der fette Motorsound bei den Sportwagen.

Aus, Schluss, es reicht! Die Schuhe schon ganz nass von dem Matsch. Ist schließlich ein öffentlicher Ort, so ein Lokal. Und wenn er lieber ungestört sein will, braucht er nur ... Aber einen Kaffee zum Aufwärmen wird er dir wohl gönnen. Wenn er nicht sogar froh ist, dass ihm jemand aus der Patsche hilft. Wer weiß, ob er wirklich freiwillig mit der ... Lautlose Hilfeschreie womöglich ... Und für deinen Beistand lässt er sicher gern was springen.

Wer kommt auf die Idee, eine Christusstatue vor einem Lokal aufzustellen? Soll der Eintritt kassieren oder vertritt er Petrus bei der Bewachung des Himmelstors? Himmelreich der Trinker vielleicht oder der Schnitzelfresser. Auf der Uhr über dem Eingang schon wieder fünf vor zwölf. Immer eigentlich. Auch für dich.

Sitzt, wo er meistens sitzt, der Herr Roth, hat brav reserviert und alle anderen Tische sind besetzt. Klar, Mittagszeit. Er schaut her. Und wieder weg. Muss dich doch gesehen haben. Hilfesuchender Blick geht anders. Starrt sie an wie ... Interessant sieht sie ja aus mit diesen Wangenknochen. Kurzgeschorene Haare wie ein KZ-Häftling und dunkle Schatten unter den Augen. Wer sich dazu blutrote Lippen malt, hat Mut. Soll sie ruhig mit ihm, egal, ist alles längst verjährt. Aber ein Kaffee wird wohl noch drin sein.

»Hallo, Adrian, huhu, so ein Zufall!«

»Kiki.«

Reizend. Nicht *Kiki!* Oder *Kiki?* Nein, *Kiki.* Resigniert irgendwie, aber was soll's.

»Zufällig in der Gegend«, murmelst du. »Hab mir gedacht: Schauen wir mal, ob der liebe Adrian vielleicht gerade Mittagspause macht und sich über ein bisschen Gesellschaft freut. Und da bist du tatsächlich! Willst du uns nicht vorstellen?«

Lustlose Handbewegung. »Olga Schattenberg, Christiane Bach.«

»Haha, Berg und Bach, da stinkst du ganz schön ab mit deinem Namen, Adilein, landschaftsmäßig betrachtet!« Toter Fisch vermittelt blühendes Leben gegen den Händedruck von Schattenberg. Toter Fisch in des Baches kühlen Fingern. »Sag ruhig Kiki. Wir sind doch per Du, oder etwa nicht?«

»Eigentlich …« Der alte Spießer.

»Von mir aus gern«, sagt Schattenberg.

Zu dumm, ihren Vornamen schon wieder vergessen. Irgendwas mit U. Oder O?

»Vielleicht sollten wir dann auch …«, sagt Schattenberg zu Adrian.

Wie sie ihn anschmachtet. Man kann es ihr nicht übelnehmen. Wenn du nicht wüsstest, was für ein mieser Verräter er manchmal ist, könntest du selbst wieder schwach werden bei seinem tiefgründigen Blick.

»Nett, dass du hallo gesagt hast, Kiki. Hab noch einen schönen Tag«, sagt er. Gerettet werden will er also nicht.

»Magst du dich zu uns setzen?«

Feiner Zug, Schattenberg, das muss ich sagen. Höflichkeit ist eine Zier. »Aber gerne! Spendierst du mir einen Kaffee, lieber Adrian?«

Kopf in den Nacken, Blick in die Glaskuppel. Die ist ja auch hübsch mit ihren blauen und weißen Feldern, auch wenn der

Schnee gerade wenig Licht durchlässt. Gleich platzt die Haut an seiner Kehle und der Adamsapfel hüpft heraus, rollt über den Tisch oder plumpst in seine Suppe.

Seufzen, dann endlich: »Ja, immer wieder gern. Was willst du, Kiki?«

»Außer dem Kaffee? Ich wollte ja nichts sagen, aber da du fragst: Ein Hunderter wäre super.«

Seufzen, schon wieder. »Was ist mit dem Job? Letzte Woche warst du noch Feuer und Flamme.«

Der Kellner tauscht Adis leeres Weinglas gegen ein volles und stellt eine zweite Melange vor der Dings, Schattenberg, ab.

»Auch eine Melange, bitte, und ein Stück Sacher. Ja, letzte Woche war ja auch noch alles okay. Aber ehrlich, Hamburger, Pommes und Cola auf Tabletts packen – wie lang kann das Spaß machen? Ich hätte trotzdem durchgehalten, schwöre, aber der Arsch hat mich rausgeschmissen. Nur weil ich einem Obdachlosen einen Cheeseburger und ein Bier geschenkt habe. Ist doch kein Verbrechen, oder? Und Pommes. Arme Schweine, wenn die sich nicht mal diesen Dreck leisten können. Aber von wegen sozialer Verantwortung und Solidarität und so weiter. Geschäftsschädigung, hat der Ausbeuter getobt und mich fristlos … Hätte dir genauso passieren können.«

Schattenberg grinst schon die ganze Zeit so vor sich hin. »Kampf dem Kapitalismus«, sagt sie und ballt wie in Zeitlupe die Faust. Gute Einstellung, aber körperlich muss die echt Probleme haben, gelähmt oder was. Jammerschade, dass es immer die Guten erwischt. Statt dass den Burgerbonzen der Schlag trifft, wenn er die Obdachlosen verjagt. Der Anschlag auf die Wasserleitung heute jedenfalls kein Wunder. Womöglich Rache der Obdachlosen-Gewerkschaft.

Und Adi löffelt seine Suppe.

»Jetzt bist du auf der Suche?«, fragt Schattenberg.

»Klar! Niemals aufgeben. Durch Schaden wird man klug und schön. Ich habe mir gedacht, was Soziales …«

»Hast du da Erfahrung?«

»Sogar eine Ausbildung. Als Heimhelferin. Ist aber nichts zu kriegen, leider.«

»Das wundert mich. Ich dachte …«

»Liegt wohl an deiner –« Adi verschluckt sich an einer Frittate, lässt den Löffel auf den Unterteller klappern und hustet. »– an deiner Vergangenheit.« Bedeutungsschwerer Blick zu Schattenberg. »Kiki war im Gefängnis, muss man dazu wissen. Das verbessert die Karriereoptionen nicht unbedingt.«

Mieser Heuchler. Als wenn das nicht allein seine Schuld gewesen wäre.

»Aber sie hat ihre Strafe ja offenbar verbüßt, sonst wäre sie nicht hier, oder?« Schattenberg, ganz auf der Seite der Gerechtigkeit.

Endlich, der Kaffee und die Torte und Adilein kriegt seine Nusspalatschinke. Das hebt hoffentlich seine Laune, Zucker und Schokosauce galore.

»Ganz genau, verbüßt. Verbüßt, gebüßt, zwölf Jahre immerhin. Gute Prognose inklusive und vorbildliches Verhalten seit der Entlassung. Das Arbeitsamt hätte mir wohl kaum den Kurs als Heimhelferin finanziert, wenn nicht alle von meiner Läuterung überzeugt wären. Gewesen wären. Alle außer einem.« Dein anklagender Blick ist Adi gerade mal ein Zucken im Mundwinkel wert. Selbstgerechter Schnösel.

Wie Schattenbergs Tasse auf der Untertasse klappert, bevor sie sie zum Mund hebt, konzentriert, als hielte sie ein Tässchen Dynamit. Wobei, wenn sie das trinken würde, halb die Speiseröhre runter, ein bisschen schon im Magen und Wumm! Sauerei zum Quadrat, alles bespritzt mit Blut und Innereienfetzen. Wahnsinnsvorstellung! Stattdessen matschige

Kuchenbrösel auf dem Tisch, weil man mit vollem Mund nicht lachen sollte.

Immer noch Schweigen. Peinliche Situation. Adi könnte auch mal was sagen, irgendwas Positives zur Abwechslung. Mampft aber nur und schaut drein, als wäre sein Tag jetzt schon gründlich versaut. Aber was will man, wenn einer immer nur mit Leuten zu tun hat, denen gerade jemand weggestorben ist. Seinen Charme hebt er sich sowieso lieber für die trauernden Witwen auf als für die arme alte Kiki. Wahrscheinlich hättet ihr es ohne ihn lustiger. Ob Schattenberg auch Kaffee und Kuchen ausgeben würde?

»Könntest du dir vorstellen, für mich zu arbeiten?«

Fragt sie das wirklich oder bildest du dir das ein, so wunschtraummäßig? Dort ein Einhorn auf einem Regenbogen, hier ein Jobangebot aus heiterem Himmel. Konzentrier dich, dummes Stück!

»Mir ist gerade ein Assistent ausgefallen. Persönliche Assistenz für Menschen mit Behinderungen. Alltagshilfe, die die Teilhabe am öffentlichen Leben unterstützen soll. Einkaufen, Wäsche machen, ein bisschen putzen, kochen gehört dazu. Du müsstest mich ins Geschäft begleiten oder abholen, und wenn ich allein dort bin, auch mithelfen. Ware annehmen oder verpacken und so weiter. Plaudern und Backgammon spielen ist dafür auch inklusive. Sozial auf jeden Fall.«

Sie zwinkert mit dem rechten Auge, zwinkert dir zu, ganz natürlich schaut das bei ihr aus. Lieber nicht zurückzwinkern, weil, wenn du das versuchst: Quasimodoalarm.

»Entschuldige, was hast du gesagt?«

Sie hebt eine Braue, hat das voll drauf mit der asymmetrischen Mimik.

»Zwanzig Stunden die Woche könnte ich dir anbieten, habe ich gesagt. Zu wenig? Dreißig? Leider nur mit freiem Dienstvertrag, Anstellung ist nicht drin. Zwölf Euro die Stunde. So viel hast du im Fleischlaberlpalast vermutlich nicht gekriegt, also kommst du vielleicht sogar damit aus. Immerhin hättest du eine Referenz im sozialen Bereich, falls du was Besseres findest.«

Jetzt kriegt Adrian die Krise, greift sogar nach ihrer Hand, hält sie fest. Beherrsch dich, du Arsch!

»Ich weiß nicht, ob das eine gute Idee ist, Olga. Du sagtest doch, Zuverlässigkeit wäre die wichtigste Eigenschaft eines Assistenten, und Kiki … Sie leidet unter …«

»Sag's nicht! Ich kann es nicht mehr hören! Musst du mir alles versauen?«

Dein Herz reißt sich los, schießt hinab, quer durch den Bauch und dann aufwärts, schlägt dröhnend im Kopf weiter, während Adrian den Mund aufmacht, seinen Dreck versprüht, kein Wort zu verstehen hinter deinem hämmernden Puls. Wenn du ihn doch nie kennengelernt hättest, diesen miesen … Wut ist gut, bloß keine Tränen, sonst hau ich dir eine, dummes Stück! Bei Tränen gibt es Schläge, hörst du? Ein Indianer kennt keinen Schmerz, Prügel mit dem Kleiderbügel. Papa macht das nur, weil er dich liebhat. Böses Mädchen, zwingt Papa dazu, seinen Liebling zu schlagen.

Du bist kein Kind, kein Kind, kein Kind mehr. Denk: Ich!

»Ehrlich gesagt, Adrian Roth, wundere ich mich langsam über dich«, hörst du sie durch den Soundnebel. Schattenberg. In dieser Welt. Jetzt. »Ich hatte einen ganz anderen Eindruck von dir. So wie ich es sehe, hat jeder eine zweite Chance verdient.«

Erwischt. Beschämter Blick auf den verklebten Teller, reuiges Nicken, Nussbrösel zwischen den Gabelzinken fangen. Während dein Puls sich beruhigt und das Herz langsam wieder abwärtsrutscht.

»Stimmt. Wobei du bei deinem Assistenten vorhin … Von wegen zweite Chance.«

Dolchblick von Schattenberg. »Er hatte seine zweite Chance.«

»Ist ja auch nicht meine Angelegenheit. Es ist nur, ich kenne Kiki halt schon sehr lang. Sie ist … war … etwas instabil. Aber es wäre natürlich vorteilhaft, wenn sie die Möglichkeit bekäme … Sie kann sehr lustig sein. Und hundertprozentig loyal, wenn sie jemanden einmal ins Herz geschlossen hat.«

»Spinnst du? Red nicht in der dritten Person über mich, als wäre ich ein Hund oder sonst wie geistig abwesend! Wo bleiben heute Ihre ach so untadeligen Manieren, Herr Roth?«

»Au«, sagt er höflich und reibt sich die Stelle am Oberarm, wo deine Faust ihn getroffen hat.

»Was ist das eigentlich für ein komisches Verhältnis zwischen euch?«, fragt Schattenberg. »Seid ihr Geschwister?«

»Du hast es erfasst.«

»Red keinen Quatsch, Kiki. Wir waren einmal ein Paar. Lang ist's her.«

»Jaja, die gute alte Zeit. Damals warst du auch schon mein großer Bruder, wir wussten es nur beide noch nicht. My brother from another mother.« In Rappermanier reckst du ihm Daumen, Zeige- und Kleinfinger der rechten Hand entgegen.

»Meinetwegen.« Er schaut viel freundlicher jetzt. Hat anscheinend bis eben nichts geahnt von seiner Bestimmung, entbrennt in geschwisterlicher Zärtlichkeit.

»Was für ein Geschäft ist das, wo du arbeitest?«

»Ich bin Buchhändlerin, hab mit einer Kollegin, Margit heißt sie, einen kleinen Laden in der Margaretenstraße.«

»Buchhändlerin! Ich liebe Bücher. Kann ich nicht gleich dort …?«

»Wirft leider nicht genug ab. Aber wie gesagt, im Rahmen einer persönlichen Assistenz müsstest du mir sowieso helfen. Ich habe so meine Probleme mit den oberen Regalfächern.« Wieder zwinkert sie. »Kannst du dir vorstellen, für mich zu arbeiten?«

Mit dem Vorstellen bist du längst fertig, sitzt in Gedanken schon mit ihr am Tisch und hörst ihr Lob über deine Speziallasagne. Für den Fall, dass sie diesmal nicht Gedanken lesen kann, nickst du. »Klar, wir sind ein Team! Vielleicht will mein *Bruder* ja gelegentlich vorbeischauen und sich überzeugen, dass alles klappt?«

Schattenberg lacht und blinzelt verschwörerisch. Und dann plötzlich: Zweifel in ihren Augen. Sie überlegt es sich, bereut ihr Angebot, weiß nicht, wie sie wieder rauskommt, beißt sich auf die Unterlippe, kratzt den Lippenstift ab.

Keine Panik jetzt, keine Tränen, bloß keine Tränen. Oder doch, vielleicht helfen sie gerade jetzt, überzeugen Schattenberg von deinem unbedingten Arbeitswillen. Instabil hat Adi gesagt. Nur emotional Instabile heulen wegen jedem Dreck. Atme, dummes Stück, atme ganz ruhig!

»Eine Sache wäre da noch«, Schattenberg senkt die Stimme. »Wie stehst du zum Kiffen?«

»Also, ich nehme eigentlich keine Drogen.«

Eigentlich. Das kauft sie nie, und Adrian prustet auch gleich los. »Geh, Kiki!« Was lacht er so dämlich?

»Ich schon«, flüstert Schattenberg und lehnt sich über den Tisch. »Quasi aus therapeutischen Gründen. Nichts hilft so gut gegen meine Spastiken wie Cannabis. Wenn du also ein moralisches Problem damit hast, mir den einen oder anderen Joint zu drehen oder ein Pfeiferl zu stopfen, dann …«

»Ha! Haha! Ich war im Häfn, bin eine verurteilte Mörderin und soll ein Problem mit Gras haben. Hahaha!«

Sind die gemeinsam in einer Pantomimengruppe, Adrian und Schattenberg, oder warum pressen sie synchron die Lippen zusammen und schließen die Augen? Zu laut, du Vollidiotin, zu laut warst du. An den Nebentischen gesenkte Köpfe, verstohlene Blicke. Eine Mörderin unter uns, drogensüchtige Mörderin, zu Hülfe! Einer greift nach seinem Telefon, will entweder die gefährliche Verbrecherin in action knipsen oder die Polizei verständigen. Aber die können dir gar nichts, Strafe verbüßt, und über Gras reden ist auch nicht verboten. Wenn nur ein Einziger es jetzt wagt, dich anzuschauen, dann fletschst du die Zähne und knurrst. Lass dir bloß nichts gefallen!

»Hey, Kiki, das war ja geradezu genial«, sagt Adi, ebenfalls viel zu laut, und lacht verkrampft. »Das Stück wird garantiert ein Knaller mit dir in der Hauptrolle. Eine hervorragende Idee, dieser Theatergruppe beizutreten.«

Etwas unnatürlich, seine Vorstellung, insofern gut, dass er nicht in einer Theatergruppe spielt, aber trotzdem – rundum Aufatmen und Schattenberg lacht laut. Schöne Zähne hat sie, auch wenn hinten zwei fehlen. Aber besser, sie gibt ihr Geld für eine gute Assistentin aus als für Zahnersatz.

»Das mit der Mörderin …«, flüsterst du sehr leise.

»Tss!«, schnalzt sie und sieht an sich hinunter. »Wovor, denkst du, habe ich noch Angst?«

»Nicht vor Mördern anscheinend. Oder Ex-Mörderinnen. Gibt es das eigentlich, Ex-Mörder, oder bleibt man das ganze Leben lang quasi aktiv, auch wenn man nicht mehr, ähm, tätig ist? Ich meine, wenn man einen Beruf aufgibt, dann ist man ja auch ein Ex. Ich jetzt Ex-Burger-Packerin und Adrian beispielsweise Ex-Uniassistent und aktiver Trauerredner. Stimmt doch, oder?«, fügst du hinzu, weil Adi geradezu verzweifelt dreinschaut. Dabei behauptet er immer, es wäre die einzig richtige Entscheidung gewesen, das Kunstgeschichte-Institut zu verlassen. Schattenbergs Blick ist schwer zu deuten. Irritiert irgendwie. Interesse für die Gefühle anderer Leute sollst du zeigen, sagt der Therapeut, ohne gleich ganz in sie hineinzuschlüpfen. Schattenberg hat dich etwas gefragt. »Ja, also: Wovor hast du Angst? Dass es schlimmer wird? Gelähmt bis zum Hals, kann das passieren?«

Was ist jetzt schon wieder? Missbilligender Blick vom edlen Herrn Roth. Wenn das nicht einfühlsam war. Außerdem musst du doch Bescheid wissen, wenn du für sie arbeitest.

Schattenberg seufzt und nickt.

»Wie ist das überhaupt passiert?«, fragst du, mitfühlend wie nur was. »Ein Unfall?«

»MS«, antwortet sie. »Multiple Sklerose.«

»Schon mal gehört.«

»Chronische Entzündungen im Zentralnervensystem, kurz gesagt.«

»Und das tut weh? Und kommt einfach so?«

»Ja und ja. Infektion, Umweltgifte, Psychokram oder Strafe Gottes, Genaues weiß man nicht.« Sie zuckt mit den Schultern. »Ist ja auch egal. Es ist da und es ist, was es ist.«

»Hat auch sein Gutes, wenn du vor nichts anderem mehr Angst haben musst«, tröstest du, weil es wahr ist und du außerdem voll drin bist im Sozialmodus. Du kannst gut sein, wenn man dich nur lässt, richtig gut. Heilige Kiki, in Stein gehauen und neben dem Christus draußen platziert. Adrian räuspert sich, will wahrscheinlich das Thema wechseln, aber es fällt ihm nichts Unverfängliches ein. Muss man wohl einspringen. »So, genug von Krankheit, Tod und Leid! Worüber habt ihr geredet, bevor ich gekommen bin?«

Adi schnaubt. »Über Tod und Leid. Wir kommen von einer Beerdigung.«

Wieder greift er nach Schattenbergs Hand. Wie das wohl ist mit einer Behinderten, ob die untenrum ganz normale Gefühle hat? Er ist doch ein kleiner Perverser, Adi, Mörderinnen und Krüppel bevorzugt, komisches Beuteschema. Wobei – wahrscheinlich geht es gar nicht um Erotik, sondern schon wieder um Einfühlsamkeit.

»Ein Verwandter?« Du legst deine Hand auf Schattenbergs freie Rechte. Was er kann, kannst du auch, trostreiche Berührungen und alles. Hamster und Katzen im Altersheim. Ob sie Haustiere hat?

»Mein Exmann«, korrigiert Schattenberg, starrt auf ihre fixierten Hände und bricht in Gelächter aus. Adrian lässt ihre Hand los und fällt mit ein. Lacht. Laut. An einem öffentlichen Ort. Lacht, bis ihm die Tränen über die Wangen rinnen. Diesmal bist du eindeutig die Normalste, kannst milde lächeln, verständnisvoll dreinschauen. Und noch einen Kaffee bestellen, wo der Kellner schon abräumt.

»Ihr zwei seid meine Rettung heute«, japst Schattenberg, als sie wieder zu Atem kommt. »So ein Scheißtag hätte das werden können. Darf ich euch auf ein Glas Wein einladen?«

Momentan bleibt dir die Luft weg vor Rührung, weil dir klar wird, was du heute alles geschafft hast: Job in bevorzugtem Bereich gefunden – check! Diszipliniertes Interesse für die Gefühle anderer gezeigt – check! Damit einer behinderten Hinterbliebenen den Tag gerettet, sie quasi vom Grab weg zum Lachen gebracht, eindeutig Goldmedaille in der Disziplin Aufheiterung und gleichzeitig überzeugender Beweis deiner Einfühlungsgabe. Nimm das, Therapiefuzzi! Außerdem scheint Adrian nicht mehr ganz so mies drauf zu sein wie in den letzten Tagen und rückt womöglich doch noch einen Hunderter raus. Wenn das nicht gute Gründe zum Feiern sind. Mach das jetzt bloß nicht kaputt, dummes Stück!

3

Olga

Tot war er und der Schmerz nicht länger abzuwehren. Im Hinterkopf hatte sie die ganze Zeit über gewusst, dass der schräge Nachmittag mit Kiki und Adrian ihr nur einen Aufschub verschaffte, dass sie die volle Dosis später würde schlucken müssen. Und nun war es so weit. So what? Sie war Schmerz gewohnt. Man musste ihn einlassen, auch wenn sich alles dagegen sträubte, musste ihn Besitz ergreifen lassen von jeder Faser, ihn wüten lassen, bis er sich erschöpfte.

Seit wenigen Minuten war sie allein, und schon meinte sie an ihrer Trauer zu ersticken. Weiterleben. Ohne ihn. Undenkbar. Dass ihr das jetzt erst klar wurde. All die Tage seit seinem Tod war sie zurechtgekommen. Sie hatte geweint, das ja, hatte gedacht, das wäre sie, die Trauer: eine betäubende Erschütterung, angefahren, doch nicht überrollt. Immerhin war er nicht mehr ihr Mann. Zwei Jahre hatte sie Zeit gehabt, sich an eine Umgebung zu gewöhnen, in der er fehlte, und nun walzte der Schmerz mit solcher Wucht über sie hinweg, vor und zurück und wieder vor, als wollte er nichts von ihr übriglassen, sie gänzlich zermalmen.

Selbst der Joint, an dem sie so fieberhaft sog, dass er viel zu schnell zwischen ihren Fingern verglomm, konnte gegen diese Gewalt nichts ausrichten. Sie ließ den Stummel in den Aschenbecher fallen, der neben ihr auf dem Sofa stand, traf auch – kein weiteres Brandloch – und dachte daran, sich gleich den nächsten anzuzünden. Drei Stück hatte Kiki ihr eher gefaltet als gedreht, drei krumme und unregelmäßig gefüllte Joints, die bis morgen früh reichen mussten.

Kiki, ein bisserl spinnert zwar, aber mit einem guten Herzen, die darauf bestanden hatte, sie nach Hause zu begleiten, die den Schneematsch, den der Rollstuhl in der Wohnung verteilt hatte, aufgewischt und ihr Glühwein und Käsebrote für den Abend zubereitet hatte. Und das ohne zu fragen, ob sie für diese Arbeit bezahlt würde. Ein Glücksgriff. *Glück in glücksfernen Zeiten* nun doch, und besser als bei Genazino. Sie klammerte sich an den Gedanken, versuchte dahinter in Deckung zu gehen vor der Qual, die sich allerdings nicht aufhalten ließ von solchen Finten. Ihr Kopf sank an die Sofalehne. Sie schloss die Augen und ergab sich.

Wie er sie schon von weitem angestrahlt hatte bei ihrer ersten Begegnung, damals in dem besetzten Haus. *Can Toprak* hatte sie von seinem Presseausweis abgelesen und er hatte gelacht, als hätte sie ihm einen Rosenstrauß überreicht, obwohl sie denselben Fehler wie alle anderen gemacht hatte. Einen Fehler, den zu korrigieren ihm zum Hals raushängen musste.

»Nicht Kan wie Khan, sondern Dschan, wie Dschingis«, hatte er geantwortet und den schmelzenden Laut direkt in ihrem Bauch versenkt, von wo er sich ausbreitete in alle Richtungen, bis sie ihn noch in derselben Nacht auf der fleckigen Matratze im sogenannten *Puderkabinett* wieder hinausgeschrien hatte.

»Can!«, schrie sie auch jetzt, sein verwegenes Gesicht unter den geschlossenen Lidern bewahrt, faltenlos wie damals. Ein Piratengesicht, wie aus einem Film entsprungen, nicht schön, aber einprägsam. Ein Pirat, der mit den Jahren einem Satyr immer ähnlicher geworden war.

Wenn sie sich nur nicht hätte scheiden lassen, seine Untreue ein weiteres Mal akzeptiert, seinen Versprechungen Glauben geschenkt hätte, vielleicht wäre er noch am Leben. Vielleicht hätte sie ihn im täglichen Miteinander überzeugen können, nicht weiterzugraben, seine Höckernase aus den Angelegenheiten dieser Leute herauszuhalten, mit denen nicht zu spaßen war.

Nicht zu spaßen, das hatte sie ihm bei seinem letzten Besuch so oft entgegengehalten, bis er sie ob der dauernden Wiederholung ausgelacht und *wegen schlechten Stils disqualifiziert* hatte. Daraufhin war ihr vertrautes Gespräch in einen wüsten, wenn auch ebenso vertrauten Streit ausgeartet.

Sie atmete gegen den Panzer an, der ihren Körper immer enger zu umschließen schien, versuchte zu entscheiden, ob die Enge Symptom eines Krankheitsschubes oder ihrer Trauer war. Selbst das Schlucken bereitete ihr Probleme. Sie zog den erkalteten Glühwein näher, hob das Glas mit beiden Händen und leerte den halbvollen Becher, um gegen die eingebildete Barriere anzukämpfen. Es war nicht die Krankheit, diesmal nicht. Die pirschte sich vom Rand her an, traf nicht plötzlich ihre Mitte.

Can, seiner Seele beraubt, leere Hülle im aufgebahrten Sarg. Can in der Grube. Can unter schwarzlackiertem Holz, begraben unter roten Blumen.

Gegen den Widerstand der bleigepanzerten Weste, die nun nicht nur ihre Brust, sondern auch Schultern und Nacken umklammerte, hob sie den Kopf, um ihre Atemwege zu weiten. Eine Weile konzentrierte sie sich einzig auf das Heben und Senken ihrer Brust. Weil sie nicht sterben wollte. Noch nicht. Vielleicht, wenn sie ganz sicher sein könnte, dass sie ihn dort für sich hätte, wo er jetzt war. Doch nein, auch dann nicht. Es gab eine Olga ohne Can, eine, die alles durchstehen konnte.

Retten hätte sie ihn sowieso nicht können. Das einzige Rezept, das sich je mildernd auf Can Toprak ausgewirkt hatte, war leidenschaftlicher Sex gewesen. Auf diesem Feld konnte sie nicht mehr überzeugen. Und der Mistkerl hatte sie das spüren lassen, hatte sich anderweitig vergnügt, sich vögeln lassen von jeder, die ihm der Zufall vor sein Rohr trieb. Statt zu ihr zu stehen, in guten wie in schlechten Tagen. Elender Scheißkerl. Hoffentlich hörte er sie jetzt, hörte ihre Gedanken, schwebte irgendwo im Raum, festgehalten durch ihre Wut. »Dreckiger Hurenbock!«, schrie sie stimmlos. »Ich hasse, hasse, hasse dich!«

Da war er. Breitbeinig fläzte er im gelben Fauteuil und knurrte sie mit gebleckten Zähnen an. *Meine Wildkatze*, hörte sie ihn sagen.

Ich geb dir Wildkatze, dachte sie. Es hat sich nämlich ausgevögelt, blöd gelaufen, Seelen ficken nicht, kein Bier, kein Whisky, Harfe statt Hardrock, das hast du davon!

Wider Willen musste sie lächeln. Absurd, dass sie ihn strafweise in den Himmel verbannen wollte. Als hätte er sie noch posthum mit einem seiner rhetorischen Tricks in diese Richtung dirigiert, um nun ausgerechnet auf ihre Empfehlung hin an der benachbarten Tür zu klingeln, der Tür zum muslimischen Paradies. Zweiundsiebzig Jungfrauen, volles Programm. *Im Dienst der guten Sache gestorben, Baby, damit gehe ich wohl als Märtyrer durch*, rief er lachend zu ihr herab.

Sie blinzelte, um das Bild zu vertreiben. War ja alles Blödsinn, Himmel, Hölle, reine Fiktion, ebenso wie die romantische Vorstellung einer Seele. Alles, was blieb von einem Menschen, was bleiben würde von Can wie von ihr selbst, war ein madenzerfressener Kadaver und die Erinnerung in den Köpfen derjenigen, die ihn geliebt hatten. Oder gehasst. Oder beides. Und sie hatte nun niemanden mehr, der sie liebte und manchmal hasste und einst um sie trauern würde. Sie hatte auf ihn gezählt.

Sie griff nach dem zweiten Joint.

Can war tot.

»Tot, tot, tot«, murmelte sie, nur um Can inmitten der Rauchfäden ihres Joints aufsteigen zu sehen wie einen Dschinn aus der Wunderlampe. Doch zu viel, zwei Tüten so knapp hintereinander.

Wenn nun aber trotz allem etwas zurückblieb, eine gequälte Seele, die von ihr erwartete, für Gerechtigkeit zu sorgen? Wie in einer Spukgeschichte. Gerechtigkeit, für die kein anderer sorgen konnte, weil er vielleicht nur mit ihr über seine Recherchen gesprochen hatte.

»Ich kann nicht, hörst du?«, rief sie in den leeren Raum. »Can? Frag eine deiner Schlampen! Ich bin behindert, invalide, ein Krüppel. Ich habe genug mit mir selbst zu tun.«

Mal sehen, ob das durchging, ob er sie in Ruhe schlafen lassen würde. Wenn er wirklich etwas wollte, war ihm Rücksicht immer fremd gewesen. Dann hatte er sie aufgeweckt zu jeder Stunde und auch nach ihrer Scheidung oft mitten in der Nacht angerufen. Oder er stand gleich vor der Tür, eine Flasche Wein in der Hand, die Augen leuchtend vor Begeisterung. »Du musst mir helfen, Olga, hör mir zu, meine Rose, meine Seele, du musst!«

Und nie hatte sie nein sagen können.

Jetzt war er tot. Konnte nichts mehr wollen von ihr.

Wenn seine Energie nur irgendwie zu ihr finden könnte aus dem Grab oder dem Jenseits oder wo immer er sich herumtrieb. Wenn sie nicht so sterbensmüde wäre und doch ohne jede Aussicht auf Ruhe.

Rote Blumen auf Cans Sarg. Nicht, dass er sich aus Blumen etwas gemacht hatte, aber *Rot bis in den Tod*, das wäre ganz nach seinem Geschmack gewesen.

4

Adrian

Adrian hatte ein ausgesprochen ungutes Gefühl, als er bereits zum zweiten Mal in dieser Woche vor der Tür des Biedermeierhauses stand, in dem Olga wohnte. Und nun auch Kiki.

Mit vor Stolz gesättigter Stimme, ein ganz fremder Klang, hatte Kiki ihn gestern angerufen, um ihm die Neuigkeit zu verkünden, die sie *phantastisch* nannte: Olga habe sie gebeten, bei ihr einzuziehen. Kein Scheiß! Und sie, Kiki, habe bereits alles in die Wege geleitet, sei streng genommen bereits umgezogen, ein großer Koffer, ein, zwei Kisten, sie besitze ja nicht viel.

Der Summer ertönte. Adrian lehnte sich gegen die Tür, betrat den steingefliesten Flur und ging auf den Lift zu. Er drückte den Knopf und beschloss dann, lieber die Treppe zu nehmen und sich dadurch eine dreistöckige Frist zu verschaffen, um an seiner negativen Haltung Kiki gegenüber zu arbeiten. Sie war diesbezüglich sehr empfindlich und er hatte nicht vor, eine Krise auszulösen. Immerhin tat sie ihr Bestes, um ihr Leben auf eine stabile Basis zu stellen. Es war ohnehin zu spät, um diese Wohngemeinschaft zu verhindern. Aber nach dem Rechten sehen musste er. Von nun an eben öfter.

Der Rollstuhl stand neben der Wohnungstür an der Wand. Ein Brauch, den Kiki gleich nach Arbeitsantritt angeregt hatte, um Olga zu vermehrter Bewegung zu motivieren. Tatsächlich schien die innerhalb der Wohnung ganz gut mit der Gehhilfe zurechtzukommen. »Siehst du«, hatte Kiki ihm zugeraunt, »alles unter Kontrolle.« Doch Adrians Erfahrung nach neigten die Dinge bei Kiki dazu, über kurz oder lang außer Kontrolle zu geraten.

Er klingelte, und einen Atemzug später öffnete sich die Tür und entließ eine Duftwolke ins Stiegenhaus. Frischer Kaffee, warmer Apfel, Zimt.

»Mhm!« Er beugte sich über die Gehhilfe, um Olga auf die Wangen zu küssen. »Apfelkuchen?«

»Apfelstrudel.«

»Gerade fertig geworden!«, rief Kiki aus der Küche, untermalt vom Piepsen eines elektronischen Weckers. Ein Backblech klapperte. Topflappen in beiden Händen, kam sie auf ihn zu, um sich ebenfalls küssen zu lassen. »Hallo, Bruderherz!«

Das geschwisterliche Getue ging ihm langsam auf die Nerven, obwohl er zugeben musste, dass es ihr Verhältnis recht treffend beschrieb. Er fühlte sich für Kiki in einem Maß verantwortlich, das durch eine dreizehn Jahre zurückliegende Beziehung von knapp zwei Jahren kaum gerechtfertigt schien, zumal er nicht mehr das geringste erotische Interesse an ihr verspürte.

Obwohl sie nicht übel aussah heute. Irgendwie anders als sonst, aber gut. Luftig. Ihre Haare hingen nicht mehr glatt, sondern wellten sich über die Schultern. Sie trug sogar Lippenstift. Und ein Kleid, tailliert, mit Blümchen. Wo sie das wohl aufgetrieben hatte? *Adrett* war das Wort, das ihn aus der Mottenkiste ansprang. Wenn sie nun noch zu singen anfinge … Adrian schloss kurz die Augen, um das diffuse Spannungsgefühl zu vertreiben, das ihn angesichts von Kikis Verwandlung überfiel. Die *Stepford Wives* kamen ihm in den Sinn. Grotesk.

Er rief sich zur Ordnung. Je normaler Kiki sich gab, desto bedrohlicher erschien sie ihm. Einerseits kein Wunder, wenn man ihre gemeinsame Vergangenheit bedachte. Andererseits Ballast, der nichts zu ihrer Wiedereingliederung in die Gesellschaft beitragen würde. Wie wollte er ihr helfen, wenn er ihr nicht zugestand, sich zu ändern? Vermutlich war es der dauernde Umgang mit dem Tod, der etwas in ihm verbogen hatte und ihm auch die Welt der Lebenden unwandelbar erscheinen ließ.

»Du wirkst so beklommen«, sagte Olga. »Probleme?«

»Nur mit mir selbst.« *Beklommen.* Ein Wort, dass ihm nicht in den Sinn gekommen wäre, das er sich aber merken wollte. Beklommen, bang, verzagt, erschüttert waren schließlich die meisten Menschen, mit denen er zu tun hatte.

Stockend schob Olga ihre Gehhilfe Meter um Meter voran. Jede ihrer Bewegungen wirkte wie aus zu großer Distanz ferngesteuert, durch Funklöcher und Übertragungsfehler gestört. Adrian folgte ihr ins Wohnzimmer, den Blick auf den Haarwirbel an ihrem Hinterkopf geheftet, und versuchte, die mühelose Datenübermittlung zwischen der Kommandozentrale in seinem Kopf und den eigenen Gliedmaßen wertzuschätzen, ohne ins Stolpern zu geraten. Wie er automatisch ruhiger atmete, gebremst durch die Bedächtigkeit, die die Krankheit Olga aufzwang. Ein gelassenes Tempo zwischen der Hektik der Außenwelt und der Ruhe des Todes, geradezu maßgeschneidert für ihn.

Warum er sich allerdings inmitten dieses Durcheinanders unterschiedlicher Stile neuerdings wohler fühlte als in den präzisen Linien und Nichtfarben seiner eigenen Wohnung, war ihm ein Rätsel. Bunt bezogene Polstermöbel aus den Sechzigern und Siebzigern, Art-déco-Regale, Taschenbücher neben Erstausgaben, sonnengelbe Wände, an denen gerahmte Skizzen und Drucke in Schwarzweiß hingen. Selbst die rote Flagge mit dem Kommunistenstern über dem Sofa, auf der sich ein Barockengel mit schadhafter Vergoldung rekelte, irritierte Adrian kaum noch. Das Prinzip der Versöhnung machte selbst vor den größten Gegensätzen nicht halt.

Wieder sah er Olga zu, die erst eine Hand, dann die zweite

von der Gehhilfe löste, um nach der hölzernen Armlehne des Sofas zu greifen und sich in einer sparsamen Drehung darauf niederzulassen. Wie bedeutsam jede Bewegung bei ihr wirkte. Ihre Porzellanpuppenhand mit den immer leicht gebeugten Fingern klopfte auf den Samtbezug, und Adrian setzte sich neben sie.

Kiki wehte herein, verteilte Teller, Kuchengabeln und Tassen, rief: »Strudel kommt gleich!«, und tanzte wieder hinaus.

»Ich muss sagen, dass ich deine Experimentierfreudigkeit bewundere«, sagte Adrian und konnte sich nicht beherrschen, nach Olgas Hand zu greifen. Als drängte ihn ausgerechnet das Wissen um ihre eingeschränkte Empfindungsfähigkeit dazu.

»Experimentierfreudigkeit?«

»Dass du Kiki bei dir wohnen lässt, obwohl du sie erst seit zehn Tagen kennst.«

»Cans ehemaliges Arbeitszimmer stand leer, und was hätte ich machen sollen, nachdem sie aus ihrer Wohnung geflogen ist? Eine Sauerei von diesem Vermieter, sie wegen so einer Sache vor die Tür zu setzen.«

Die Anschuldigung verschlug Adrian die Sprache. Er presste die Lippen zusammen und sandte Kiki, die eben mit dem Kuchentablett den Raum betrat, einen vernichtenden Blick, unter dem ihre Fröhlichkeit einzutrocknen schien. »Rausgeflogen bist du also?« Ein Fauchen. Es war schlicht undenkbar, dass der Vermieter ihr gekündigt hatte, ohne ihn zu informieren. Wie viel Überredungskunst es ihn gekostet hatte, seinem Bruder diese Wohnung für Kiki abzutrotzen. Ganz zu schweigen von den beiden Flaschen sündteuren Whiskys, eigens importiert von einer kleinen schottischen Brennerei.

Mit gesenktem Kopf stellte Kiki das Tablett auf den Tisch und zerteilte mit fahrigen Bewegungen den Strudel. »Es war das Beste so«, murmelte sie, ohne Adrian anzusehen. Ihre

Lippen zitterten, den Kopf hatte sie schildkrötenhaft zwischen die Schultern gezogen. Verschwunden die fröhliche Hausfrau, die sie sich aus den alten Hollywoodfilmen abgeschaut haben musste, von deren Wiederholungen sie nicht genug bekommen konnte.

Adrian kämpfte mit sich. Einerseits war es unverantwortlich, Olga einer Kiki anzuvertrauen, die schon wieder anfing, sich die Realität zurechtzulügen. Andererseits stünde Kiki nicht nur ohne Wohnung, sondern auch erneut ohne Job da, wenn er sie verriet. Sie würde zusammenbrechen, zerfiel ja gerade vor seinen Augen, und wohin das führen konnte ...

»Leute, ihr geht mir auf die Nerven mit euren Altlasten. Was ist los?«, fragte Olga und entzog Adrian ihre Hand, die er krampfhaft umklammert gehalten hatte. Auffordernd sah sie Kiki an. Die zuckte mit den Schultern.

Adrian seufzte. »Erst aus dem Job und dann aus der Wohnung rausgeflogen – das passiert ja nicht jedem innerhalb so kurzer Zeit.«

»Widrige Umstände, kleine Missverständnisse«, murmelte Kiki. »Aber jetzt ist es doch gut. Alles ist gut.«

»Missverständnis scheint mir nicht der richtige Ausdruck zu sein, wenn jemand eine Mieterin delogiert, weil sie seine Annäherungen zurückweist«, empörte sich Olga.

Adrian schloss die Augen, sammelte Energie, um nun doch zu protestieren, während Olga und Kiki eine eventuelle Strafverfolgung des zudringlichen Wohnungseigentümers diskutierten. Dass Kiki es nicht bei einer Lüge belassen konnte, sondern gleich eine Seifenoper aufziehen musste! Wobei Olga offenbar nicht ahnte, dass es sich bei dem Vermieter um seinen Bruder handelte. Der mit Sicherheit nichts mit diesem Charakter aus Kikis Phantasiegebäuden zu tun hatte. Er musste ihn anrufen. Sich für Kiki entschuldigen oder zumindest herausfinden, was sich tatsächlich zugetragen hatte. Ob sie die Wohnung überhaupt aufgegeben hatte. Aber warum zum Teufel war das seine Angelegenheit? Er musste dieses Großer-Bruder-Ding loswerden.

»Hey!«, rief Kiki. »Koste endlich!«

Adrian öffnete die Augen und zwang sich zu einem Lächeln. Es war wohl das Beste, dem Sog nachzugeben und sich mitreißen zu lassen vom Leben und von Kiki, die wie immer danach gierte, jedem Moment maximale Turbulenzen abzuringen. *Go with the flow*, sagte er sich, *sonst gehst du unter*. Um trotzdem nicht willenlos ihrem Kommando zu folgen, goss er sich Milch in den Kaffee, warf ganz gegen seine Gewohnheit auch noch ein Stück Zucker hinein, um sich einen Grund für langwieriges Rühren zu verschaffen, und leerte gemächlich die Tasse, bevor er die Gabel im Strudel versenkte. Der köstlich schmeckte.

»Hast du gar keinen Verdacht geschöpft?«

Adrian ärgerte sich, dass der vorwurfsvolle Blick, mit dem Kiki ihre Frage begleitete, schlechtes Gewissen in ihm wachrief, obwohl er nicht die geringste Ahnung hatte, worin sein Versäumnis bestehen sollte. Wenn es hier wieder um seinen Bruder und dessen angebliche Annäherungsversuche ging, dann trieb sie es eindeutig zu weit. Sein Entschluss, sich dem Strom auszuliefern, hatte ihn vom Verlauf der Konversation fortgespült und an die Klippe selbstversunkener Nahrungsaufnahme geworfen. Kiki war womöglich längst bei einem anderen Thema angelangt. »Verdacht?«, fragte er also sicherheitshalber.

»Na, schließlich hast du mit seinen Verwandten gesprochen. Machst du doch immer, bevor du deine Grabreden schreibst.«

»Traueransprache, nicht Grabrede. Geht es jetzt um Olgas Exmann? Was soll er angestellt haben?«

Kiki schielte in Deckenrichtung. »Du meinst, abgesehen davon, dass er sich hat ermorden lassen? Keine Ahnung.«

»Wie kommst du auf den Quatsch? Er ist nicht ermordet

worden. Er hat einen Atemstillstand erlitten aufgrund eines allergischen Schocks. Ich finde es unmöglich, dass du Olga, die genug damit zu tun hat, die Lücke, die der Tod in ihr Leben gerissen hat –«

»Danke, ich kann für mich selbst sprechen«, schaltete sich Olga ein. »Can hatte keine Allergien. Nie. Er war der gesündeste Mensch, den ich kenne, körperlich jedenfalls. Kein Husten, kein Schnupfen hat ihn je erwischt, und bei den Mengen Kaffee, die er gesoffen hat, hätte jeder andere ein Magengeschwür entwickelt. Er ist mit der Zigarette im Mundwinkel auf die höchsten Berge gestiegen und ich weiß nicht, ob er je eine Arztpraxis von innen gesehen hat. Er war einfach unverwüstlich.«

Je gesünder Can von Wort zu Wort wurde, desto elender fühlte sich Adrian, ein Druck in der Brust und ein Brennen, das Herz oder doch der Magen, weil er Kaffee längst nicht so gut vertrug wie der Verstorbene. Dem der robuste Magen nun allerdings auch nichts mehr half. »Wenn ein geliebter Mensch plötzlich aus dem Leben gerissen wird, ist es nur natürlich, sich Fragen nach dem Sinn und dem Grund für diesen Verlust zu stellen. Aber nur, weil dein Exmann zeit seines Lebens gesund war, muss er nicht ermordet worden sein. Vielleicht ist dieser Verdacht für dich ein Weg, die Gewaltsamkeit des Verlustes in die äußere Welt zu verlagern, weil du noch nicht in der Lage bist, mit dem Schmerz in deinem Inneren zu leben.«

»Spar dir deine psychologisierenden Grabfloskeln!«, befahl Kiki. »Hier geht es um ein Verbrechen, das spürt man in den Fingerspitzen.« Sie hob die Linke und rieb mit dem Daumen über die Fingerkuppen.

Adrian vergewisserte sich mit einem Blick, dass Olga gefasst und aufmerksam war. Schließlich ging es nicht um Kiki, auch wenn sich in ihrer Welt alles um sie zu drehen hatte. »Das waren keine Floskeln, sondern Überlegungen zum Umgang mit dem Tod. Wenn ich auf der Ebene der Fakten bleiben soll, dann gebe ich zu bedenken, dass Allergien auch plötzlich auftreten können. Immerhin wurde die Todesursache ärztlich festgestellt, und wenn es irgendwelche Zweifel gegeben hätte …«

»Vielleicht hat es ja Zweifel gegeben oder sogar eine Obduktion. Als Ex hat man leider kein Auskunftsrecht, egal wie nahe man sich steht. Und seine Familie ist nicht gut auf mich zu sprechen«, sagte Olga.

Eine Untertreibung. Zu gern hätte er gefragt, woher die Feindseligkeit der Familie und vor allem der Schwester eigentlich rührte, doch dies war dafür nicht der richtige Moment. Vielleicht, wenn sie allein miteinander gewesen wären. Kiki würde es kaum tolerieren, wenn er jetzt abschweifte. »Es tut mir leid, dass deinen Gefühlen und Bedürfnissen so wenig Rechnung getragen wurde, Olga. Ich muss bei der Gestaltung der Trauerfeier die Wünsche der Angehörigen berücksichtigen und bin natürlich darauf angewiesen, was sie mir verraten. Tatsächlich habe ich eine gewisse Blockade gespürt, was die Umstände des Todes und auch das Verhältnis zum Verstorbenen angeht, aber –«

»Du hättest nachbohren müssen!«, behauptete Kiki.

»Nein, hätte ich nicht. Es ist nicht meine Aufgabe, die Angehörigen maximal zu traumatisieren. Ich begleite sie in ihrer Trauer und dabei stehen ihre Bedürfnisse im Vordergrund, nicht meine Neugier und schon gar nicht deine.«

»Darum geht es überhaupt nicht. Der Punkt ist: Schattenberg kennt den Grund für Cans Tod.«

»Nein«, sagte Olga. »Den Grund kenne ich nicht. Ich habe Hypothesen.«

»Das MIT-Komplott«, sagte Kiki.

»Unter anderem. Er war auch an einem Rüstungskonzern dran wegen eines schmutzigen Deals. Hat da mit einer Grünpolitikerin zusammengearbeitet, die wir interviewen könnten.«

Diesmal gelang es Adrian nicht, sein Aufstoßen zu verbeißen. Er schob sich einen Strudelbissen in den Mund, um den üblen Geschmack loszuwerden.

»Aber dass der MIT oder die Nazis Can auf dem Gewissen haben, hältst du doch für die wahrscheinlichste Möglichkeit«, sagte Kiki.

Olga schwieg. Adrian wandte sich ihr zu. In der Welt der Trauernden bleiben, nicht werten, nicht urteilen. Auch wenn dies kein professionelles Gespräch war, verdiente sie dieselbe Rücksicht wie alle Hinterbliebenen. »Mir war nicht bewusst, dass …« Er räusperte sich, weil ihm das Wort *Komplott* nicht über die Lippen wollte. »Dass das MIT dabei ist, eine Verschwörung anzuzetteln. Gegen wen oder was soll die sich richten?«

Olga schnaubte. »Nicht das MIT wie *Massachusetts Institute of Technology*, sondern der MIT wie *Millî Isti-irgendwas Teşkilâtı*«, sagte sie.

Adrian atmete auf. *Irgendwas Teşkilâtı* stand auch über dem Eingang des Gebetsraumes eine Querstraße weiter, Gefahrenpotenzial überschaubar. Aufmunternd lächelte er Olga zu, deren Blick sich umgehend verfinsterte.

»So heißt der türkische Geheimdienst, dessen Methoden denen der Gestapo angeblich in nichts nachstehen.«

Adrian fand sich von einem leichten Schwindel erfasst, der das Licht im Raum schimmern und die Konturen verschwimmen ließ. Das war ein Scherz. Geheimdienst, Gestapo, Komplott. Sie machten sich einen Spaß mit ihm.

»Die arbeiten mit einer Art internationaler Nazi-Mafia zusammen«, sagte Kiki.

Olga schnalzte mit der Zunge und fiel ihr ins Wort. »Can war da mit einem Kollegen an einer großen Sache dran. Hat ihn monatelange Recherche gekostet. Du hast gehört, dass auch bei uns türkischstämmige Bürger ausspioniert und denunziert werden. Dass viele sich nicht mehr trauen, ihre Verwandten in der Türkei zu besuchen, aus Angst, verhaftet zu werden.«

»Vielleicht am Rande. Politik ist nicht gerade mein primäres Interessensgebiet.«

»Nur ein toter Politiker ist ein guter Politiker.« Kiki kicherte.

»Was soll der Scheiß?«, schnauzte Olga. »Findet ihr Unterdrückung und politische Verfolgung witzig, ja?« Sie funkelte Adrian an. »Den Verlust der Freiheitsrechte unerheblich? Dann haut bitte ab! Jetzt gleich. Alle beide. Ich kann auch allein.«

Kiki sog die Luft ein, richtete sich auf und zog das Kleid über den Knien glatt.

Adrian räusperte sich. »Sorry. Natürlich ist es nicht witzig. Es fällt mir nur schwer, einen Bezug zu unserem Leben herzustellen.«

»Ach, wenn deine türkischen Nachbarn sich nicht mehr trauen, ihre Meinung zu sagen, dann geht dich das nichts an? Wenn sie im Urlaub in einem Gefängnis verschwinden, dann betrifft dich das nicht?«

»Bitte!« Adrian schielte zur Decke. »Übertreib doch nicht so!« Er schluckte die Auskunft, dass er gar keine türkischen Nachbarn hatte. An einem Rauswurf war ihm trotz der ungemütlichen Stimmung nicht gelegen.

»Niemals vergessen«, murmelte Kiki. »Naziterror und so.« Ihre Augen schimmerten feucht, die Lippen zitterten. Das Wort Gefängnis hatte wohl eigene Erinnerungen getriggert. War er der Einzige hier, der sich weit genug vom Leben ferngehalten hatte, um den Schmerz der Geknechteten nicht nachfühlen zu können? Adrian senkte den Blick.

»Von wegen Lebensbezug«, setzte Olga nach. »Es läuft darauf hinaus, dass der MIT nicht nur über ein hocheffizientes Spitzelnetz verfügt, sondern nebenbei sozusagen eine Interessensgemeinschaft mit Rechtsradikalen in Europa aufgebaut hat. Das geht uns alle an.«

»Nazi-Mafia, sag ich ja«, kommentierte Kiki.

»Sei so lieb, bau mir einen Joint. Die Dose mit dem Gras ist in der obersten Schreibtischschublade.« Schwerfällig veränderte Olga die Sitzposition so, dass sie Adrian in die Augen sehen konnte. »Es hat zuletzt in Deutschland, vereinzelt auch in Schweden, den Niederlanden, der Schweiz und bei uns in Österreich Anschläge auf Geschäfte und Betriebe von progressiveren Türken gegeben. Auch Prügelattacken. Nur dass unsere Regierung das elegant mit dem Mantel des Schweigens bedeckt. Vor ein paar Wochen sind bei einem Brandanschlag auf ein Geschäft in Nürnberg der Besitzer und seine Tochter ums Leben gekommen. Die Schweine schrecken vor Mord nicht zurück. Cans Recherchen zufolge sind diese Taten höchstwahrscheinlich von unserem eigenen rechten Gesocks verübt, die Zielpersonen aber vom MIT oder einer verwandten, jedenfalls türkischen Organisation ausgewählt worden.«

»Klingt ziemlich absurd. Inwiefern sollen deren Interessen denn übereinstimmen?«, fragte Adrian mit trockenem Mund, wider Willen gefesselt von dieser angeblichen Verschwörung, die sich zweifellos als das Phantasiekonstrukt eines sensationslüsternen Pressemannes herausstellen würde.

»Ich habe leider nicht alle Details behalten. Es ist natürlich nur eine Zusammenarbeit auf Zeit, und jede Seite verfolgt zusätzlich eine Schattenagenda«, sagte Olga und sah Adrian an, als erwarte sie, dass er das Rätsel nun selbst löse.

Nicht zum ersten Mal musste er sich seine bescheidene Kombinationsgabe eingestehen. Bei jedem Fernsehkrimi wussten alle anderen vor ihm, wer der Täter war.

»Schattenberg spricht über Schattenagendas«, sagte Kiki fröhlich, steckte Olga die Marihuana-Zigarette zwischen die Lippen und entzündete sie. »Oder heißt es Agenden?«

Adrian nickte. »Ich kapier's nicht. Warum sollten sich Islamisten und Islamhasser auf ein Packl hauen?«

Olga schnaubte und Adrian hatte das Gefühl, unter ihrem enttäuschten Blick zu schrumpfen.

»Destabilisierung!«, schrie Kiki.

»Destabilisierung, aha. Wer kann daran interessiert sein? Wir haben schon eine rechtsgerichtete Regierung, da ist für die Nazis kaum noch was zu gewinnen. Und was hat die türkische Regierung davon, bei uns Unruhe zu stiften?« Olga reichte ihm den Joint, und er sog den Rauch tief ein. Gelassenheit konnte er gerade gut gebrauchen.

»Du bist so fixiert auf Harmonie und Friede-Freude-Apfelstrudel, dass du dir echt nicht vorstellen kannst, warum es nützlich sein kann, eine Gesellschaft ins Chaos zu stürzen? Das ist –«

Olga hob die Hand mit dem Joint um einige Zentimeter, und Kiki verstummte sofort. Die Geste und Olgas herabgezogene Mundwinkel erinnerten Adrian an den Paten, und nur mit Mühe bezwang er ein Lachen. Das war alles nicht wahr. Das Gras vermutlich. Olga schien es allerdings nicht zu beeinträchtigen. Sie nahm einen tiefen Zug und sah ihm konzentriert in die Augen. »Ich stelle es mir so vor: Die rechten Krawallmacher sind über jeden Grund zum Losschlagen froh. Differenzieren ist nicht ihre Stärke. Türke ist Türke, Muslim ist Muslim, ganz gleich, welche Weltanschauung er vertritt, und gehört vernichtet, vertrieben, was auch immer. Die politische Rechte kann dagegen nicht groß was haben, auch wenn sie bestimmt nicht so blöd ist, sich direkt einbinden zu lassen. Aber sie wird davon ausgehen, dass auch Gewalt *gegen* Türken von ihren Wählern eher den Opfern als den Tätern angelastet wird und den Groll weiter anheizt.«

Wieder kitzelte ein Lachreiz in Adrians Kehle. Er bemühte sich, die innere Logik zu würdigen, die Olgas abstrusem Gedankengebäude innewohnte. Immer in der Welt des Gegenübers bleiben. Doch es half nichts. Er prustete los, spuckte

Teigstücke in die Hand, die er sich eben noch rechtzeitig vor den Mund gehalten hatte, und konnte ums Verrecken nicht aufhören zu lachen, zu kichern vielmehr, wie ein Schulmädchen, bis seine Bauchmuskeln krampften. Diese Kifferei war nichts für ihn.

Als der Anfall nachließ, wischte er seine Hand mangels Serviette – so weit war es mit Kikis hausfraulichen Qualitäten auch wieder nicht her – an der Hose ab und richtete sich auf. Er zwang seine Mundwinkel nach unten, um dem Ernst der Situation gerecht zu werden und Olgas genervten Blick zu seinen Gunsten zu modifizieren. »Okay, ich verstehe.« Er räusperte sich. »Jeder Aufruhr hilft letztlich denen, die sich als Garant für Sicherheit und Ordnung darstellen. Schwierigkeiten in der muslimischen Community spielen den Rassisten in die Hände. Aber warum sollte sich der türkische Geheimdienst, also die türkische Regierung, die Zusammenarbeit mit Islamfeinden antun?«

»Destabilisierung?«, flüsterte Kiki. »Verunsicherung? Wenn keiner weiß, von wo und wem der nächste Schlag droht, ist man dankbar für jeden Schutz, den man kriegen kann.«

Adrian nahm den Joint entgegen und inhalierte tief. Es war doch höchste Zeit, dass er wieder in einen anderen Bewusstseinszustand kam.

»Außerdem stärken Angriffe von außen den Zusammenhalt in der Community, lassen alle gegen die Islamfeinde zusammenstehen. Angenommen, es käme heraus, dass der türkische Staat selbst seine Auslandscommunitys terrorisiert. Was würde passieren? Die Stimmung in Europa würde noch weiter nach rechts kippen und tatsächlich eine Ausweisung aller türkischen Staatsbürger im Raum stehen. Überhaupt aller Muslime womöglich. Was wiederum kontraproduktiv wäre im Hinblick auf die angestrebte Islamisierung Europas.« Olga schien mit sich zufrieden.

»Islamisierung Europas, das nun auch noch! Womit die Rechten recht hätten, die aber angeblich mit denen zusammenarbeiten sollen, die ihre Horrorvision in die Tat umsetzen? Sorry, aber ich steig aus! Das ist eine völlig absurde Verschwörungstheorie.«

»Vielleicht habe ich es nicht gut genug erklärt«, sagte Olga und blies den Rauch aus. »Weil ich es selbst nicht komplett verstehe, beziehungsweise es mir nicht richtig gemerkt habe. Tatsache ist, dass Can in diese Richtung recherchiert hat und dass er tot ist.«

»Ermordet«, sagte Kiki mit bedeutungsschwerer Stimme, ganz Miss Marple, und spreizte beim Heben der Tasse den kleinen Finger ab. Sie trank einen Schluck, legte dann doch beide Hände um die Tasse und zog die angewinkelten Beine auf die Sitzfläche.

»Und wer soll ihn eurer Meinung nach …?«, fragte Adrian.

»Entweder das rechte Pack oder der türkische Geheimdienst. Wenn ihnen nicht dieser Rüstungskonzern zuvorgekommen ist. Genau das sollten wir herausfinden«, antwortete Olga.

»Wir?« Das Wort fuhr Adrian wie ein Stromschlag in die Glieder.

»Wer denn sonst? Die Wahrheit interessiert ja offenbar niemanden außer mir. Wenn du nicht willst, dann eben nicht *wir*. Mach ich es halt allein.« Olga sank in sich zusammen.

Auch Adrian fühlte sich, als hätte man ihm das Rückgrat gezogen. Die Scham über seine Feigheit kroch ihm über Brust und Hals ins Gesicht und erhitzte seine Wangen. Ach was, Feigheit. Vernunft war es. Lebenserhaltungstrieb.

Kiki berührte Olgas Knie. »Mich wirst du nicht los.« Ein Lächeln voller Aufopferung, ja Liebe verklärte ihre Züge. Verstörend angesichts eines erst zwei Wochen währenden Arbeitsverhältnisses. Adrian fand nicht aus dem Alarmzustand.

Olga schob sich das Kissen in ihrem Rücken zurecht, lehnte sich dagegen und sah ihn unter halbgeschlossenen Lidern resigniert an. Der Joint fiel ihr aus der Hand in den Schoß, und so schnell Adrian auch danach griff, es war nicht schnell genug, um ein Brandloch im Rock zu verhindern.

Olga seufzte. »Das passiert mir in letzter Zeit dauernd. Diese Taubheit in den Fingern ist neu. Schwere Sachen zu halten fällt mir leichter, aber Zigaretten, Bleistifte …« Sie ließ den Kopf gegen die Rückenlehne sinken.

Adrian heftete den Blick auf die kleinen Löcher und schwarz geschmolzenen Punkte auf dem Sofabezug. Er nahm einen letzten Zug und dämpfte den Joint aus. Ob Olga auch nichts fühlte, wenn er ihre Hand nahm? »Es erscheint so …« *Unglaubwürdig* drängte sich auf, aber er durfte Olgas Überzeugung nicht entwerten. »Ich meine, ein derart riskantes Komplott. War dein Exmann wirklich schon so weit mit seinen Recherchen, oder sind es nicht eher Vermutungen?«

Kiki schnalzte mit der Zunge wie vorhin Olga. Adrian konnte sich nicht erinnern, das je von ihr gehört zu haben. »Kannst du nicht einfach mal darauf vertrauen, dass andere die Wahrheit sagen? Schattenbergs Ex war kein x-beliebiger Träumer. Olga?«

Doch Olga war eingenickt. Den Kopf zur Brust geneigt, die Hände vor dem Unterbauch gekreuzt im Stil einer chinesischen Meditationsübung, saß sie ruhig atmend mit geschlossenen Augen neben Adrian.

»Fatigue«, flüsterte Kiki. »Kopfmüdigkeit nennt sie es. Kommt von der Krankheit. Dann kann sie sich einfach nicht mehr konzentrieren oder döst gleich weg. Wahrscheinlich ist sie in ein paar Minuten wieder da.«

Adrian fühlte ungewohnte Zärtlichkeit für Kiki in sich aufsteigen. Ihre Fürsorglichkeit, Olgas Verletzlichkeit … Vielleicht waren die beiden ja doch kein schlechtes Team. Er war nahe daran, aufzustehen und Kiki zu umarmen. Brüderlich. »Du scheinst ganz gut zurechtzukommen.«

»Es ist perfekt! Sie ist so ein phantastischer Mensch. Mit diesem Schicksal fertigzuwerden und trotzdem nicht verbittert zu sein. Sie ist mein absolutes Vorbild! Und irgendwie, obwohl sie ja nicht so viel älter ist, auch wie eine Mutter, echt weise und so. Man könnte ihr alles erzählen.«

Adrian kaute an einer Bemerkung über Kikis echte Mutter, verglichen mit der selbst ein Huhn weise erscheinen musste, schluckte sie jedoch hinunter. Ihre Eltern, die seit Kikis Verurteilung jeglichen Kontakt mit ihr verweigert hatten, waren vor einigen Jahren bei einem Hubschrauberabsturz im Himalaya ums Leben gekommen. Das jedenfalls hatte sie ihm während eines Haftbesuchs erzählt. Wenn er es jetzt bedachte, erschien die Geschichte so absurd, dass sie vermutlich nur in ihrer Phantasie stattgefunden hatte. Gut möglich, dass die beiden sich wie eh und je in ihrem Kaff gegenseitig das Leben zur Hölle machten.

»Dieses Komplott«, sagte er leise und kontrollierte mit einem Blick, ob Olga noch schlief. »Jetzt mal unter uns: Glaubst du ernsthaft, da ist etwas dran?«

»Logisch! Ich sag dir: Ihr Mann, der war ein superseriöser Journalist, hat sogar Bücher geschrieben. Über die Hausbesetzerszene und Spartakus und irgendwas mit Rüstungslobby und Politik.«

Adrian versuchte beeindruckt zu wirken, doch seine Bedenken hatte diese Aufzählung nicht zerstreut. »Selbst wenn etwas dran ist – man wird nicht gleich ermordet, wenn man als Journalist etwas herausfindet. Nicht bei uns.«

Neben ihm schnarchte Olga röchelnd auf und öffnete die Augen. »Jedenfalls werde ich der Sache nachgehen«, sagte sie, als hätte sie sich nie aus dem Gespräch ausgeklinkt. »Und der erste Schritt ist, dass ich irgendwie an Cans Computer kommen muss.«

»Wir!«, sagte Kiki und sah Adrian auffordernd an. »Wir werden der Sache nachgehen.«

»Und mit dem, was du in seinen Daten findest, gehst du zur Polizei«, sagte Adrian.

»Das werden wir sehen«, schnappte Kiki.

»Ich bin da skeptisch.« Olga rieb wie in Zeitlupe ihre Hände. »Warum ermitteln die nicht längst?«

»Weil ein allergischer Schock die offizielle Todesursache war, vergessen? Und ob sie in dieser MIT-Sache nachforschen, kannst du schließlich nicht wissen.«

»Wie auch immer. Wozu sollen wir uns die Zusammenhänge aus den Fingern saugen, wenn auf Cans Laptop alles nachzulesen ist? Und der ist vermutlich noch in seiner Wohnung. Das Erbe wird ja wohl kaum so schnell abgewickelt sein. Wir müssen also irgendwie dort rein.«

»Ich könnte Dana fragen.« Die Aussicht schien Kiki unbehaglich. »Oder Sabrina. Kolleginnen. Ihr wisst schon, von drinnen.«

Planten sie ernsthaft einen Einbruch? Adrian beschloss, sich zu verabschieden. Dabei war es ihm beinahe gleichgültig, ob es sich hier um ein reales Komplott handelte und Can tatsächlich ermordet worden war oder ob sich das alles nur in den Köpfen seiner Gefährtinnen abspielte. Destruktive Energien wurden frei, so oder so. Wenn man in Ruhe leben wollte, musste man sich schützen, durfte sich weder von Hass und Niedertracht noch von Verfolgungswahn anstecken lassen. Er legte die Hände auf die Knie, spannte die Oberschenkel an, wollte sich erheben.

Kiki ließ einen Schrei los. »Das darf nicht wahr sein! Willst du mal wieder dein hübsches Köpfchen in den Sand stecken, statt dich dem Leben zu stellen, ja?«

Adrian seufzte und ließ sich in die Kissen zurückfallen. »Jedenfalls habe ich nicht vor, unter die Einbrecher zu gehen.«

»Wir haben der Gesellschaft gegenüber eine Verantwortung«, sagte Kiki. »Nur weil man Angst vor Sanktionen hat, heißt das nicht, dass man tatenlos zuschauen darf, wie unser Land zum Spielball finsterer Mächte wird. Da ist jede und jeder Einzelne gefragt, aufzustehen und –«

»Lass ein bisserl Luft ab, Kiki«, bat Olga und legte Adrian ihre Hand auf den Oberschenkel. »Ich kann verstehen, wenn du uns in dieser Angelegenheit nicht unterstützen willst. Tatsache ist allerdings, dass *ich* etwas unternehmen *muss*. Ich habe das Gefühl, dass noch etwas da ist von ihm und mich drängt …« Sie hielt inne, sah ihn an und schürzte die Lippen. »Ich weiß, das hört sich kitschig an, wie tausendfach gelesen. Dabei habe ich mit Esoterik überhaupt nichts am Hut. Aber das ändert nichts daran, dass ich der Sache nachgehen muss. Und ohne Hilfe wird das schwer.«

Adrian ermahnte sich, der Bitte in ihren Augen nicht nachzugeben, und spürte gleichzeitig, dass er scheitern würde. Wie schwer ihre Hand auf seinem Schenkel ruhte. Er hatte ihrem Körper ätherische Leichtigkeit angedichtet. Ein unnachvollziehbarer Fehlschluss, da er doch wusste, wie schwer sie bei jeder Bewegung an ihrem Körper zu tragen hatte. Es war das erste Mal, dass sie ihn von sich aus berührte, und schon die leichteste Bewegung ihrer Fingerkuppen störte einiges in ihm auf. Was auch immer sie dabei fühlen oder nicht fühlen mochte, schien ihn zu durchdringen. Und immer noch sah sie ihn an. Er schluckte. Wenn es nur nicht ihr Exmann wäre, dessentwegen er über seinen Schatten springen sollte. Diese eitle Lichtgestalt, die, wenn man Olga glauben durfte, nur knapp am Superheldentum vorbeigeschrammt war. »Ich wüsste gar nicht, was ich beitragen kann.« Klägliche Ausflüchte, ganz falsch. Männlichkeit war gefragt. Irgendwo in ihm musste ein Krieger stecken. »Sollte dir mit meiner Solidarität gedient sein, mit meinem Rat … falls mir einer einfällt …« Lachend schüttelte er den Kopf. Er war ein hoffnungsloser Fall. »Ach, zum Teufel! Ich tu, was ich kann.«

Kiki stieß ein Siegesgeheul aus und Olga schenkte ihm ein Lächeln. Keine von beiden schien seinen geflüsterten Zusatz gehört zu haben: »Solange es nicht im Konflikt mit dem Gesetz steht.« Oder hatte er das nur gedacht?

Olgas Hand wanderte noch etwa zwei Zentimeter seinen Oberschenkel aufwärts, bevor sie sich mit einem leichten Druck zurückzog. »Wenn das nicht nach Champagner schreit«, sagte sie. »Leider habe ich derart dekadentes Gesöff nicht zu bieten. Bist du so lieb und machst uns ersatzweise eine Flasche von dem Weißen auf, Kiki?«

5

Kiki

Ein See aus Milchkaffee reimt sich und breitet sich aus und tropft über die Kante der runden Marmorplatte auf den Boden. Kein Wunder, wenn Schattenberg die halbvolle Tasse praktisch fallen lässt, statt sie abzustellen.

»Ich sag doch, es war nicht meine Idee«, faucht sie zwischen zusammengebissenen Zähnen ins Telefon. »Keine Ahnung, wie sie … Hör auf, mich anzubrüllen, Merve … Ach, willst du mir drohen?«

Einerseits die Küchenrolle holen. Andererseits aufpassen, weil es anscheinend um deinen Anruf bei Cans Schwester geht. Wie soll man wissen, dass sie und Schattenberg wie Hund und Katz … und jetzt steht auch noch einer draußen, Cordhose, speckiger Lammfellmantel, Flusenbart, schaut sich die Auslage an. Wenn der reinkommt …

»Nein!«, hörst du Schattenberg auf dem Weg in die Teeküche brüllen. »Ich halte mich raus, wenn ich es für richtig halte, du dämliche … Das letzte Mal, das hoffe ich allerdings auch! … Scher dich Inschallah zum Teufel!«

Während du den Tisch mit einer dicken Schicht Papiertücher bedeckst, lässt Schattenberg das Telefon in den Schoß fallen und atmet glühende Wölkchen aus. Konzentration auf den Kaffee am Parkett, sonst gibt es einen Fleck.

»Du hast sie nicht ohne meine Einwilligung angerufen!«, schreit Schattenberg dir in den Nacken. Als wüsste sie es nicht besser. »Schau mich gefälligst an, wenn ich mit dir rede!«

Sie schreit sonst nicht. Blaue Bärchen auf Küchenpapier ertrinken in schmutzig brauner Lake. Die Glocke am Eingang ertönt. Der junge Mann mit dem flusigen Bart.

»Hallo!«, ruft Schattenberg herzlich. »Was kann ich für Sie tun?«

»Weiß noch nicht«, sagt der Typ.

»Ich dachte, du freust dich«, murmelst du in Schattenbergs Richtung.

Du entsorgst das vollgesogene Papier und nimmst den Stapel Bücher wieder auf, den du einordnen sollst, von Kunden in die falschen Regale gestellt. Krimis bei den Kochbüchern, historische Romane auf dem Tisch mit den Neuerscheinungen, Lebenshilfe bei der Reiseliteratur. Es wäre einfacher, wenn die Leute die Bücher gleich auf der Theke ablegen würden, hat Schattenberg gesagt. Aber es erfordert ein positives Selbstbild, hast du geantwortet, mit einem Stapel Bücher zum Verkaufspult zu kommen und zu sagen: »Hier, die alle nehme ich nicht.« Schattenberg hat gelacht. Das war vorhin.

»Haben Sie das auch als Paperback?« Flusenbart hebt ein Hardcover vom Tisch in die Höhe. Auf dem weißen Umschlag ein fettiger Pappteller, auf dem jemand mit einer Gabel ein Herz in einen Senfrest gezeichnet hat.

»*Senfherz und die Säufer*«, sagt Olga. »Leider nein, das ist ja gerade erst rausgekommen. Aber das Debüt der Autorin, *Kein Tag ohne Käfig*, gibt es als Taschenbuch.« Olga rollt zu einem Regal. »Schauen Sie mal, ob es Sie anspricht. Da, auf Höhe Ihrer Schulter.«

Typ kauft Buch und verlässt den Laden. Happy End. Aber nicht für dich, weil Schattenberg auf die Ecke zurollt, in die du dich verkrochen hast, den Fluchtversuch durch eine Kurskorrektur vereitelt und dich gegen das Regal drängt.

»Bist du noch ganz dicht? Ich soll mich freuen, dass du ohne meine Zustimmung meine verschissene, scheinheilige Ex-Schwägerin anrufst?«

Sie meint es nicht böse, wenn sie so schimpft, sie versteht nur nicht. »Ich habe gedacht …« Nicht denken, dummes Stück, bloß nicht zu viel denken mit deinem Spatzenhirn. Hohes, zittriges Stimmchen. Reiß dich zusammen! »Weil du doch gesagt hast, wir müssten in die Wohnung. Wegen dem Laptop. Und als Schwester hat sie vielleicht einen Schlüssel. Ich dachte«, Herzrasen, weil schon wieder ungebeten gedacht, »wenn ich sage, dass es nur um ein paar alte Fotos geht, dann kann sie nichts dagegen haben und wir müssten wegen dem Computer nicht einbrechen.«

Gut, das war gut. Bis auf den Grammatikfehler. Des Computers hättest du sagen sollen, weil Olga den Genitiv mag. Aber trotzdem hört sie zu.

»Ich wollte nur in deinem Sinn handeln, schwöre. Du hast Can versprochen, dich zu kümmern, und meine Aufgabe ist es, dich bei allem zu unterstützen. Ist doch so? Wir sind ein Team. Soll ich dir frischen Kaffee machen, eine Melange, richtig mit Milchschaum?«

Sie hebt eine Augenbraue. Schnauft. »Verdammt, du kapierst es nicht, oder? Kapierst einfach nicht, worum es mir geht.«

Und sie hat recht, du kapierst es nicht. Denk nach, dummes Stück, denk nach, was du getan hast, was zur Hölle du schon wieder falsch gemacht hast! Grün und blau kann man dich prügeln und du kapierst es nicht. Nie kapierst du das Wesentliche. Es nützt nichts, wenn man den Kopf festhält, damit er nicht platzt. Als ob es irgendwen interessiert, wenn er platzt. Nimm deine verdiente Strafe hin! Aber welche Strafe ist verdient? »Bitte!« Elendes Gewimmer. Du beißt dir auf die Zunge, bis es blutet. »Bestraf mich irgendwie, ganz egal, aber wirf mich nicht raus, bitte!«

Blut schlucken und zitternde Hände, die sich um ein Buch krampfen, das du genommen hast, ohne es zu merken, nur um dich daran festzuhalten. Was auch nichts hilft. Alles zittert,

Knochen weich. Du willst dich setzen, deinen platzenden Kopf halten, nur keine Tränen, keine Tränen. Keine. Tränen!

Schattenberg atmet laut, bläst die Luft aus, als ob sie in den Wehen läge oder was. Wenn sie nun Schmerzen hat, einen Schub womöglich? Wegen dir, nur wegen dir, dummes Stück.

»Kiki?«

»Ja.«

»Mach nicht so ein Theater!« Ihre Stimme ist ärgerlich, nicht richtig wütend. »Das ist doch Theater?«

Will sie, dass es Theater ist? Keine falsche Antwort, kein Gewimmer, ordentlich sprechen. »Die ganze Welt ist eine Bühne«, das hast du irgendwann irgendwo gehört, das passt. »Alles Theater, ob man will oder nicht.«

»Komm mir jetzt nicht mit Shakespeare.«

»Wieso Shakespeare?« Vor Überraschung schaust du auf, obwohl man das nicht tun darf, denjenigen, die einen strafen müssen, niemals in die Augen sehen darf, sonst fällt die Strafe doppelt hart aus.

Ihr Blick hat Aufforderungscharakter, könnte man sagen. Sollst du ein Sonett rezitieren?

»All the world's a stage, and all the men and women merely players; they have their exits and their entrances, and one man in his time plays many parts«, deklamiert Schattenberg und du wunderst dich, dass du auf Anhieb jedes Wort verstehst. »Aus *As you like it* von William Shakespeare.«

»Das kenne ich nicht.« Hättest in der Schule besser aufpassen müssen, dummes Stück. »Oder vielleicht habe ich es nur vergessen.«

»Was mache ich bloß mit dir?«

Was mach ich bloß mit dir, dummes Stück.

»Den Trottel, der vorher deine Stelle hatte, den hätte ich wegen so was rausgeworfen. Das heißt, tatsächlich habe ich ihn rausgeworfen. Aus einem genau gegenteiligen Grund.«

Ein Lächeln in ihrer Stimme. »Er hat mich hängenlassen. Du übertreibst die Fürsorge. Aber der war mir egal, und er hat auch nicht versehentlich Shakespeare zitiert.«

Zuckerbrot und Peitsche. Zurück, brennende Tränen, zurück dorthin, wo euer Ursprung lag! Vielleicht ist das auch zufällig Shakespeare.

»Aber eine verrückte Nudel bist du schon.«

»Weiß ich.«

Schattenberg lacht auf. »Gut. Wir haken das als einmaligen Fehltritt ab. Zumal mir gerade einfällt, dass ich dir nie meine Ansprache gehalten habe. Die ist eigentlich Teil des Bewerbungsgesprächs. Darin geht es um Selbstbestimmung.«

Sie hüstelt sich die Stimme frei und hebt sie, wie vorhin bei Shakespeare. Ist das jetzt auch Theater?

»Das Um und Auf deiner Arbeit ist es, mir trotz meiner Einschränkungen ein selbstbestimmtes Leben zu ermöglichen. Je schwerer es mir fällt, selbst zu tun, was ich will, desto mehr Bedeutung gewinnt es für mich. Je hilfloser man körperlich wird, desto mehr tendieren andere dazu, einen als Objekt zu denken, und aus ist's mit dem Respekt, los geht's mit der wohlmeinenden Bevormundung. Respekt und Selbstbestimmung, darauf bestehe ich! Das bedeutet für dich: keine unabgesprochene Eigeninitiative im Rahmen dieser Arbeit! Du kannst *dein* Leben gestalten, wie du willst, aber bei der Gestaltung *meines* Lebens bestimme ich, und du bist praktisch ausführendes Organ. Ist das klar?«

»Ja.«

»Wenn also meine Hände nicht funktionieren, dann ersetzt du nach meinen Anweisungen meine Hände. Wenn meine Beine nicht funktionieren, ersetzt du meine Beine. Wenn mein Kopf eines Tages nicht mehr funktionieren sollte ...« Wieder schaut sie dich auffordernd an. Eine Falle. Ihren Kopf sollst du nicht ersetzen, das hat sie gerade erklärt. Aber was dann?

»Gibst du dir die Kugel?«

Sie lacht bitter auf. »Jedes Mal wieder spannend, was die Leute darauf antworten. Ja, du hast recht, vielleicht würde ich das tun. Wenn *ich* es dann noch kann.« Leise.

Sie wird doch nicht wollen ... »Das mag ich nicht für dich tun.«

Einseitiges Heben der Augenbraue. Aufseufzen. »Na gut. Jetzt kannst du uns neuen Kaffee machen.«

Dein Körper übernimmt, was ihrer nicht mehr kann: Tassen aus dem Oberkasten holen, den Kaffeeautomaten bedienen, Milch schäumen. Sie ist eingesperrt, Schattenberg, wie du eingesperrt warst. Kein Respekt auch im Gefängnis, schon gar keine Selbstbestimmung. Eigener Wille eigentlich überflüssig und trotzdem klammert man sich daran. Eine Weile wenigstens. Zwingt ihn anderen auf, die schwächer sind. Und dann lässt man ihn los im täglichen Leben, den freien Willen, macht sich taub. Bewahrt sich, wenn man Glück hat, kleine Splitter für dunkle Stunden. Scherben des Eigentlichen, in denen man sich spiegeln kann, wenn man vergessen hat, wer man ist. Deine Aufgabe ist es, dafür zu sorgen, dass Schattenberg sich nicht vergisst. Ein wichtiger Auftrag. Deine Mission.

»Ich habe für mich Kekse mitgebracht. Wenn du auch welche magst ...«

Wieder hebt Schattenberg eine Augenbraue, schmunzelt und nimmt sich einen Keks. »Das Ganze hat schließlich auch sein Gutes«, sagt sie mit vollem Mund. »Ich habe die bigotte Ziege selten so wütend erlebt. Womöglich ist ihr vor lauter Ärger der Hijab verrutscht. Immerhin wissen wir jetzt, dass Merve keinen Schlüssel für Cans Wohnung hat. Was ich mir sowieso gedacht habe. Er hat ihr nicht vertraut, seit sie vor ein paar Jahren in diesen religiösen Wahn gekippt ist. Es sei denn, sie lügt.«

Sei bloß still, sag nicht eifrig: »Genau das habe ich mir auch gedacht.«

Weil Schattenberg dann natürlich die Augen verdreht und ärgerlich knurrt, vielleicht nur gespielt. »Denken ist wunderbar, denken sollte jeder Mensch. Wenn du das nächste Mal etwas denkst, was mich betrifft, dann redest du mit mir darüber, in Ordnung? Tu nichts in meinem Namen, ohne mich zu fragen! Kapiert?«

»Kapiert!«

Und es ist wirklich eingesickert, halleluja! Der Psychoheini wird sich freuen, der Therapeut, der unbedingt *Mike* genannt werden will, weil er glaubt, dass ihn das noch cooler macht als die Nerdbrille und der Ziegenbart allein. Dabei trägt er Sandalen mit Socken.

»Ich«, wirst du ihm zerknirscht erzählen und er wird ernst nicken, »habe es wieder einmal falsch gemacht, habe mich übermäßig mit einer Bezugsperson identifiziert.«

Kiloweise Selbsterkenntnis, ausgelöst durch Schattenbergs Auszucker. Selbst wenn sie böse ist, ist sie gut für dich. Und du hast alles nur getan, weil du ihr Bestes willst, und nicht aus Furcht, nicht aus Selbsthass. Von da ist es doch nur ein kleiner Schritt zur gesunden Fürsorglichkeit, zur Solidarität, nicht wahr, *Mike*? Gemeinsam gegen den Rest der Welt.

Er wird fragen, ob es mit Adrian nicht ebenso war. Aber Adrian ist ein Mann, ein Gegenmodell zum strafenden Vater, das ist alles längst besprochen. Du kannst es dir nicht leisten, ihn zu verlieren. Darauf hat Mike dich mit seinen ganzen Fragen gebracht und das gilt jetzt.

Und wenn er Schattenberg zur Mutterfigur machen will – was eigentlich Quatsch ist, obwohl du es selbst manchmal denkst, Quatsch, weil du dich um *sie* kümmerst und nicht umgekehrt –, dann wirst du ihn fragen, warum er unbedingt *Mike* sein will und nicht Dr. Michael Seifert, wie es auf seinem Türschild steht. Nur so zum Spaß.

6

Adrian

Er hatte den Eindruck, von allen Seiten belauert zu werden, während er die Einkäufe im Netz hinter der Lehne des Rollstuhls verstaute. Immer wieder blickte er unvermittelt auf, um die Beobachter zu ertappen und durch Gegenstarren zu beschämen. Doch es gelang ihm nicht, auch nur einen der fremden Blicke zu erwischen. Stattdessen sah er eine Frau, die, mitten im Packen ihrer Einkaufstaschen eingefroren, scheinbar andächtig ein für ihn unsichtbares Geschehnis schräg hinter seinem Rücken verfolgte; einen schlanken Mann im Nadelstreif, der ihm sein Profil zuwandte, während seine blaue Iris im Augenwinkel klebte, offenbar auf Olga gerichtet, die davon jedoch keine Notiz zu nehmen schien. Adrian packte die Gemüsebeutel aus kompostierbarem Plastik, vollführte abrupt eine halbe Drehung und fixierte der Reihe nach die Leute, die an der Kasse Schlange standen. Eine junge Frau mit zur Palme gebundenen Dreadlocks, die normalerweise durch ihn hindurchgesehen hätte, lächelte ihn begeistert an, als warte sie schon geraume Zeit auf die Gelegenheit dazu. Ein schlanker Mann mit schwarzem Vollbart in Anzughose und Steppjacke packte die Kaugummipackung, deretwegen er offenbar die lange Schlange in Kauf genommen hatte, in die Jackentasche und ging so blicklos an Olga und ihm vorbei, als wären sie Luft.

»Fertig?«, fragte Olga.

Er nickte und folgte ihr aus dem Supermarkt. Möglicherweise bildete er sich das Ganze nur ein. Der Vollbärtige stand draußen, wischte auf seinem Telefon herum, ohne sie zu beachten. Die Leute starrten gar nicht Olga und ihn an, sondern nur so vor sich hin, Blick ins Narrenkastl. Die Rastafrau hatte er vermutlich an ihren Vater erinnert, der ausgerechnet heute Geburtstag feierte und für den die Weinflasche in ihrem Einkaufswagen bestimmt war.

»Du wirst dich daran gewöhnen«, sagte Olga. »Hoffe ich jedenfalls. Bleibt einem nämlich nichts anderes übrig.«

»Woran gewöhnen?«

»An die Blicke. Die mitleidigen Blicke, die Nicht-Blicke, die so auffällig knapp an dir vorbei oder schräg in die Luft zielen, und an die wenigen anerkennenden. An die Passanten, denen man ihre Gedanken ansieht, als blubberten Sprechblasen aus ihren Köpfen. Armes Hascherl, denken sie. Und der Mann erst. So fesch und an eine Behinderte gefesselt. Can hat das wahnsinnig gemacht.« Sie legte den Kopf schief und warf ihm unter einer erhobenen Augenbraue ein seitliches Lächeln zu. »Sei froh, dass es bei dir nicht zutrifft.«

Sollte er so tun, als wüsste er nicht, was sie meinte? Dass er nicht an sie gefesselt war. Sollte er den nächstbesten Gaffer am Ärmel packen und ihm erklären, dass er freiwillig hier war, dass Olga nicht primär behindert, sondern eine schöne und interessante Frau war? Wenn er sich bloß sicher wäre, dass ihre Eingeschränktheit wirklich keine Rolle für ihn spielte.

»Was ist?«, fragte Olga. »Glaubst du, ich bilde mir das ein?«

»Das nicht. Aber wenn die etwas denken, dann: Was findet diese spannende Frau an dem faden Kerl?«, sagte er.

Olga schnaubte. »Was würde Kiki jetzt sagen?«

»Zu viel Schleim, Adilein, viel zu viel Schleim.«

Olga lachte und antwortete etwas, das er nicht verstand, weil er stehen geblieben war, um einen entgegenkommenden Kinderwagen passieren zu lassen. Ihr hinterherzuhecheln kam nicht infrage, und so blieb ihm nichts anderes übrig, als darauf zu hoffen, dass die Ampel an der nächsten Kreuzung auf Rot schalten würde. Olga bremste nie ohne Not.

Ginge es nach ihm, würde er den Rollstuhl lieber schieben, als sich ihrem forschen Tempo anzupassen. Er musste Kiki fragen, wie sie das handhabte. Kiki, deren Therapietermin verschoben worden war und die Olga deshalb nicht von der Buchhandlung hatte abholen können. Er wechselte das Gemüse in die linke Hand und versenkte die rechte in der Manteltasche. Höchste Zeit, dass es endlich Frühling wurde.

Tatsächlich tat ihm die Ampel den erhofften Gefallen, das rote Licht leuchtete in dem Moment auf, als Olga die Kreuzung erreichte, und Adrian schloss auf. »Schau mal«, bemerkte er, »der da drüben am Hauseck, sieht der nicht deinem Neffen ähnlich?«

Olga folgte seinem Blick. »Semih? Könntest recht haben. Hey, Semih!«, rief sie über die Straße.

Der Junge warf seine Zigarette fort, wandte ihnen den Rücken zu und hastete die Nebenstraße hinauf.

»Dann war er es wohl doch nicht«, sagte Adrian. Die Ampel schaltete auf Grün.

»Oder es war ihm peinlich, beim Rauchen erwischt zu werden.« Olga brauste los, als wollte sie ihn einholen, bremste ihr Tempo jedoch auf halbem Weg über die Straße. »Was soll's. Wenn er es war und etwas von mir will, wird er schon wiederkommen.«

Als Adrian kurz darauf das Haustor aufschloss, sah er Olga aus dem Augenwinkel träge die Hand heben und auf die Motorhaube eines dunkelgrauen Mercedes knallen. Gut, der Wagen parkte im Halteverbot mit zwei Rädern auf dem Gehsteig, um die Straßenbahn nicht zu blockieren, und hatte Olga dadurch gezwungen, ihr Gefährt umständlich zwischen Hauswand und Auto einzufädeln. Trotzdem musste man nicht gleich gewalttätig werden.

»Sollen wir einen Zettel schreiben und hinter den Scheibenwischer klemmen? Anscheinend hat es der Fahrer eilig gehabt und nicht an Rollstuhlfahrerinnen gedacht.«

»Ich kann nicht erkennen, ob jemand drinsitzt.« Olga spähte durch die getönten Scheiben und stieß mit dem Knie gegen die Wagentür. »Aber ich vermute, der wäre inzwischen ausgestiegen.« Schwerfällig hieb sie gegen die Tür. »Gib mir mal den Schlüssel!«

Adrian schüttelte den Kopf und zog sein Telefon aus der Innentasche. »Sicher nicht. Ich ruf lieber die Polizei, dass sie ihn abschleppen lassen.«

»Bis die da sind, ist der längst weg. Solche Arschlöcher werden nur durch Schaden klug.«

»Bitte, Olga, vermutlich ist es ein Notfall. Du kommst doch so auch vorbei.«

»Nicht, wenn ich ins Schlingern gerate.« Sie fuhr ein Stück vor und steuerte den Rollstuhl dann rückwärts in spitzem Winkel gegen die Beifahrertür. Es polterte, der Wagen erzitterte. »Hoppla, was für ein blödes Missgeschick!«

Adrian ächzte, als hätte der Aufprall ihn getroffen. Die Rollgeräusche der Autos, das Rattern der vorbeifahrenden Straßenbahn, Stimmen und schlagende Autotüren bedrängten ihn plötzlich überlaut. Zwar war der Schaden geringer, als die entschlossene Kollision hatte vermuten lassen – lediglich eine flache, längliche Delle war zu sehen –, dennoch sah er sich hektisch nach eventuellen Tatzeugen um. Außer einem beifällig nickenden Seniorenpaar hatte anscheinend niemand den Vorfall beobachtet. Der Alte reckte Olga anerkennend den Daumen entgegen.

Adrian zog sich in den Hauseingang zurück, hielt das Tor offen und winkte Olga, die ihr Gefährt eben zum zweiten Mal gegen das Auto schrammen ließ. Angesichts ihres blitzenden Lächelns, das keinerlei Schuldbewusstsein verriet, war er versucht, ihr die Tür vor der Nase zufallen zu lassen und sich ohne ein weiteres Wort auf den Heimweg zu machen. Sollte sie doch sehen, wie sie allein zurechtkam. Stattdessen presste er seinen Rücken gegen die Wand und zog den Bauch ein, während sie rasant an seinen Fußspitzen vorbei auf den Lift zurollte.

Ein gedämpftes Dröhnen kündigte das Nahen des Aufzugs an, noch bevor einer von ihnen den Knopf gedrückt hatte. Die Teleskoptür schob sich auf, aber die Fahrgäste konnten die Kabine nicht verlassen, solange Olga den Ausgang blockierte. Eine stämmige Frau mit Lockenkopf in Jeans und Daunenmantel und ein hagerer Mann mit gegelten hellgrauen Borsten im dunkelgrauen Mantel über mittelgrauem Anzug und Krawatte. Adrian war auf der Stelle überzeugt, dass er die Besitzer des ordnungswidrig parkenden Fahrzeugs vor sich hatte.

»Oje«, sagte Olga. »Blockiere ich Sie?«

Adrian hoffte, dass ihre Worte nur in seinen Ohren hämisch klangen. Angespannt sah er zu, wie Olga den Rollstuhl in scheinbar ungeschickten Zickzack-Bewegungen rangierte, ohne dabei nennenswert vom Fleck zu kommen. Eine Provokation. Am liebsten hätte er zugepackt und sie auf die Seite geschoben. Allerdings wog die Ungeduld zweier Fremder mit Sicherheit leichter als Olgas Zorn über eine derartige Einmischung.

»Frau Schattenberg?« Die verhaltene Stimme des Anzugträgers erinnerte Adrian an das Schnarren mediterraner Riesenheuschrecken.

Olga stellte ihre Bemühungen ein. »Ja, bitte?«

»Folgendes: Wie der Zufall so will, sind wir hier, um mit Ihnen zu sprechen. Chefinspektorin Neumeyer vom BK.« Er wies auf seine Kollegin, die erst Olga, dann Adrian knapp zunickte. »Und mein Name ist Czermak, BVT. Bundesamt für Verfassungsschutz und Terrorismusbekämpfung, aber das wissen Sie ja sicherlich.«

»Ich wüsste nicht, woher ich das wissen soll. Worum geht es?« Olgas Stimme zitterte leicht, ebenso wie ihre Hand am Joystick, doch sie sah Czermak in die Augen, das Kinn vorgereckt.

Adrian fühlte sich wie in Eiswasser getaucht. Er sah sich außerstande, das auf seinem Gesicht erstarrte Höflichkeitslächeln aufzulösen, da seine Kiefermuskeln krampften. Bis zu diesem Moment hatte er den Mord an Can und erst recht den politischen Kontext für ein Hirngespinst gehalten. Und nun Polizei, zwei verschiedene Behörden sogar. Terrorismusbekämpfung. Unwillkürlich trat er einen Schritt zurück. Hatte Olga womöglich ihre Skepsis überwunden und selbst die Behörden verständigt?

»Es geht um Ihren verstorbenen Exmann«, raunte Czermak. »Und ich könnte mir vorstellen, dass Sie dieses Gespräch lieber in Ihrer Wohnung führen möchten.«

Olga antwortete nicht sofort. Ihre feindselige Miene sprach nicht dafür, dass sie diesen Besuch tatsächlich erwartet hatte.

»Oder ziehen Sie es vor, uns in den Räumlichkeiten des LVT in der Landespolizeidirektion zu besuchen?«

»LVBKBTV«, ratterte Olga. »Ich kenne mich überhaupt nicht aus.«

»LVT, BK, BVT«, korrigierte Czermak. »Eine Ermittlungsgruppe, die verschiedene Dienststellen kurzschließt. Was Sie im Detail aber nicht zu kümmern braucht. Wie schaut's aus, wollen wir?«

Endlich gelang es Adrian, seine Fesseln zu sprengen. Er trat vor, legte Olga eine Hand auf die Schulter und räusperte sich. Der Graue wandte ihm den Kopf zu. »Sie sehen ja, dass wir nicht gemeinsam in den Lift passen.« Adrian versuchte sich an einem arglosen Lächeln, das jedoch keinerlei Reaktion hervorrief. »Vielleicht wäre es das Klügste, wenn Sie wieder hinauffahren und oben auf uns warten. Angesichts der ...«, er schwenkte die freie Hand, »... etwas verfahrenen Situation.«

Czermak fixierte ihn. Gottesanbeterin, dachte Adrian, nicht Heuschrecke. »Und Sie sind?«

»Ein Freund. Doktor Adrian Roth.«

»Sie dürfen sich jetzt gerne verabschieden, Doktor Roth.«

»Daraus wird nichts«, fuhr Olga dazwischen. »Sofern Sie nicht selbst meine Einkäufe auspacken und verstauen wollen. Es ist Ihnen vielleicht noch nicht aufgefallen, aber ich bin motorisch etwas eingeschränkt, und meine Assistenz ist heute verhindert. Doktor Roth springt freundlicherweise für sie ein.«

»Ein Assistenzdoktor also, sozusagen.« Czermak feixte.

»Dann machen wir es doch so.« Zum ersten Mal war die Stimme der Beamtin vom BK zu hören, neutral, aber prinzipiell zur Wärme fähig, urteilte Adrian. »Wir erwarten Sie beide in einer Minute oben.«

»Ich freu mich drauf«, behauptete Olga.

Ohne den Blick von Adrian zu lösen, trat Czermak in die Kabine zurück, und die Lifttür schloss sich.

Adrian atmete geräuschvoll aus und ließ seine Schultern sinken. »Musst du so pampig zu denen sein? Was machen die überhaupt hier? Hast du sie verständigt?« Er drückte den Rufknopf.

Olga stieß ein hustendes Lachen aus. »Ich, die Kieberei verständigt? So weit kommt's noch. Die wollen mich garantiert nur als Exfrau und enge Freundin befragen. Wird ja auch Zeit.«

Das klang logisch, sofern man die Prämisse akzeptierte, dass es etwas zu ermitteln gab. Einen Mord. Einen ungeklärten Todesfall zumindest. Und Verwicklungen, die dazu angetan waren, ein Amt für Terrorismusbekämpfung zu interessieren. Immerhin lag die Angelegenheit damit in den Händen von Fachleuten. Warum also sich nicht Olgas Kaltblütigkeit zu eigen machen, die Angstreflexe in gesunden Respekt vor der

Staatsmacht umwandeln und als mündiger Bürger selbstbewusst auftreten. Noch gab es keinen Grund, sich in Prä-Olga-Zeiten zurückzusehnen, in die selbstgewählte Zurückgezogenheit, die er nach der Sache mit Kiki als so erholsam empfunden hatte. Erholsam, aber zunehmend öde. Immer nur Tote und Hinterbliebene. Adrian seufzte.

Der Lift traf ein.

»Nachdem die Behörden dich jetzt so positiv überrascht haben und ganz in deinem Sinn ermitteln, werden wir doch vorbehaltlos kooperieren?«

»Du kannst dir nicht vorstellen, wie gern ich dir widersprechen würde. Aber ich schätze, du hast recht.«

Das Ermittlerpaar wartete vor der Wohnungstür. Beide hielten die Hände vor dem Schritt gekreuzt, eine Haltung, die auch Adrian nach abschließenden Worten am Grab gerne einnahm. Wächter, sie alle. Er schloss die Tür auf.

Olga bestand darauf, dass zunächst die Einkäufe ausgepackt wurden. Das Vanilleeis, ganz unten im Netz, würde sonst schmelzen. Da ihr Part bei dieser Aufgabe allein im Stillsitzen bestand, war es offensichtlich, dass sie Zeit schinden wollte, denn natürlich ließ sich das Einkaufsnetz abnehmen. Indessen verriet das Knarren des Parketts, das durch die offene Tür drang, dass die Polizisten das Wohnzimmer durchwanderten.

»Darf ich den Herrschaften einen Kaffee anbieten? Tee, Wasser?«, fragte Adrian mit erhobener Stimme und schaltete den Kaffeeautomaten ein.

Czermak steckte den Kopf durch die Tür. »Nicht nur Assistenzdoktor also, sondern auch ein hervorragender Assistenz-Haushälter«, schnarrte er grinsend. »Für mich ein Wasser, still, mit einer halben Scheibe Zitrone.«

Adrian hätte am liebsten laut aufgelacht über die kindische Provokation, gönnte sich jedoch nur ein Schmunzeln. »Gern. Möchten Sie vielleicht einen Butterkeks dazu?«

Wortlos zog Czermak sich ins Wohnzimmer zurück.

»Lass dir diesen Psychoterrorscheiß nicht gefallen!«, fauchte Olga.

Er beugte sich zu ihrem Ohr hinab. »Kein Problem. Was glaubst du, mit was für Typen ich es jeden Tag zu tun habe. Derartige Spielchen triggern bei mir den Therapeuten-Modus.«

»Und der macht dich unverwundbar, oder wie?«

»Scheint so. Jedenfalls fühle ich mich gerade wesentlich entspannter als noch vor fünf Minuten.« Laut fuhr er fort: »Frau Chefinspektorin, für Sie auch etwas?«

Die Beamtin trat in die Küche. »Ein Kaffee wäre fein, danke. Wenn Sie nun das Getuschel einstellen und uns Gesellschaft leisten könnten, Frau Schattenberg!«

Olga presste die Kiefer zusammen, streifte Adrian mit einem Blick, den er irgendwo im Spektrum zwischen Draufgängertum und Hilferuf einordnete, und rollte ins Wohnzimmer. Neumeyer schloss die Tür.

Kein Milchschaum heute, entschied Adrian und goss die Milch aus der Packung in ein Kännchen, während die Maschine den Kaffee in die Tassen spie. Möglichst bald an Olgas Seite zu sein hatte Priorität. Löffel, Zucker und Keksdose auf das Tablett, Zitronenscheibe halbieren und in zwei Gläser werfen, Leitungswasser drauf. Kaum waren die Tassen vollgelaufen, ließ er sie auf die Untertassen und diese auf das Tablett gleiten und öffnete die Tür zum Wohnzimmer.

»Ob Can in geheimdienstliche Aktivitäten verwickelt war?«, fasste Olga für ihn zusammen. »Wie meinen Sie das? Müssten Sie das nicht wissen beim BVT? Oder meinen Sie: für das türkische Regime?«

»Zum Beispiel.« Czermak nickte.

»Machen Sie sich nicht lächerlich! Er war ein Experte, was politischen Widerstand angeht. Nie im Leben hätte er sich von den Machthabern instrumentalisieren lassen. Außerdem war er seit Jahrzehnten Österreicher.«

»Hatten Sie noch Kontakt, nachdem er Sie verlassen hatte?«

»Er hat mich nicht verlassen, ich habe ihn gehen lassen. Und wir hatten sogar sehr freundschaftlichen Kontakt.«

»Hat er je mit Ihnen über seine aktuellen Projekte, seine Recherchen gesprochen?«

»Gelegentlich.«

»Wissen Sie, womit er sich zuletzt beschäftigt hat?«

»Er hat Beweise gesammelt, dass der türkische Geheimdienst in Zusammenarbeit mit Neonazi-Arschlöchern in verschiedenen europäischen Ländern Attentate verübt. Soweit ich weiß, standen seine Recherchen kurz vor dem Abschluss.«

»Das, beispielsweise, nenne ich *Verwicklung in geheimdienstliche Aktivitäten*. Und es wirft die Frage auf, warum er sich mit seinen Erkenntnissen nicht an uns gewandt hat.« Czermak spitzte die Lippen.

»Eine Frage, die ich Ihnen nicht beantworten kann. Vielleicht hätte er es ja noch getan. Immerhin«, Olga grinste süffisant, »musste er davon ausgehen, dass Sie mit Ihrem Überwachungsapparat über mindestens ebenso viele Informationen verfügen wie er.«

Adrian verteilte die Getränke und sank in den gelben Sessel. Er sah Olga die Arme verschränken, schwerfällig sicher nur aufgrund ihrer Krankheit, doch auf Czermak und Neumeyer musste es provozierend langsam wirken. Zumal sie nun auch noch schmal lächelnd das Kinn vorreckte.

»Mein Exmann hat sich nicht als Polizeispitzel begriffen. Vielleicht dachte er sogar, dass Sie kein Interesse daran hätten, ein derartiges Komplott aufzudecken. Wenn man bedenkt, dass wir einen rechtsradikalen Innenminister haben …«

»Autsch«, sagte Czermak in gelangweiltem Ton. Mit Daumen und Zeigefinger fischte er die Zitrone aus seinem Glas und lutschte sie aus, den Blick starr auf Olga gerichtet. Schließlich öffnete er die Finger und ließ die Überreste auf den Tisch fallen. »Folgendes: Was meinen Sie, warum wir hier sind?«

»Ich nehme an, weil Sie meine Meinung teilen, dass mein Exmann ermordet wurde und spät, aber doch draufkommen, diesbezüglich Nachforschungen anzustellen.«

Dieser Ton schon wieder! Adrian nahm sich einen Keks, um seine Unruhe zu bezwingen, schlug die Beine übereinander. Da er der Chefinspektorin nicht auf die Brüste unter dem grünen Pullover starren wollte, ließ er den Blick durchs Zimmer schweifen.

»Ob Herr Toprak ermordet wurde oder bei einem Unfall starb, ist für uns bis dato nicht geklärt«, sagte die Polizistin und rieb mit den Händen über ihre Hose, was Adrian bei einem Mann enervierend erschienen wäre. Bei ihr kam es ihm sinnlich vor, ebenso wie ihre tiefe Stimme.

Nicht geklärt. Alles halb so wild also. Natürlich musste auch in Zweifelsfällen ermittelt werden. Eingelullt von der Beamtensorgfalt konzentrierte Adrian sich auf das Keksgeknusper in seinem Mund, das langsame Aufweichen der Brösel und das Bild vor seinen Augen: der graue Mann und die dralle Frau unter der kommunistischen Riesenflagge mit dem sich darauf rekelnden Barockengel. Er dachte über figürliche Kongruenzen zwischen Engel und Beamtinnenkörper nach.

»Wie wäre es, wenn Sie Cans Laptop unter die Lupe nähmen?«, fragte Olga. »Präzise Angaben über seine Nachforschungen und die Gefahren, denen er sich damit ausgesetzt hat, sind dort sicher eher zu finden als bei mir.«

»Vielen Dank für den Tipp!« Neumeyer klang säuerlich. »An Ihnen ist eine Ermittlerin verlorengegangen. Also bitte: Wo finden wir den Computer des Toten?«

Olga sah sie verständnislos an. »Hier nicht. Wir waren geschieden.«

»Nun, in seiner Wohnung ist er auch nicht, ebenso wenig in der Redaktion.«

Adrian sah Olgas Hand auf der Armlehne krampfen und verspürte einen fast unwiderstehlichen Impuls, sie festzuhalten, wie man ein zuckendes Lid festhält. Es war abzusehen, dass Olga das nicht schätzen würde.

»Sie müssen ihn mitgenommen haben«, flüsterte sie.

»Wer?«, fragte Neumeyer. »Wer soll ihn mitgenommen haben?«

»Wer auch immer für seinen Tod verantwortlich ist!«, schnauzte Olga. »Der MIT. Oder Neonazis, was weiß ich. Finden Sie es gefälligst heraus, das ist Ihre Aufgabe!«

Czermak sog die Wangen ein. Adrian legte Olga nun doch seine Hand auf den Arm. So ging das nicht. »Bitte entschuldigen Sie! Der Tod ihres Exmannes hat Frau Schattenberg sehr aufgewühlt.« Er versuchte einen komplizenhaften Blick mit Neumeyer zu tauschen, die ihn ignorierte, und Czermak schien erst recht unempfänglich für sein Friedensangebot.

Olga warf seine Hand ab. »Was ist das jetzt für eine Arschlochaktion? Möchtest auf der Seite der Macht stehen, ja?«

»Olga, bitte! Wir haben alle dasselbe Ziel.«

»Ach, das trifft sich gut, denn mein Ziel ist es, dass ihr alle drei auf der Stelle abhaut!«

»Dann gibt es da wohl doch eine gewisse Diskrepanz.« Czermak, in gereiztem Ton. Mit einer spöttisch einladenden Geste wies er auf seine Kollegin. »Chefinspektorin, dein Einsatz, erleuchte die Dame.«

Nur ein kurzes Zucken um Neumeyers Mund verriet ihren Ärger über den herablassenden Befehl. Sie beugte sich vor, die Fingerspitzen aneinandergelegt. »Ich habe den Eindruck, Sie schätzen direkte Worte, deshalb will ich ganz offen mit Ihnen sein, Frau Schattenberg. Uns wurde zugetragen, dass Sie beim Tod Ihres Exmannes die Hand im Spiel gehabt haben.«

Olgas Auflachen endete in einem Husten. Sie hob ihre Hände, drehte sie steif. »Welche Hand denn, links oder rechts? Rechts ist die Taubheit stärker, links die Lähmung. Das ist Comedy. Darauf brauch ich einen Joint. Adrian, würdest du bitte …«

»Ich habe keine Ahnung, wovon du redest.«

»Dann wenigstens eine Zigarette und ein Glas Wein. Wie steht's mit Ihnen? Trinken Sie mit oder kiffen Sie auch lieber?«

»Lassen Sie die albernen Ablenkungsmanöver und bleiben Sie bei der Sache!« Czermak war offenbar nicht der Typ, der sich raushalten konnte. »Ihre Vergangenheit beweist zur Genüge, dass Sie zur Gewalttätigkeit neigen.«

Eine Vergangenheit, die zu Mordverdacht Anlass gab? Adrian konzentrierte sich darauf, stillzusitzen und keine Aufmerksamkeit auf sich zu lenken. Was wusste er noch alles *nicht* über Olga? Er hatte sich von ihr in ein Spiel drängen lassen, dessen Skript er nicht kannte. Er trank gegen die trockene Kehle an, fischte eine Zigarette aus der Schachtel, steckte sie Olga zwischen die Lippen und gab ihr Feuer. Bühnenassistenz, Hilfsdienste ohne Einfluss auf die eigentliche Handlung, darauf wollte er sich in diesem Drama beschränken, bis er wusste, worauf es hinauslief.

Neumeyer hatte ein Notizbuch aus der Umhängetasche gezogen und blätterte darin. »Frau Schattenberg, Sie sind 1989 wegen Besitzstörung und 1992 wegen Landfriedensbruchs und Widerstandes gegen die Staatsgewalt verurteilt worden. Ist das korrekt?«

Adrian schluckte, obwohl die Enthüllung hinter seinen Befürchtungen zurückblieb. Er sah Olgas Kiefermuskeln zucken.

»Wenn Sie es sowieso wissen, brauchen Sie nicht zu fragen.« Idiotisch, dass sie Neumeyer durch ihre schnippische Art gegen sich aufbringen musste. Wenn sie sich weiter so aufführte, konnte sie ihre Windmühlenkämpfe ohne ihn ausfechten.

»Sie geben sich, wie man sieht, noch immer keine große Mühe, Ihr Engagement in der autonomen Szene zu verschleiern.« Sie wies auf einen gerahmten Zeitungsausschnitt an der Wand, der eine Titelseite des *Kuriers* zeigte.

Straßenkämpfe bei Opernballdemo verkündete die Schlagzeile. Von allein wäre Adrian nie auf die Idee gekommen, dass es sich bei der schwarz vermummten Figur, die einen Pflasterstein in der erhobenen Hand hielt, um Olga handelte. Dass sie einst durch die Straßen gerannt und nicht gerollt war. Dass sie, die heute Mühe hatte, eine Zigarette unfallfrei zu den Lippen zu heben, mit Pflastersteinen geworfen haben sollte.

»Ihnen wurden auch Verbindungen zur RAF nachgesagt. Das wäre dann wieder das Spezialgebiet des Kollegen.«

»Ach«, sagte Olga und inhalierte tief. »Das ist mir neu. Verleiht der gewöhnlichen Hausbesetzerin ja einen geradezu glamourösen Anstrich. Nachdem Sie meine Gewaltbereitschaft mit dieser unbewiesenen und unbeweisbaren Behauptung für Ihre Verhältnisse vermutlich ausreichend untermauert haben, ist natürlich alles klar. Ich muss meinen Ex ermordet haben. Verraten Sie mir doch bitte, warum ich ihn nicht einfach erschossen oder meinetwegen mit dem Rollstuhl überfahren habe. Wozu der Umstand, einen allergischen Schock zu provozieren? Nicht gerade eine zuverlässige Mordmethode, zumal er nie auch nur die geringsten Anzeichen einer Allergie gezeigt hat.«

»Ein allergischer Schock?« Neumeyer sah Olga unter hochgezogenen Brauen an. »Wie kommen Sie auf die Idee?«

Olga saugte sich an ihrer Zigarette fest und schaute so verwirrt drein, wie Adrian sich fühlte. »Seine Schwester hat es mir … Die miese … Hat sie mich angelogen?«

Und mich, dachte Adrian. Nun war es wirklich Zeit für ein Beruhigungsachterl. Er stand auf und ging in die Küche.

Während er Gläser von der Abtropftasse griff, hörte er Czermak sagen: »Folgendes: Ich könnte mir gut vorstellen, dass es der Familie Ihres Exmannes peinlich war, die wahre Todesursache herauszuposaunen.« Seine Stimme troff vor Schadenfreude.

Adrian schnappte sich die angebrochene Rotweinflasche und kehrte ins Wohnzimmer zurück.

»Oder man wollte Sie schonen«, schlug Neumeyer vor.

»Merve? Mich schonen? Dass ich nicht lache. Woran zum Teufel ist er wirklich gestorben?«

Adrian füllte die Gläser für sich und Olga.

»Zunächst sah es nach versehentlicher Strangulation im Zuge autoerotischer Spiele aus«, verkündete Czermak begeistert. Wie geohrfeigt zuckte Adrian zusammen.

»Nein«, sagte Olga.

Adrian fiel dieser Schauspieler ein, *Kung Fu* hatte die Serie geheißen, der vor Jahren in einem asiatischen Hotelkleiderschrank ums Leben gekommen war. Auch damals hatte es Spekulationen gegeben. Für die Angehörigen war der Gedanke an Mord womöglich leichter zu ertragen als die tragische Lächerlichkeit versehentlichen Lusttodes. In diesem Licht schien die Lüge der Schwester nicht nur verzeihlich, sondern tatsächlich gnädig.

»Was meinen Sie mit *nein*?«, fragte Neumeyer. »Haben Sie diesbezüglich Informationen, die uns abgehen?«

Olga schüttelte den Kopf. »Wie genau soll sich das denn zugetragen haben?« Sie fixierte Neumeyer, die linke Augenbraue hochgezogen, als hätte die Beamtin nichts Besseres zu tun, als absurde Märchen zu erzählen. Neumeyer starrte zurück, ohne zu antworten. Adrian nahm Olga den glosenden Filter ab, damit sie ihr Blickduell nicht unterbrechen musste.

Endlich lächelte Neumeyer sparsam, nickte und wandte sich Czermak zu. »Sollen wir es ihr sagen?«

Adrian wollte Olga das Weinglas in die Hand drücken, doch ihre Rechte zitterte so heftig, dass er es ihr an die Lippen halten musste. Erst nach einem tiefen Schluck griff sie danach und klemmte den Stiel zwischen die Finger.

»Der Verblichene wurde von seiner Putzfrau mit heruntergelassener Hose aufgefunden.« Czermak genoss seine Schilderung sichtlich. »Aufrecht gehalten durch eine Krawatte, die um seinen Hals und die Reckstange geknotet war, die vielleicht genau zu diesem Zweck in den Schlafzimmertürstock geschraubt war.«

»Ich kann mir nicht vorstellen, dass sie nur zu diesem Zweck montiert war«, fiel Neumeyer im Konversationston ein. »Immerhin hatte der Verstorbene einen beachtlich durchtrainierten Körper für einen Mann seines Alters.«

Furchtloser Aufklärungsjournalist mit robuster Gesundheit, und nun auch noch beachtlich durchtrainiert. Sekundenlang verspürte Adrian Genugtuung über den grotesken Tod des Helden. Beschämt senkte er den Kopf und versuchte sich wieder auf das Gespräch zu konzentrieren. So unharmonisch das Zusammenspiel der Ermittler wirkte, war doch anzunehmen, dass sie einer Dramaturgie folgten, die darauf ausgerichtet war, die Gefühle der Befragten aufzuwühlen und sie zu unbedachten Äußerungen zu verleiten. Nur – worauf wollten sie hinaus?

»Er ist nicht der Erste, der durch Abschnürung der Cariotis communis bei solchen Spielen ohnmächtig wird und sich durch sein Gewicht selbst erdrosselt.« Czermak seufzte in offensichtlich gespieltem Bedauern. »Denken Sie an David Carradine, diesen zweitklassigen Schauspieler. Wenn Sie mich fragen –«

»Das würde mir nicht in den Sinn kommen«, presste Olga hervor.

»– würde ich empfehlen, solche Praktiken unbedingt im Liegen auszuüben. Man kann ja die Schlinge um den Bettpfosten binden. Das erfordert aktives Bemühen für die offenbar so reizvolle Unterbrechung der Luftzufuhr, garantiert Ihnen im Fall einer Ohnmacht aber ein Nachlassen des Drucks.«

»Danke für den Tipp!«, zischte Olga, die, das sah Adrian unaufhaltsam wie eine Naturkatastrophe kommen, gleich in die Luft gehen würde.

Czermak simulierte Erschrecken. »Mit einer Behinderung muss man allerdings rechnen. Ich hoffe, ich habe da keinen wunden Punkt –«

»Arschloch!«, schrie Olga und schwenkte das Glas in seine Richtung. Müde schwappte der Rotwein über den Tisch. Neumeyer zog ihre Knie von der Kante zurück, doch einen Spritzer hatten ihre verwaschenen Jeans abbekommen.

Adrian nahm Olga das Glas aus der bebenden Hand, sah Tränen in ihren Augen. Er warf eine Handvoll Papiertücher aus der Box am Tisch in die Lache, um deren Ausbreitung zu stoppen.

»Beamtenbeleidigung«, konstatierte Czermak.

»Lass gut sein.« Neumeyer, offen genervt. »Frau Schattenberg, Ihre verständlichen Emotionen in allen Ehren, aber lassen Sie mich klar sagen: Sollten Sie sich weiterhin derart unkooperativ und aggressiv verhalten, muss ich Sie bitten, mit uns zu kommen. Wir verfügen inzwischen auch über barrierefreie Arrestzellen. Verstehen wir uns?«

Adrian sah Olga ihren Kopf zurücklehnen, sichtlich um Fassung ringend. Er musste die Beamten ablenken, bis sie sich wieder unter Kontrolle hatte. Sollte sie sich ernsthaft in die Enge gedrängt fühlen, dann gäbe es Tote, hoffentlich nur metaphorisch gesprochen. Atemlos vor Aufregung gab er vor, nach der Flasche zu greifen, versetzte ihr stattdessen einen Stoß. Spritzer regneten auf Czermaks graue Anzughose, quietschend sprang er auf.

»Entschuldigen Sie!« Das Zittern in Adrians Stimme war nicht gespielt. »Ich weiß nicht, wie mir das passieren konnte.«

Neumeyer hatte die Flasche gefangen, bevor sie vom Tisch

rollen konnte, und bedachte Adrian mit einem misstrauischen Blick.

Während er aus dem Augenwinkel sah, wie ein dürres Lächeln auf Olgas Lippen keimte, bewarf Adrian Czermak mit Papiertüchern und zog eine Visitenkarte aus der Hemdtasche. »Die Reinigung geht selbstverständlich auf meine Kosten, bitte verzeihen Sie die Ungeschicklichkeit, ich bin un–«

»Genug!«, zischte Czermak und riss ihm die Karte aus den Fingern. Er rieb sich die Nasenwurzel, den Blick auf die befleckte Hose gerichtet, Slim Fit, teure Wolle.

»Um auf den Grund unseres Besuchs zurückzukommen«, fuhr Neumeyer ungerührt fort. »Sie sollen Herrn Toprak in den letzten Jahren mit Ihrer Eifersucht gequält haben. Er scheint in der Damenwelt recht beliebt gewesen zu sein. Nach Ihrer Scheidung hat er nichts anbrennen lassen. Sie verstehen, worauf ich hinauswill. Für uns wären Sie die klassische Verdächtige, bis auf …«

»Bis auf die Tatsache, dass ich im Rollstuhl sitze.« Olga hatte sich gefangen und zu ihrem höhnischen Ton zurückgefunden. »Das Vorhaben, einen, wie Sie ja selbst sagen, beachtlich durchtrainierten Mann an einer Reckstange aufzuknüpfen, stellt mich an diversen Punkten vor unlösbare Herausforderungen.« Mit sichtbarer Anstrengung hob sie die Arme, bis sie auf Schulterhöhe blockierten.

»Allerdings haben Sie uns heute eindrucksvoll vor Augen geführt, dass Sie über opferbereite Helfer verfügen.« Spöttisch lächelnd fixierte Neumeyer Adrian.

»Sie glauben doch nicht …« Auffahrend rammte Adrian mit dem Knie gegen den Tisch, auf dem glücklicherweise nichts mehr stand, was umfallen konnte.

»Dass Sie Herrn Toprak ermordet haben?«, fiel Czermak mit spöttischem Unterton ein. »Vermutlich nicht. Sie geraten ja schon in Panik, wenn Sie eine Flasche umstoßen.«

Dafür kreische ich nicht wie ein Teenie, wenn mir ein paar Tropfen Wein auf die Hose spritzen, lag Adrian auf der Zunge. Er schluckte es hinunter.

»Sie haben vorhin Ihre Assistentin erwähnt«, sagte Neumeyer. »Bevor Sie die eingestellt haben, werden Sie sich doch von ihren Qualifikationen überzeugt haben, oder etwa nicht?«

Worauf das hinauslief, war klar.

»Ihre Qualifikation für den Job als persönliche Assistentin hat Frau Bach in der Praxis eindeutig bewiesen. Alles andere interessiert mich nicht«, antwortete Olga.

Czermak schnaubte. »Ihre einschlägige Erfahrung bezüglich Mord und Totschlag war also kein Pluspunkt?«

Olga neigte den Kopf, um sich an die Stirn zu tippen. »Wie kommen Sie auf solchen Blödsinn?«

»Nun, da wäre einerseits unsere langjährige Erfahrung«, sagte Neumeyer freundlich. »Wo ein Mord passiert und ein Mörder quasi danebensteht, war er in 99 Prozent der Fälle der Täter. Oder in diesem Fall die Täter*in*. Andererseits habe ich ja erwähnt, dass uns Gerüchte zu Ohren gekommen sind, die auf Ihre Täterschaft hinweisen. Gerüchte, die durch einen befremdlichen Anruf Ihrer Assistentin bei der Schwester des Toten eine – wie soll ich sagen – gewisse Brisanz erhalten haben.«

»Das intrigante Aas. Ich weiß zwar nicht, was meine Ex-Schwägerin gegen mich hat, aber seit jeher versucht sie, alle gegen mich aufzuhetzen. Solange wir verheiratet waren, hat Can sie noch einigermaßen im Zaum gehalten, aber seitdem …« Sie brach ab.

»Diese Theorie.« Adrian richtete sich auf und zwang seine Stimme in den sonoren Trauerrede-Modus. »Frau Bach könnte für Frau Schattenberg deren Mann ermordet haben. Das ist derart abstrus, dass es mir beinahe die Sprache verschlägt.« Nicht, dass es angesichts von Kikis Persönlichkeit unmöglich wäre, aber … »Die beiden haben sich erst am Tag der Beerdigung von Herrn Toprak in meinem Beisein kennengelernt.«

»Sie meinen also, organisatorisch wäre der gemeinschaftliche Mord unmöglich gewesen?«, höhnte Czermak. »Aber zutrauen würden Sie den beiden eine solche Tat?«

»Hören Sie, es tut mir leid für Sie, dass Sie in ständigem Misstrauen gegenüber Ihren Mitmenschen leben müssen, aber *ich* traue zunächst einmal niemandem eine sinnlose Gewalttat zu.«

»Etwas naiv angesichts Ihrer Erfahrungen mit Frau Bach«, warf Neumeyer schmunzelnd ein. »Sie sind doch *der* Herr Roth, damals noch Magister.« Sie blätterte in ihrem Notizbuch. »Sie haben mit Frau Bach zusammengelebt, als sie diesen Bankangestellten auf offener Straße niedergestochen hat, oder etwa nicht?«

Adrian schwieg.

»Wie lange sind Sie eigentlich schon mit Frau Schattenberg bekannt?«

Adrians Kiefer verkanteten sich vor Empörung. »Wir haben uns bei der Beerdigung ihres Mannes zum ersten Mal gesehen«, presste er heraus.

Olga klopfte mit dem Fingernagel auf die Lehne des Rollstuhls. »Huhu, hier! Wollen Sie sich mit Ihren Angriffen nicht lieber wieder auf mich konzentrieren? Landfriedensbruch, Widerstand gegen die Staatsgewalt, RAF womöglich, Sie erinnern sich? Schön, dass ich Ihre Aufmerksamkeit habe. Enttäuschen muss ich Sie trotzdem. Ich habe nichts mit Cans Tod zu tun, Kiki demzufolge auch nicht und Adrian schon gar nicht.«

Adrian schon gar nicht.

»Ganz im Gegenteil: Wir möchten um jeden Preis herausfinden, wer meinen Mann auf dem Gewissen hat. Meinen Exmann. Meinen bis vor kurzem engsten Freund.«

Das wiederaufgefüllte Weinglas, das sie noch immer auf dem

Schoß hielt, kippte unter einer unkontrollierten Handbewegung. Sie hob es an, um auszutrinken. Wie üblich blieb ein Rest zurück, weil es sie zu viel Anstrengung kostete, den Arm höher zu heben.

»Wie ernst es mir ist«, fuhr sie fort, »sehen Sie daran, dass ich trotz meiner begründeten Vorbehalte gegen Ihre Profession bereit bin, Ihnen alles zu sagen, was ich in dieser Angelegenheit weiß. Beziehungsweise habe ich das schon getan. Jetzt zeigen Sie mir, dass die Staatsgewalt noch was anderes draufhat, als Leute zu schikanieren und die Mächtigen zu schützen. Finden Sie die Arschlöcher, die ihn erledigt haben!«

Trotz ihres harschen Kommandotons blieb Widerspruch aus. War es möglich, dass gerade Olgas anhaltende Feindseligkeit die Beamten von ihrer Aufrichtigkeit überzeugte? Vorsichtig atmete Adrian auf.

Aus einem Steckfach im Einband ihres Notizbuches zog Neumeyer eine Visitenkarte, legte sie auf dem Tisch ab, ließ das Buch in ihrer Tasche verschwinden und erhob sich. Czermak schien noch etwas sagen zu wollen, zückte dann aber ebenfalls eine Karte und drückte sie Adrian in die Hand, der zugleich mit ihm aufgestanden war.

»Folgendes: Ich verlasse mich darauf, dass Sie sich bei uns melden, sobald Ihnen etwas einfällt.«

»Oder Ihnen«, fügte Neumeyer in Olgas Richtung hinzu.

Adrian fuhr mit dem Zeigefinger die Kanten der Karte des BVT-Beamten entlang, um prinzipielle Kooperationsbereitschaft zu signalisieren, und las: Major Walter Czermak.

»Frau Schattenberg, es war mir, nun ja, wahrlich kein Vergnügen, aber vielleicht der holprige Anfang einer gedeihlichen Arbeitsbeziehung, wenn Sie verstehen, was ich meine. Wie man in den Wald hineinruft …« Czermaks Stimme verlor sich im Vorraum. Neumeyer nickte knapp zum Abschied und folgte ihrem Kollegen.

Adrian schloss sich an, schon um dem schwachen Duft nachzuspüren, der aus Neumeyers Haaren und Kleidung wehte. Nichts Blumiges, eher Zitrusfrüchte. Ein Hauch von Schokolade. An der Wohnungstür angekommen, drehte Neumeyer sich zu ihm um. »Jeder Hinweis, jede Beobachtung ist uns willkommen, Herr Doktor Roth. Ich hoffe, wir hören voneinander.«

Er spürte ein leichtes Flattern im Magen. Das Unbehagen gegenüber der Funktion der Frau rang mit dem Wunsch, sie wiederzusehen. Wobei sie ihre letzte Bemerkung vermutlich nicht kokett gemeint hatte. Sie war Polizistin und ohnehin nicht sein Typ. Ihr Händedruck war fest und warm.

Czermak zwinkerte ihm verschwörerisch zu, sein Ton mit einem Mal frei von Bosheit. »Wir sind die Guten.«

7

Olga

Sie hörte die Wohnungstür ins Schloss fallen und konnte die Erschöpfung nicht länger bezwingen. Die durch ihr Rückgrat aufwärtskroch. Hirnvernebelnd. Dabei hatte sie etwas fragen wollen. Und jetzt die Zunge so schwer. Die Gedanken so zäh. Adrian hatte sie fragen wollen. Der gerade hereinkam, vollgesogene Papiertücher aufsammelte. Gläser und Tassen einsammelte. Und die ausgelutschte Zitronenscheibe. Alles auf das Tablett lud. »Adrian …«

»Ja, ja, ich weiß, du brauchst einen Joint. Lass mich nur erst das Chaos beseitigen.«

Sie gab der Schwerkraft nach, die ihre Lider abwärtszog und ihren Körper durch den weichen Boden in warme Dunkelheit sinken ließ. Für einen Moment nur. Atem strömen fühlen. Ein. Aus. Leben. Eins und Null. Tod. So einfach würde es vielleicht sein.

Ein Schmerz ließ sie auffahren, ein Schneiden in ihrer Hand, ein Zerteilen und wieder Zusammenzurren. Schweiß, der ihren Rücken nässte, aus ihrer Kopfhaut drang. Sie biss die Zähne zusammen und öffnete die Augen.

Adrian saß auf dem Sofa, beschützt von ihrem Engel, der ebenso wohlwollend auf ihn hinabblickte, wie Adrian seinerseits sorgenvoll sie betrachtete. Auf dem blankgeputzten Sofatisch lagen zwei Joints. Als ginge ein Zauber von den makellos gerollten Tüten aus, meinte sie bereits zu spüren, wie das THC die Krämpfe löste. Die Geschichte eines Freundes kam ihr in den Sinn, der in Simbabwe als Entwicklungshelfer gearbeitet hatte, Geburtenkontrolle das große Thema. Die verteilten Kondome hätten nicht immer am vorgesehenen Ort ihre Wirkung entfaltet. Manchmal seien sie über Flaschen gezogen und diese neben dem Bett aufgestellt worden, um langfristig ihre Magie zu entfalten. Vielleicht gab es ihn wirklich, diesen Zauber, der den Dingen innewohnte. Telefone, die wussten, wenn man an jemanden dachte, und machten, dass derjenige anrief.

Romantischer Esoterikscheiß, der sie in letzter Zeit anfiel. Der wusste, wo willige Opfer zu finden waren, denen im realen Leben die Hoffnung ausging. Ihre Hand zuckte. Der Schmerz schnitt bis in ihre Schulter, riss eine Schneise, einen Spalt, einen Sprung in ihren Körper. Eine Schlucht, die sie trennen wollte von allen, deren Körper nicht zerfressen wurde. Sie auch von Adrian trennte. Der jetzt nach einem der Joints griff.

Sie rangierte den Rollstuhl neben das Sofa, stemmte sich an der Lehne hoch und plumpste neben Adrian in die Kissen. Mit zärtlicher Sorgfalt ließ er die Flamme das eingedrehte Ende der Tüte entzünden und inhalierte einmal, bevor er sie ihr zwischen die Lippen steckte. Olga zog, bis die Hitze ihr Lippen und Lungenflügel versengte, konzentrierte sich auf das, was da drin war und half, helfen musste, das lösen, entknoten, beschwichtigen sollte. Langsam durch die Nase ausatmen und wieder anziehen, inhalieren, den Schwindel ignorieren, ja ihn begrüßen und endlich … Sie pflückte das heiß aufgeweichte Ding von den Lippen, bot es Adrian an, obwohl sie keinen Zug missen wollte.

Er lächelte und schüttelte den Kopf, zog die Oberlippe zwischen die Zähne, als müsste er sich das Weinen verbeißen.

»Ich brauche dein Mitleid nicht.« Sie rauchte weiter.

Er schnaubte. »Und ich frage nicht nach deiner Zustimmung zu meinen Gefühlen. Mitleid, Mitgefühl, was stört dich daran?«

»Mitleid ist herablassend.«

»Blödsinn! Mitgefühl ...« Er ließ den Blick durch den Raum wandern, als suchte er hinter den allgegenwärtigen Buchrücken nach passenden Worten. »Für mich ist Mitgefühl eher die Erinnerung an Leid, das man selbst erlebt hat und niemandem wünscht. Eine Erfahrung, die verbinden sollte und nicht trennen, wie es Herablassung tut. Glaubst du im Ernst, ich wollte mich über dich erheben?«

»Kann man jemanden respektieren, den man bemitleidet?«

»Ach so. Respekt.«

Enttäuscht klang das in ihren Ohren. Als hätte sie stattdessen fragen sollen, ob man jemanden lieben kann, mit dem man Mitleid hat. Mitgefühl, hatte er gesagt. Mitfühlend lieben war vielleicht doch nicht ganz ausgeschlossen. Sie zog noch ein letztes Mal an dem Joint, ein Lächeln, ein Kichern fast, das sich in ihrer Kehle, ihrer Mundhöhle, auf ihren Lippen entrollen wollte, Schwindel und ein flatternd klopfendes Herz, als stünde sie am Rand einer Klippe.

»Ich finde sogar«, sagte Adrian, »dass man leidenden Menschen ganz besonderen Respekt entgegenbringt, zumal, wenn sie sich weigern, ihr Leben vom Schmerz bestimmen zu lassen. Wenn sie wie du –«

»Adrian.«

»Hm?«

»Könntest du ...« Er würde zögern, nicht wissen, wie er *nein* sagen sollte. Sie saugte den letzten Rest aus dem Joint und ließ den Stummel in den Aschenbecher fallen. »Kannst du mich einfach mal festhalten?«

Sie sah gerade noch sein Lächeln, bevor er sie in die Arme schloss. Wie schwer das war, in diesem Moment nicht ganz loszulassen, ein wenig Kontrolle zu bewahren. Er durfte nicht merken, wie bedürftig sie war. Seine Hand an ihrem Rücken, ihrem Nacken, ihrem Arm, sein Atem auf ihrer Kopfhaut. Ihr

Stoppelhaar in seinen Dreitagebart verhakt. Für eine Minute nur wagen, ohne Rückhalt in seine Arme zu sinken, das Prickeln zu genießen. Ganz wie früher ungepanzert fühlen.

Mit einer leichten Drehung seines Kopfes schob er den ihren ein wenig zurück, und sie hielt den Atem an. Seine Lippen berührten ihre Stirn. Atemlos verharrte sie, bis er diesen Kuss vollendet hatte und die Wange wieder an ihr Haar schmiegte. Natürlich war das brüderlich gemeint gewesen, tröstlich, wie man ein Kind zur guten Nacht küsst. Nichts mit erotischer Liebe. Sie horchte auf seinen Herzschlag, zählte eins, zwei, drei, vier, bis fünfzehn und forderte Raum, damit seine Arme sich lockerten. Besser die Chance auf ein nächstes Mal wahren, als ihn durch übertriebene Anhänglichkeit in die Flucht treiben. Sie richtete den Rücken an der Sofalehne auf. Adrian zog seinen Arm hinter ihrem Kopf hervor.

»Wein?«

»Whisky«, antwortete Olga.

»Autoerotische Strangulation«, sagte sie, als Adrian die Gläser mit der honigfarbenen Flüssigkeit vor ihnen abstellte. Sie schüttelte den Kopf. »Nicht, dass Can jemals Tendenzen in diese Richtung gezeigt hätte. Soweit ich weiß.« Sie seufzte. »Grundsätzlich wären ihm solche Idiotien durchaus zuzutrauen. Experimente. Alles, was mit Sex zu tun hat. Aber dass er sich dabei in derartige Gefahr begeben hätte … Kontrollverlust mochte er nie. Außerdem würde ich mein letztes Stäubchen Gras darauf wetten, dass er auch für solche Liebesdienste helfende Frauenhände aufgetrieben hätte. Ich meine, Can …« Besser nicht weiterdenken, weitersprechen schon gar nicht. Einem Mann von dem Glück an der Seite eines anderen zu erzählen, pflasterte kaum eine Romantikstraße zu seinem Herzen.

»Du denkst also auch, dass es ein Unfall gewesen sein könnte.«

Die Erleichterung in Adrians Stimme machte es ihr schwer zu widersprechen. Sie nahm einen Schluck Whisky, kostete die sanfte Schärfe aus und hob das Kinn, um der Flüssigkeit den Weg die Kehle hinab zu glätten. »Warum sie wohl erst jetzt ermitteln? Warum sind sie nicht früher bei mir aufgetaucht? Wie oft gibt es derart abstruse Todesfälle, du musst das doch wissen?«

Adrian lachte auf. »Mir ist noch keiner untergekommen. Aber wer weiß, wie oft ich schon von Angehörigen belogen worden bin.«

Den Kopf in den Nacken gelegt, um die faule Rumpfmuskulatur zu dehnen, sah Olga an die Decke. Ein Bild flackerte auf: Can, hängend, die Hose in den Kniekehlen, wie die Polizisten es beschrieben hatten. Warum hatte sie das nicht früher gesehen? Er hätte es ihr zeigen müssen, als er sie in ihren Träumen und Wachträumen besucht hatte, immer wieder in den letzten Wochen. Hatte sie sich seine Nähe wirklich nur eingebildet, kein Geist – nichts? *Raus mit der Sprache, du elender Dreckskerl! Was war da los?*

Sie ließ das Bild zu, ließ es tropfenweise in die Realität fließen, und obwohl es wehtat, ihn so gedemütigt zu sehen, mischte sich ein Hauch von Genugtuung in den Schmerz. Wenn einer es verdient hatte, so zu sterben, dann er. Denkbar, dass er selbst sich keinen anderen Tod gewünscht hätte. Vom ultimativen Lustschmerz aus dem Leben gekickt. Zögernd versuchte sie scharfzustellen. War er womöglich glücklich lächelnd gegangen? Sie konnte es nicht erkennen. Das Bild wollte zerrinnen, sich ihr entziehen, ein letztes Aufflackern, blau …

Die Erkenntnis trieb einen Hieb direkt in ihre Magengrube.

»Nie im Leben!«, rief sie. »Er kann es nicht selbst getan haben! Schon, als dieses BVT-Arschloch davon erzählt hat, habe ich gespürt, dass etwas nicht stimmt. Nur nicht, *was*. Jetzt ist es sonnenklar.«

Für einen Moment diesen Informationsvorsprung genießen und Adrians gespannten Gesichtsausdruck. Sie hob die Braue, sah ihn erwartungsvoll an, als hätte er auch nur die geringste Chance, den Fehler zu erkennen. Dabei war sie die Einzige, die darauf hatte kommen können. Könnte sie noch einmal übermütig vor Stolz durch das Zimmer hüpfen, dann wäre dies der Augenblick.

»Hallo? Würdest du mich bitte einweihen!«

Sie atmete tief durch und lächelte. »Die Krawatte. Nie im Leben hätte Can sich mit einem Schlips erhängt, geschweige denn einen zu erotischen Spielchen verwendet. Dafür lege ich die Hand ins Feuer, von mir aus auch beide und wortwörtlich. Ich bin hundertprozentig sicher, dass er nicht einmal so einen Fetzen besaß. In all der Zeit, die ich ihn gekannt habe, hat er kein einziges Mal einen Schlips getragen. Selbst bei hochoffiziellen Anlässen hat er sich immer geweigert, sich *von der Spießerbagage den Strick aufzwingen zu lassen*. Dieser Strick muss jemand anderem gehört haben.«

Sie hob den Arm gerade weit genug an, um sich den restlichen Inhalt des Glases in den Mund zu kippen, ließ die Hand in den Schoß fallen und schwelgte in ihrem Triumph, während der Whisky sich seinen Weg in ihren Magen sengte.

»Jemand muss die Schlinge für seinen Hals mitgebracht haben. Womit der Mordbeweis erbracht ist. Allein für die Wahl dieser Waffe sollten die Dreckschweine gevierteilt werden.« Sie sah Adrian schlucken, als gäbe es auch nur das Geringste auszusetzen an dieser Logik. »Was?«

»Im Prinzip hast du natürlich recht.«

Im Prinzip, soso.

»Es gibt Schlipsträger und solche wie mich, die nur zu gewissen Gelegenheiten der Konvention folgen, und es gibt die Verweigerer, die nicht einmal unter dem Druck der gesamten Verwandtschaft auf der Beerdigung des eigenen Vaters zur

Krawatte greifen. Wenn Can so einer war, spricht das vielleicht wirklich für seine ...«, er schien es nicht herauszubringen.

»Für seine Ermordung, genau das sage ich doch.«

Die Sache war so klar, wie sie nur sein konnte. Jetzt galt es herauszufinden, wer der Schuldige war. Dafür allerdings brauchte sie nicht nur die Loyalität der Mannschaft, sondern auch die Unterstützung des Captains. Sie musste ihm das Gefühl geben, unverzichtbar für die Mission zu sein, musste eine wichtige Aufgabe für ihn finden, eine, die nur er erledigen konnte. Sie sah ihn wie Kirk im senfgelben Pyjama auf dem Kommandositz der *Enterprise* lümmeln, während sie, die Navigatorin, das Sternenschiff durch das Meteoritengestöber steuerte. In Erinnerung an ihr Weltraumabenteuer wollten ihre Lippen lächeln, doch die Vision des Blumengewirrs auf dem Sarg klappte auf wie ein Bühnenbild und trieb ihr Tränen in die Augen.

Und Mehmet, der arme Kerl, am Boden zerstört neben dem offenen Grab. Kein Wunder: Can war mehr als ein Freund für ihn gewesen, ein Mentor eher, hatte sich väterlich verantwortlich gefühlt, seit er ihn vor zwei Jahren im Rahmen einer Recherche kennengelernt hatte. Mehmet, der Can treu ergeben war. Der Wohnungsschlüssel. Wem, wenn nicht Mehmet sollte Can einen Ersatzschlüssel anvertraut haben, wem, wenn nicht ihm seinen Computer?

»Du schaust drein, als wäre dir gerade ein Licht aufgegangen, richtig angeknipst«, sagte Adrian. Dabei war er derjenige, der jetzt strahlte, seine ernsten Züge durch ein Lächeln aufgehellt, das die Lippen nur leicht kräuselte, die Augen dafür blitzen ließ. Ein Lächeln, von dem sie nicht genug bekommen konnte, gerade weil die Melancholie immer wie ein Wolkenschatten an den Rändern lauerte. Er hob die Brauen. »Darf ich wissen, was du denkst, wenn du mich so konzentriert anschaust?«

Ganz sicher nicht, dachte sie und blinzelte ein paarmal, um wieder in das Gespräch zurückzufinden. »Ich hatte nur so eine Idee, wegen Cans Laptop. Ich muss das noch verifizieren. Aber was anderes: Darf ich dich um einen Gefallen bitten?«

»Bitten darfst du mich um alles.«

Sie seufzte. »Wenn ich mal Haare spalten will, dann wende ich mich auf jeden Fall an dich.« Sie flappte in gespielter Koketterie mit den Wimpern. »Es geht um die Geschichte mit der Krawatte. Würdest du das für mich der Polizei weitergeben?« Sie nickte in Richtung der Visitenkarte auf dem Tisch. »Du hast ja mitgekriegt, dass die mir nicht besonders wohlgesonnen sind.«

»Du ihnen auch nicht.«

»Eben. Es wirkt also vertrauenerweckender, wenn der Herr Doktor Roth ihnen dieses Faktum zur Kenntnis bringt. Das Krawatten-Parodoxon. Falls du Lust auf Agenten-Abenteuer hast, könntest du sogar so tun, als ob du ihnen das hinter meinem Rücken erzählst. Um mich vor mir selbst zu schützen, mich an eigenmächtigen Ermittlungen zu hindern und so weiter. Dir fällt schon was ein. Vielleicht rutscht ihnen dann etwas heraus. Oder sie weihen dich absichtlich in ihre Erkenntnisse ein, weil sie glauben, du machst es umgekehrt genauso.«

Sein Blick jetzt, wie der einer alten Jungfer, die man dazu nötigt, ein Latexkorsett anzulegen. Er war ein echter Spießer, Adrian, wenn auch ein liebenswerter. Der nun aufsprang, kreuz und quer durch das Zimmer schritt und schließlich mit Blick aus dem Fenster innehielt. »Für die Rolle des Spions fühle ich mich nicht berufen.«

»Ach, Spion klingt so negativ! Geheimagent im Dienste der Gerechtigkeit.«

»Damit fühle ich mich gleich wesentlich wohler.« Adrian wandte sich ihr zu und schürzte die Lippen. »Im Ernst, ich glaube nicht, dass ich für solche Manöver die richtige Besetzung bin. Mir wird schon beim Wort Geheimdienst ganz anders. Im Täuschen und Tarnen bin ich eine Null.«

»Hauptsache keine Doppelnull.«

»Bitte?«

»007. Die Lizenz zum Töten haben nur Doppelnull-Agenten.« Sie zwinkerte ihm zu. »Du machst dir doch wirklich Sorgen, dass ich mich in Schwierigkeiten bringen könnte. Und Kiki. Bleib einfach möglichst nah an der Wahrheit.«

»Wäre es nicht viel klüger, wenn du ihnen selber von diesem *Krawatten-Paradoxon* erzählen würdest, um sie von deiner Kooperationsbereitschaft zu überzeugen? Die beste Chance, diese Feindseligkeit aufzulösen!«

War das noch gesund, so *gut* zu sein? Andererseits – was hinderte sie daran, sich von seiner Aufrichtigkeit anstecken zu lassen und auf Raffinesse und Ränke zu pfeifen? Sie senkte den Kopf, sah in ihr leeres Glas, wünschte es voll. »Die würden mir das nicht abnehmen«, sagte sie. »Es erfordert viel Energie, gegen das Urteil anzukämpfen, das andere sich von einem gebildet haben. Wenn man etwas erreichen will, ist es oft besser, die Erwartungen scheinbar zu erfüllen und sie für sich zu nutzen.« Zwar war ihr das gerade erst eingefallen, doch es roch nach Erkenntnis. »Außerdem würden sie mir nichts verraten im Austausch gegen diese Info. Dich hingegen müssen sie bei Laune halten, wenn sie sich weitere Hinweise erhoffen.«

Adrian war zum Tisch zurückgekehrt und sah auf sie herab, zupfte an seinem Bart, presste Luft durch die geschlossenen Lippen.

»Machst du es?«, setzte sie nach.

Adrian fasste in seine Gesäßtasche, zog ein Kärtchen hervor und studierte es. Die Visitenkarte des BVT-Typen. Hatte er die also eingesteckt. Was, wenn er raffinierter war, als sie ihm zutraute? Wenn er von allein auf den Gedanken gekommen war, dass er sie zu ihrem eigenen Wohl hintergehen musste. Machte das einen Unterschied?

Adrian bog die Karte zwischen Daumen und Mittelfinger und nickte. »Ich mach's. Gleich morgen. Für heute habe selbst ich genug von der Polizei.« Er nahm Neumeyers Karte vom Tisch und schob sie zusammen mit der anderen zurück in die Gesäßtasche. »Sag, wann kommt denn Kiki?«

»Weiß nicht. Sie hat frei.«

»Dann mach ich uns was zu essen.«

»Schinkenfleckerl und Salat, darauf hätte ich jetzt Lust. Das könnte ich sogar selber schaffen, wenn du mir beim Schinkenschneiden hilfst.«

Sie folgte ihm in die Küche, öffnete den Unterschrank und zog einen Topf heraus, verfrachtete ihn in das Spülbecken und drehte den Wasserhahn auf, ließ die Hand darauf liegen, um sie nicht ein zweites Mal anheben zu müssen. Noch während das Wasser rauschte, begriff sie, dass es schwer, wenn nicht unmöglich sein würde, den gefüllten Topf unfallfrei aus dem Becken und auf den Herd zu hieven. Wäre sie allein oder allein mit Kiki gewesen, hätte sie geflucht. Doch neben Adrian, der gerade Schinken und Salat auf der Arbeitsfläche ablud, wog ihre Ohnmacht so schwer, dass ihr fast die Tränen kamen. Sie stellte das Wasser ab.

»Warte, ich mach schon«, sagte Adrian und griff mit einer Hand nach dem Topf, nahm jedoch gleich die zweite zu Hilfe. »So schweres Zeug lasse ich eine Dame nicht heben!«

Der Topf knallte auf den Herd, Olga drehte die Platte auf. »Sexistischer Macho-Arsch«, murmelte sie. »Bin gleich wieder da.«

Sie fädelte den Rollstuhl durch die Tür in den Vorraum und wechselte zum Rollator. Auf Augenhöhe stritt es sich besser.

Zurück in der Küche beobachtete sie, wie Adrian Salz, Senf und Honig zu dem Essig-Öl-Gemisch in der Salatschüssel tat und alles mit einer Gabel verquirlte. »Du kannst ja richtige Marinade!«

»Sehr schmeichelhaft, dass dich das so erstaunt. Kiki hat es mir beigebracht. Ich war immer für den Salat zuständig.« Zwar presste er jetzt die Lippen zusammen, als bereue er, von seiner Vergangenheit mit Kiki angefangen zu haben, doch der Einstieg war zu verführerisch, um es auf sich beruhen zu lassen.

»Wie war das damals?«, fragte sie also. »Warum hat sie diesen Mann erstochen?«

Adrian stützte beide Handflächen auf der Arbeitsplatte ab und ließ den Kopf hängen. »Bitte nicht!«

»Warum nicht? Sollte ich das nicht langsam erfahren? Es scheint mir recht großzügig, dass ich eine Mörderin bei mir wohnen und arbeiten lasse. Peinlich, wenn ich dann von Wildfremden darauf angesprochen werde und keine Ahnung habe, worum es geht. Bis heute wusste ich nicht mal, dass das Opfer ein Mann war. Wer war der Typ? Hat er sie belästigt, wie dieser Vermieter?«

Adrian seufzte und wandte sich ihr zu. »Warum fragst du sie nicht selbst?«

»Wenn dir das lieber ist.«

Er schloss die Augen. Hinter ihm klapperte der Deckel über dem Nudelwasser. Er seufzte erneut, die Stirn in Falten gelegt. Als hätte er das denkbar schwerste Leben. »Wahrscheinlich nicht«, rang er sich endlich ab. Er schüttete die Nudelquadrate aus der Waagschale in das siedende Wasser, rührte um. »Er war ein Banker. Kikis Vater war Sparkassendirektor in einem Kaff in …«

»Sie hat ihren Vater umgebracht?«

»Herrgott, nein, hör erst mal zu! Er hat sie anscheinend an ihn erinnert. Sie wollte mit dem Bankmenschen reden, weil der mir einen Kredit verweigert hatte. Hat sich eingebildet, auf sie würde er hören, wollte auf ihren Vater verweisen. Aber das war so ein Schnösel mit Allmachtsphantasien, hat ihr quasi vom hohen Ross herunter in den Ausschnitt geschaut und ihr dann einen Tritt in den Hintern verpasst. Sie ist durch die Gegend gelaufen, hat sinnlos Zeug eingekauft und schließlich vor der Bank auf ihn gewartet, bis –«

Ein Schlüssel drehte sich im Schloss, die Wohnungstür schlug auf. »Huhu, da bin ich wieder!«, rief Kiki, in die Küche stürmend. »Ich sterbe vor Hunger!« Sie riss den Deckel vom Topf und stocherte mit dem Kochlöffel darin herum. »Wie lang sind die schon drin?«

»Eine Minute vielleicht«, sagte Adrian.

Kiki schnappte das Nudelpaket und ließ noch einen Schwung Fleckerln in das Wasser prasseln, wand sich aus ihrem Mantel. »Das war ein Tag, das glaubt ihr nicht. Und den Therapiefuzzi habe ich echt aus der Fassung gebracht. Ihr schaut so belämmert drein. Habe ich euch unterbrochen? Was ist los?«

Olga sah Adrian fragend an. Kiki in die Erörterung ihrer Vergangenheit einzubeziehen, hieße wohl, einen Stimmungsumschwung auszulösen, dem sie sich an diesem Abend nicht mehr gewachsen fühlte. Adrian schüttelte den Kopf.

8

Kiki

»Ich kann nicht Türkisch.«

»Hier ist nur für Männer, habe ich gesagt. Frauen ist nächste Tür.«

Großäugig umschauen, als hättest du es nicht bemerkt. Dabei ist es nicht zu übersehen: Hier ist nur für Männer, alles Chrom und schwarzes Leder. Für muskelbepackte Kerle in Jeans und T-Shirt, die anscheinend alle den gleichen Haarschnitt wollen wie der Typ, der dich angesprochen hat. Den Schnitt, den er auch gerade einem Kunden verpasst: rundum millimeterkurz mit längerem Schopf, dazu ein präzise getrimmter Bart.

»Vielleicht fühle ich mich ja als Mann. Muss ja nicht jeder Cis-Gender sein.« Kinn vorrecken und Beine grätschen, Hände mit abgewinkelten Ellbogen in die Jackentaschen stecken. Blöde Spielerei, aber nötig, weil Kampf für die Unterdrückten immer und überall. »Was ganz anderes: Wie heißen Sie?«

Schweigen.

»Sind Sie Mehmet? Ich muss mit Mehmet sprechen. Nebenan haben sie gesagt, der ist hier.«

»Welcher Mehmet?«, fragt ein Kollege von Nummer Eins und dreht sich um, lässt die Schere um die Finger rotieren, volles Taschenspielerding.

»Mehmet Kaya.«

»Der ist beschäftigt.«

»Wo?« Blick über die Friseurfachkräfte, die inzwischen alle hersehen, ebenso wie die Kunden. Augenkontakt mit einem

Irren, der einem älteren Mann in olivgrünem Hemd und grauer Anzughose blind mit einer Schere im Ohr herumbohrt.

»Hinten im Büro.« Nummer Zwei deutet mit dem Kopf.

»Stopp!« Nummer Eins versperrt den Weg. »Sie können nicht …«

»Dann sagen Sie ihm, dass ich ihn sprechen muss. Kiki. Ich komme von Olga Schattenberg. Es geht um Can. Ist wichtig. Sagen Sie ihm das.« Er rührt sich nicht. »Bitte.«

Hat schon was für sich mit der Höflichkeit, weil er brav umdreht, mitten durch das Friseurstuhlspalier federt und hinter einer schwarzen Tür verschwindet. Die Schere wandert von Olivenhemds Ohr in seine Nase, schnipp, schnapp, dann klatscht ein dampfend feuchtes Tuch auf sein Gesicht. Schaut nach Folter aus, aber kein Mucks vom Kunden. Nummer Eins kommt in Begleitung eines schlanken Mannes durch die schwarze Tür. Der jemandem ähnlich sieht, den du kennst, bloß wem? Schwarze Hose, weißes Hemd und schulterlanges Haar, fester Händedruck und sanfte Augen mit Wahnsinnswimpern.

»Mehmet Kaya. Sie sind eine Freundin von Olga?«

»Das auch. Und ihre Assistentin. Kiki Bach«, hauchst du, ein bisschen erotisch.

»Was kann ich für Sie tun, beziehungsweise für Olga?«

»Können wir vielleicht privat …«

Eine leichte Berührung des Ellbogens, sodass man fast die Hand auf seinen Arm legen und mit ihm entschweben möchte, wohin auch immer, auf die schwarze Tür zu, gern auch ins Märchenland. »Aladdin!«

»Was?«

»An den erinnern Sie mich. Aladdin aus dem Disneyfilm.«

Noch seid ihr nicht durch die Tür, deshalb auch Gelächter. Bemerkungen fliegen durch den Raum, unverständlich, weil türkisch, aber jedenfalls gut gelaunt. Mehmet schließt die Tür hinter euch, ein kurzer Gang und dann ein Raum mit Fenster in den Lichthof, schwarz und chromglänzend das Mobiliar auch hier, doch auf dem Boden ein orientalisch gemusterter Teppich mit Fransen, Vögel und Reiter in der Mitte, ein Löwe vielleicht.

»Er fliegt leider nicht«, sagt Mehmet, lächelt märchenprinzmäßig, was das Grübchen in seinem Kinn optimal zur Geltung bringt. »Der Teppich.«

»Habe ich mir schon gedacht.«

»Kaffee?«

»Gern. So einen türkischen Mokka …«

»Ich kann nur Espresso.« Er zeigt auf die Kapselmaschine. George Clooney oder Aladdin? Rutschig und etwas zu weich sind die Lederfauteuils, womöglich unangenehm klebrig auf nackter Haut. Die hier niemand hat und auch heute nicht haben wird. Der Parka ist jetzt trotzdem too much, weil südliche Hitze herrscht im Chrompalast von Aladdin, dem Herrenfriseur. Fokus verloren. Du hast einen Auftrag.

»Schattenberg sagt, Sie und Can waren sehr eng.« Illustrativ reibst du beide Zeigefinger parallel aneinander, südländische Gestensprache, von Mara gelernt, im Knast wiedergesehen. Süden ist Süden oder eben doch nicht, weil Mehmet komisch dreinschaut, als er nun die Tassen auf dem Marmortisch absetzt und sich selbst elegant in den Sessel zu deiner Linken niederlässt. Gesten diffuser Bedeutung also besser weglassen.

»Eng befreundet, ja. Er war auch so etwas wie mein Mentor, hat mich in meinem Schreiben unterstützt.«

»Schreiben …?« Dummes Stück! So wie du das sagst, klingt es, als wüsstest du nicht, was das ist, schreiben. Oder als könnte er es nicht wissen. Geht locker als rassistische Beleidigung durch. Lieber nicht weiterreden, kein Smalltalk über vermutete Schwierigkeiten literarischen Schaffens außerhalb der Muttersprache. Die Hände züchtig im Schoß falten und still sein. Klar, dass er seufzt und die Augen verdreht, dummes Stück.

»Ich habe Germanistik und Vergleichende Literaturwissenschaften an der Uni Wien studiert. Das hier …«, er schwenkt den Arm, »bringt allerdings mehr ein. Ich habe das Geschäft von meinem Onkel übernommen. Er ist zurück nach Izmir.«

»Ah, verstehe!« Vielleicht redet er einfach weiter, erzählt seine Lebensgeschichte und seine geheimsten Wünsche und dann du deine und dann … Aber jetzt doch Stille. »Und was schreiben Sie, wenn ich fragen darf?«

»Lyrik vor allem, Kurzprosa. Aber hören Sie, darüber wollten Sie doch nicht mit mir reden, oder? Ich sitze gerade über dem Quartalsabschluss für die Umsatzsteuer und würde gern heute fertig werden.«

»Sorry! Es ist nur, weil ich selbst auch …« Er sagt nichts. Tagebuchschreiben vermutlich sowieso nicht literarisch diskussionswürdig. »Ich habe ein bisschen den Faden verloren.«

»Can …«

»Ja genau, Can. Sie wissen, dass er ermordet wurde?« Gleich dick auftragen, Schocktherapie.

Doch, Wunder über Wunder, Mehmet erschrickt weder, noch streitet er es ab, senkt nur betroffen den Blick, als hättest du ihm einen Bauchstich verpasst. Hypnoseblick auf den Blutfleck, der sich auf dem weißen Hemd ausbreitet. Aufwachen, dummes Stück, kein Blutfleck, kein Stich. Der Auftrag.

»Aber woher wissen Sie …? Nicht einmal Schattenberg hatte eine Ahnung. Wissen Sie auch, wie er ums Leben gekommen ist?«

Er schaut dich an, dreht erst langsam den Kopf, stummes Nein, und wiegt dann gegenläufig den Oberkörper vor und zurück, die Hände zwischen die Oberschenkel geklemmt. Wenn er einen Ton von sich gibt, das kleinste Wimmern nur, dann nimmst du ihn in die Arme. Kurzer Traum von der Rettung verstörter Prinzen. Leider nichts zu hören, seine Lippen fest zusammengepresst. Nur seine schokobraune Iris wird dunkler und feuchter, schwarz wie zwei Löcher, in deren Tiefe du Can hängen siehst.

Herzrasen nun, nicht etwa aus Gründen der Erotik, sondern nackter Panik wegen. Weil Mehmet mit oder ohne geheimdienstlichen Auftrag womöglich selbst ... Wie sonst könnte er von dem Mord wissen, wo die Schwesterschlampe ihn doch hasst? Oder hat sie ihm gerade deshalb davon erzählt? Unwahrscheinlich. Ein leidenschaftlicher Streit also, Blutrache, was weiß man. Womöglich gar ... Sein komischer Blick bei der Geste vorhin, womöglich missverstanden als peinliche Anspielung auf untürkisches Schwuchteltum.

Hirngespinste. Reiß dich zusammen, dummes Stück! Er hat nicht gesagt, dass er etwas weiß, nur komisch dreingeschaut. Nicht interpretieren, erst mal nur wahrnehmen, beobachten. Eiserne Detektivregel, jede Wette. Und ausführen, was dir aufgetragen wurde. Klare Weisung.

Eine kleine Frage nur noch. »Weißt du auch, wer ...?« Ganz automatisch, das Du.

Abrupt hält er inne in seiner Pendelbewegung, schaut dich an, als hättest du die Frage mit vorgehaltener Waffe gestellt. Ein Held ist er nicht. »Bitte! Was wollen Sie von mir?«

Rückzug jetzt, Entlastung, schnell, nur für den Fall, dass er doch etwas damit zu tun hat, sonst womöglich bald Kikimatsch in einer der Mülltonnen im Lichthof. Denn wenn er sich erst fängt, ist er stärker als du. »Die Kieberei war bei uns, hat nach Cans Laptop gefragt. Als würde jemand seinen Computer der Ex anvertrauen.« Komplizenhaftes Verdrehen der Augen, ahnungsloses Lächeln deinerseits, aber er hat geblinzelt. Bei der Erwähnung des Laptops hat er wie auf Stichwort geblinzelt.

»Die Polizei? Nur die österreichische?«

»Komische Frage. Wie meinst du das? Welche sonst?«

Keine Antwort, starrer Blick, nicht das kleinste Blinzeln, also einfach weitermachen, bevor der Faden reißt.

»Sie vermuten, sein Tod könnte mit seinen Nachforschungen zu tun haben. Irgendwas mit dem MIT ...«

Er fährt zusammen, blinzelt, volles Paket, versucht es zu bemänteln, indem er eine neue Sitzposition sucht.

»Und mit den Anschlägen auf regimekritische Türken.«

Mehmet atmet hörbar aus und kippt seinen Kaffee in einem Schluck hinunter.

»Hast du was mitgekriegt von seinen Recherchen?«

Er zuckt mit den Schultern. »Ich habe ihm immer gesagt: Man darf sich nicht anlegen mit denen.«

»Bloß nicht! Geht uns ja auch gar nichts an. Aber wenn die Sicherheitsbehörden sich mit denen anlegen wollen, dann sollte man ihnen auch wieder nicht im Weg stehen, sonst bekommt man selbst Ärger. Und den befürchtet Olga jetzt, weil sie schon früher Scherereien mit der Polizei hatte und die den Laptop partout bei ihr vermuten, langjährige Vertraute des Verstorbenen und so weiter.«

Durchatmen. Langsamer reden. Punkte zwischen den Wörtern setzten. Wenn du aufgeregt bist. Sagt Therapie-Mike. Also.

»Sie hat. Den Computer. Definitiv. Nicht. Und in Cans Wohnung. War er ebenso wenig. Auch nicht an seinem Arbeitsplatz. Und genau da hat Olga an dich gedacht. Wer sonst? Wer sonst. Als sein bester Freund. Sollte eine Idee haben. Wo er den Lappy versteckt hat?«

Wie Mehmet schnauft, das klingt nach Steilstück. »Ich brauche jetzt was Scharfes. Für die Nerven.« Er steht auf, öffnet eine Kastentür, Minibar anscheinend. »Magst du auch einen?« Er hebt eine Rakiflasche.

»Klar, gerne!« Nicht der richtige Moment, um Ekel vor Schnaps zu gestehen, wo er endlich auch beim Du angekommen ist. »Geht einem ja wirklich an die Nieren, der Scheiß.«

Er drückt Eiswürfel aus einem Behälter in zwei Wassergläser und schüttet Raki dazu, viel zu viel, drückt dir ein Glas in die Hand. Das muss jetzt runter.

»Auf Can, der auf der richtigen Seite stand! Sagt Olga jedenfalls.«

»Auf Can!« Mehmet leert das Glas halb, noch im Stehen, setzt sich wieder. »Für einen Moment dachte ich, du verdächtigst mich. Mich! Ich schwöre, niemand hat Can mehr geliebt als ich. Mehr als einen Bruder.« Er kippt den Rest. »Schmeckt nicht?«

»Doch sicher, super!« Kopf in den Nacken und runter damit, wie so vieles, was du schon geschluckt hast. »Jetzt wegen dem Laptop …«

Mehmet macht Welpenaugen.

»Falls du eine Ahnung hättest, wo wir den finden können, verspreche ich dir …« Eine Notlüge, weil nicht mit Schattenberg abgesprochen. Eine Notlüge, die ihr gefallen könnte oder auch nicht, ein Supereinfall, von dem sie nie zu erfahren braucht. »Olga hält dich da raus. Sie sagt, dass ihr eingefallen ist, wo der Laptop sein könnte, und da war er dann auch und alle sind zufrieden und keiner kriegt Ärger mit der Staatsmacht. Oder mit sonst wem, der hinter den Daten her ist.«

So wie er dreinschaut, Hundefalten auf der Stirn, hat er das Ding. Will es loswerden. Denkt darüber nach, ob er dir trauen kann. Und Olga. Schwindlig vom Alkohol oder dem nahen Triumph hebst du die Hand zum High five.

»Deal?«

Wieder schnauft Mehmet ventilmäßig aus, ignoriert die Hand. »Schwörst du?«

»Was?«

»Dass niemand erfährt, woher ihr ihn habt.«

»Ich habe doch gesagt, ich verspreche es.«

»Schwöre!«

Er hebt die Rechte, zwei Finger gestreckt, wie um es vorzumachen. Was bleibt einem da übrig? Gekreuzte Fußknöchel und ein schlechtes Gewissen. »Ich schwöre.«

»Dreh dich zur Tür!«

Er wartet. Umdrehen also und als Draufgabe die Augen schließen.

Du hörst ihn aufstehen, hinter dir an der Schrankwand eine Tür aufklappen. Es surrt und piepst, Papier und anderes Zeug wird hin und her geschoben, dann wieder Piepsen, Surren, Türenklappern. Hosenbeine reiben aneinander, die Wärme eines Körpers, ganz in der Nähe, vielleicht auch nur ein Luftzug. Wenn man die Augen jetzt nicht öffnen könnte, blind wäre, für immer alles nur hören und fühlen …

Der Laptop liegt auf dem Tisch, besser gesagt: eine gefüllte Neoprenhülle in Laptopgröße – nicht interpretieren, nur beobachten – schwarz, verheißungsvoll. Es hat funktioniert, hat wirklich funktioniert. Watch private detective Kiki complete her mission. Goldenes Glücksgefühl vermengt mit Stolz, dunkelviolett wahrscheinlich oder weinrot – wenn schon Farben, dann richtig –, wabert vom Bauchraum hinauf bis zwischen die Ohren, quillt dort heraus. Finger ans Ohr, doch da ist natürlich nichts.

Du streckst die Hand aus. »Darf ich?«

Mehmet nickt. »Du wirst es nicht glauben, aber ich bin erleichtert, dass das Ding wegkommt. Ich habe es mitgenommen, als …« Er schüttelt sich und wieder angestrengte Steigungsatmung. »Weil … Aber das musst du nicht wissen, muss keiner wissen, ist auch nicht wichtig, für niemanden.«

»Aber wenn du es loswerden willst …«

Lächelnd schüttelt er den Kopf, während sein Atem ruhiger wird und du den Computer aus der Hülle ziehst, aufklappst.

»Weißt du das Passwort?« Daran nun auch noch gedacht, Kiki in der Form ihres Lebens.

»Moment, ich ändere dir das, ist türkisch.« Er tippt etwas ein. Schatten ziehen über sein Gesicht. »Was willst du haben?«

»Keine Ahnung …«

»Okay. *Ahnungslos* also mit großem A und einer Null statt dem o.«

»Ernsthaft?« Dass er so plötzlich zum Scherzen aufgelegt ist. Er muss wirklich erleichtert sein, nickt und schiebt dir den Computer hinüber.

»Und jetzt …« Er schenkt dir das strahlende Aladdin-Lächeln und steht auf.

Den Laptop in die Hülle stecken und feststellen, dass er nicht in deine Tasche passt. Ein kleiner Fehler, aber ein Fehler, weil man immer mit allem rechnen muss.

»Gibst du mir deine Handynummer, nur für den Fall?«

»Olga hat meine Nummer. Warum hat sie eigentlich nicht angerufen und selbst mit mir geredet?« Er erbleicht, sein Atem beschleunigt sich wieder, Schweißtropfen auf seiner Stirn. »Du kommst doch wirklich von Olga?«

»Sie hat eine Scheißangst, seit die Polizei bei uns war, dass die ihr Telefon abhören. Übertrieben bestimmt, aber sicher ist sicher. Kannst sie gern anrufen und dich nach mir erkundigen.«

Sofort lässt seine Anspannung nach, und Aladdin, der Angsthase, wird wieder zum Prinzen, tupft sich mit dem Ärmel die Stirn ab. Wenn der bloß nie mit denen zu tun bekommt, vor denen er Angst hat. Nie verhört wird. Stundenlang in einem Raum und immer die gleichen Fragen. Er ist einer von denen, die ganz schnell zusammenbrechen. Die im Gefängnis zum Zombie werden oder sich mit einer Fliesenscherbe die Pulsadern aufschneiden, sich mit einem Hosenbein erhängen. Die es nicht schaffen. Nicht wie du. Den Atem ruhig halten, wenn es unangenehm wird, willst du ihm sagen, flach, damit weniger Luft in die Lungen kommt, ganz anhalten im Notfall, bis dir schwindlig wird, das beruhigt. Niemals Angst zeigen, schon weil die leicht mit Schuldbewusstsein verwechselt wird. Aber er muss das nicht wissen, muss es hoffentlich nie wissen.

Eine Berührung am Ellbogen und du bist wieder ganz hier, hast dich nicht in den bösen Gedanken verloren, bist sogar nicht nur hier, sondern um ein Haar ganz bei dir geblieben. Tolle Leistung, wird Mike sagen. Dem du das natürlich nicht erzählen darfst. Folge dem sanften Druck am Ellbogen, den Laptop-Schatz unter den Arm geklemmt, Tür eins, Tür zwei, Salondurchquerung. Am Ausgang noch ein Druck von Mehmets trockener, schlanker Hand mit dem Silberring am Mittelfinger, der Hand, die sich so gut auf deiner nackten Haut gemacht hätte. Die Tür schließt sich.

Schnellziehende Wolken, kalter Wind und Hunger, Lust auf Belohnungstorte, irgendwas mit Schokolade zur Feier des Tages. Doch in dieser Gegend eher Kebab, Pizza, Pljeskavica. Trotzdem. Weil keine ausdrückliche Anweisung zur sofortigen Auslieferung des Laptops, Freiraum für eigene Entscheidungen. Wie Schokotorte. Und Kaffee. Kaffee und Torte. Auf Marmortischchen. Zurückhaltende Kellner. Und dann Cans Laptop aufklappen und ein bisschen stöbern, bis Schattenberg aus dem Geschäft abgeholt werden muss.

An Sommersamstagabenden fahren hier junge Männer in starken Autos mit quietschenden Reifen auf und ab, um die Mädels zu beeindrucken, die in knapp pobedeckenden Röckchen und superhigh Heels vor den Lokalen herumstehen. Jeder präsentiert, was er kann und hat. Laute Musik und Leben ballert aus allen Rohren. Jetzt hingegen tote Hose bis auf ein paar Passanten, die ihre Köpfe im einsetzenden Nieselregen zwischen die Schultern ziehen. Ein Mann in Jeans und Lammfelljacke mit einem asymmetrischen Gesicht steht im benachbarten Hauseingang unter dem Atib-Schild und raucht. Vor dir, auf den unzerstörbaren Betonsitzmöbeln, hockt ein Junge mit Base-Cap, offensichtlich frierend, und raucht ebenfalls. Und du stehst immer noch blöd herum, als wolltest du warten, bis das Hochgefühl über den erfüllten Auftrag komplett verflogen ist. Der Junge starrt auf seine Adidas-Füße, meidet deinen Blick. Wahrscheinlich darf er zu Hause nicht rauchen.

Kapuze aufsetzen, Tasche und Laptop unter den Arm klemmen und dann los, die Bim schon in Sichtweite, ein kurzer Sprint bis zur Station. Freier Sitzplatz über der Heizung. Brutales Klappern, als einer der bereits schließenden Türflügel grob wieder aufgehebelt wird. Der Junge mit dem Base-Cap.

9

Adrian

Bis in die Schläfen und in die Fingerspitzen fühlte er seinen Herzschlag pochen, während er quer durch die Unterführung der Rolltreppe zustrebte. So würde er kaum in der Lage sein, Czermak Hinweise über die Ermittlungen zu entlocken. Die halbe Nacht hatte er wachgelegen und sich den potenziellen Gesprächsverlauf in hundert Varianten durch den Kopf gehen lassen.

Die Rolltreppe schob ihn seinem Ziel entgegen. Und der Sonne, die nach dem Nebel der letzten Tage offenbar von ihm bemerkt werden wollte und ihn aus einem leuchtend blauen Himmel blendete. Er lächelte in sich hinein. Da Olga ihm gestern Abend von ihren gemeinsamen Weltraumabenteuern am Tag des Begräbnisses erzählt hatte, drängte sich nun das Bild eines Raumschiffs in seine Gedanken, das, zunächst nur hinter einer fernen Wolke zu erahnen, plötzlich auf ihn zuschoss. Kein schlechter Trost dafür, dass sie die Geschichte nur deshalb mit ihm geteilt hatte, um seiner Frage nach ihrer Verbindung zur RAF auszuweichen.

Er wollte sich nach rechts wenden, die Ringstraße entlang, konnte sich jedoch nicht gleich dazu durchringen. Die Sonnenstrahlen prickelten derart auf seiner Haut, dass die Schattenseite der Straße wenig verlockend schien. Einen Moment nur die Augen schließen, das Gesicht dem Licht zugewandt, das orange durch seine Lider filterte und in ihm abwärtsfloss bis in die Eingeweide. Balsam, wie man so sagte. Balsam, der selbst gegen die Angst des Agenten vor seinem ersten Auftrag half.

»Haben Sie nichts zu tun? Stehen Sie nicht so unnütz im Weg!«

Adrian fuhr herum und sah eine ältere Dame in teuer kariertem Mantel und Hut, die ihn empört ansah, als wäre nicht meterweise Platz, ihn zu umrunden. Drei junge Frauen, Studentinnen der gegenüberliegenden Uni wohl, waren ebenfalls stehen geblieben. Auch der bärtige Mann in Anzug und Steppjacke, der wenige Meter entfernt Geld vom Automaten abhob, beobachtete ihn. Er kam Adrian vage bekannt vor.

Adrian lächelte der Frau zu, sah das Eis tauen. »Der Frühling kündigt sich an. Lange kann es nicht mehr dauern.«

»Der ist noch jedes Jahr gekommen«, schnappte die Frau, konnte sich jedoch ein Zucken im Mundwinkel, ein minimales Heben der dünn aufgemalten Augenbrauen nicht verkneifen.

Ein, zwei Sätze mehr und er hätte sie geknackt. Alte Leute konnte er, jahrelange Praxis. Natürlich hätte er sie auch darauf hinweisen können, dass dieser Frühling womöglich ihr letzter war, hätte ihr eine Geschäftskarte zustecken können. Ungewohnt boshafte Gedanken, die eindeutig zeigten, wie unrund er sich fühlte. Er nickte grüßend.

Ein Block, eine Querstraße bis zum Gebäude der Landespolizeidirektion, wohin ihn Czermak bestellt hatte. An Czermak hatte er sich gewandt, weil es ihm unhöflich erschienen wäre, den ranghöheren Major zugunsten von Chefinspektorin Neumeyer zu übergehen, mit der er sich wesentlich lieber unterhalten hätte. Ob ihres Busens oder grundlegender Sympathie wegen wagte er nicht zu entscheiden. Vielleicht war sie ohnehin anwesend.

Am Eck des Amtsgebäudes, außer Sichtweite des Eingangs, blieb er stehen. Lächerlich, diese Zaghaftigkeit. Da Olga den Captain in ihm sehen konnte, musste der irgendwo stecken, und jetzt war die Zeit, ihn in die Pflicht zu nehmen. Der Weltraum, unendliche Weiten. Was war dagegen ein Gespräch mit einem Polizeibeamten?

Er sah an der gerasterten Betonfassade empor. Willensstärke, dachte er, Zielbewusstsein und ein wenig von dem Mut war gefragt, den er sich über die Jahre angespart haben musste. Aufgespart für diesen Moment und die anderen, die womöglich folgen würden. Er dachte an Captain Kirk und James Bond, die er bisher nie als Vorbilder in Betracht gezogen hatte, versuchte sich an einem verwegenen Lächeln und marschierte auf den Eingang des Gebäudes zu.

Stufen aus schwarzem Granit führten ihn zu einem breiten Glasportal, in das Schleusen eingearbeitet waren, doch nichts öffnete sich beim Näherkommen, und drinnen war kein Mensch zu sehen. Erst jetzt fielen Adrian die Zettel auf, die, von innen an die Scheiben geklebt, über einem gedruckten Pfeil informierten: *Betriebsfremde rechts anmelden!* Eine Stahltür in der angrenzenden Wand, daneben ein mit orangem Punkt beklebter Taster. *Tür öffnet automatisch.*

Von gläserner Transparenz zur Festungspforte und gleich auch ein Ziehen in der Brust. Trauer über den Verlust von Freiheit und Sicherheitsgefühl, der sich augenfälliger kaum darstellen ließ. Kunst am Bau eigentlich. Nur der Wille fehlte dazu.

Adrian drückte den Taster. Die Tür schwang so schleppend auf, als wollte sie den Eintretenden auffordern, ihr Gewicht und den Schutz, den dieses bot, angemessen zu würdigen. *Lasst, die ihr eintretet, alle Hoffnung fahren* – nein, das sollte wohl nicht gedacht werden. Drinnen ein zwei Meter breiter Vorraum, der auf der rechten Seite von einer Glaswand begrenzt war, hinter der ein bulliger Uniformierter mit unreiner Haut saß. Links eine weitere Stahltür, diesmal ohne Öffner, geradeaus ein Körperscanner.

»Schönen guten Tag, ich habe einen Termin mit Major Czermak vom BTV«, verkündete Adrian dem Beamten, der ein angebissenes Wurstbrot in der Hand hielt und kauend den Kopf schüttelte.

»Mahlzeit! Das gibt's nicht.«

Zeitungsartikel über betrügerische Polizeibeamte schossen Adrian durch den Kopf. »Aber der Herr Major hat mich heute früh selbst hierher bestellt.«

»Erstens gibt's kein BTV, sondern nur das BVT, und zweitens sitzt das nicht hier, sondern unten am Rennweg. Zeigen Sie mir Ihre Vorladung.«

»Ich habe keine Vorladung. Major Czermak hat mich telefonisch herbestellt.«

»Name, Ausweis.«

»Roth. Doktor Adrian Roth.« Adrian legte seinen Führerschein in den Schiebetrog unter dem gelochten Fenster.

Der Portier murmelte etwas von Dienstwegen, die einzuhalten seien, und legte das Wurstbrot auf das zusammengefaltete Einwickelpapier. Er wischte sich die Hand an der Hose ab und prüfte den Führerschein. Dann hämmerte er mit beiden Zeigefingern auf eine Tastatur ein und griff nach dem Telefonhörer, tippte eine Nummer und wies auf ein Touchpad, das auf der Theke lag. »Unterschreiben.« Er lauschte. »Ah, doch. Ah so, verstehe.« Pause, dann in zackigem Tonfall: »Herr Major, ein Doktor Roth für Sie. Jawohl. In Ordnung.« Er legte auf und erklärte Adrian: »Sie müssen entschuldigen, aber das ist ganz was Neues, ein Versuchsballon sozusagen, dass die hier eine gemischte Ermittlungsgruppe eingerichtet haben. Normal haben wir da nur das LVT.«

Adrian nickte, als verstünde er, und fing sich dafür einen mitleidigen Blick des Polizisten ein.

»Sie wissen doch, wie verschiedene Dienststellen normalerweise tun. Das läuft nach dem Motto: *Mach den Akt zum Wanderer, so kriegt ihn auch ein anderer.* Gewisse Reibungsverluste inbegriffen. Irgendwer hat sich anscheinend jetzt gedacht …

Aber wurscht. Bitte Metallteile und elektronische Geräte da im Korb ablegen und dann in den Scanner mit Ihnen.«

»Wie am Flughafen.«

»Genau. Waffen, Sprengstoff, Drogen bitte allesamt vorher in den Korb.«

Adrian schmunzelte und zog den Gürtel aus der Hose. Kaum hatte der Scanner grünes Licht gegeben, schob der Wachbeamte ihm seinen Führerschein zu und entzog ihm die Aufmerksamkeit. Er klappte sein Wurstbrot auf, um den Essiggurkenfächer wieder mittig auf der Wurst zu platzieren, richtete die Brotschnitten sorgfältig aus und biss ab. Adrian sammelte Münzen, Schlüssel, Handy und Gürtel wieder ein und versenkte die Hände in den Hosentaschen. Sorgfältig studierte er das Plakat für den Polizeiball, bis sich die Tür öffnete, die ins Gebäudeinnere führte, und Czermak in den Vorraum trat. Sie reichten einander die Hand.

»Sehr weise, dass Sie sich zur Zusammenarbeit entschlossen haben.«

Adrian folgte Czermak durch einen Gang in die leere Eingangshalle, an der Treppe vorbei zum Lift und im dritten Stock in ein trostloses Büro. Zwei einander zugewandte Schreibtische, Aktenschränke, eine Pinnwand, ein Regal mit Fachbüchern und Sammeltassen mit Katzenbildern, im Eck neben dem Fenster eine dahinkümmernde Zimmerpflanze. Czermak ließ sich hinter dem linken Tisch vor den Katzentassen nieder und wies auf einen Besucherstuhl mit graugrünem Bezug, der an der Schmalseite des Tisches stand. Adrian setzte sich.

»Bevor Ihre Phantasie mit Ihnen durchgeht: Die Katzen gehören einer Kollegin in Karenz. Was …«, Czermak dehnte das S zu einem langen Zischlaut, »möchten Sie mir mitteilen, Herr Doktor Roth?«

»Ist Ihre Kollegin nicht …«

»Die ist unterwegs. Also bitte!«

»Um es kurz zu machen: Frau Schattenberg ist an der Beschreibung der Todesumstände im Nachhinein etwas aufgefallen. Sie sagten, der Verstorbene sei mit einer Krawatte erhängt worden.«

Czermak nickte knapp.

»Frau Schattenberg versichert, dass ihr Exmann niemals Krawatten getragen hat, und sie ist hundertprozentig sicher, dass er nicht einmal eine besaß.«

Czermak ruckte mit dem Kopf. »Und? Was soll uns das sagen? Wie viel Zeit ist seit der Scheidung vergangen? Ein, zwei Jahre? Da kann er seinen Kleidungsstil verändert haben.« Er lehnte sich zurück, verschränkte die Arme und schlug die dünnen Beine übereinander, die heute in eine hellere Grauschattierung gehüllt waren.

Ob er die weinbefleckte Hose schon in die Reinigung gebracht hatte? Sein Einwand jedenfalls hatte etwas für sich. Adrian selbst hatte ihn am Vorabend nur deshalb für sich behalten, weil er Olga nicht der Euphorie über ihre Erkenntnis berauben wollte. Wenn er daran dachte, wie sich sein Leben nach der Trennung von Kiki geändert hatte. Auch den Bart trug er erst seit damals.

»Wie gesagt, Frau Schattenberg ist hundertprozentig sicher.«

»Und warum erzählt sie mir das nicht selbst?«

Nun also die Agentennummer. Adrian holte Luft und beugte sich vor. Er sah Czermak in die Augen, wie er einer Witwe in die Augen sah, der er versicherte, dass es weder in ihrem noch im Sinne des Verstorbenen war, sich bei der Trauerrede über dessen Untreue zu verbreiten. »Das sollte bitte unser Geheimnis bleiben«, sagte er in gedämpftem Ton.

Unwillkürlich neigte Czermak sich ihm entgegen. Da flog die Tür auf.

»Herr Doktor Roth! Sie sind aber überpünktlich«, sagte Chefinspektorin Neumeyer.

Adrian sah auf die Uhr. »Vierzehn Uhr hat es geheißen.« Er suchte bei Czermak nach Bestätigung, doch der konzentrierte sich auf die Seifenblasen seines Bildschirmschoners.

»Kann es sein, *Herr Kollege*, dass du mir irrtümlich eine falsche Zeit gesagt hast?«, knurrte Neumeyer. Es klang gefährlich. Sie warf ihren Mantel über den Kleiderständer, ließ sich auf ihren Drehstuhl fallen, stieß sich ab und rollte den Tisch entlang, ums Eck und nach einem weiteren Stoß direkt auf Adrian zu. Als müssten alle Frauen neuerdings rollen. Seine Rückenmuskeln verspannten sich von der Anstrengung, seinen Reflexen zu widerstehen und nicht vor der aggressiven Annäherung zurückzuweichen. Als Neumeyers Sessel zum Stehen kam, spürte Adrian ihre Knie an seinem Oberschenkel, obwohl sie ihn haarscharf nicht berührten.

Nicht einschüchtern lassen. Wenn er den beiden als ernstzunehmender Partner erscheinen wollte, als einer, dem man Informationen anvertrauen konnte, musste er standhalten. Er dachte an Neumeyers Busen. Ein Lächeln war nun immerhin drin. Und die Chefinspektorin so nah, dass Adrian ihren Atem an seinem Hals spüren konnte. Wieder roch er Schokolade.

Etwas musste jetzt gegen die dicke Luft unternommen werden. »Möglicherweise habe ich mich in der Zeit geirrt«, sagte Adrian. »Bisher habe ich Major Czermak nur erzählt, dass der verstorbene Herr Toprak ein Krawattenhasser war, mit Sicherheit keine besessen hat und daher tatsächlich ermordet worden sein muss. Nur für den Fall, dass es diesbezüglich noch Zweifel geben sollte.«

»Und das wissen Sie von …«

»Na, woher wohl«, fiel Czermak feixend ein. »Von seiner Freundin, der behinderten Terroristenbraut, der verlässlichsten Informationsquelle, wo gibt.«

Neumeyer warf ihm einen angewiderten Blick zu.

Czermak hob beschwichtigend die Hände. »Kleiner Scherz, belebt das Gespräch.«

Ob die Disharmonie zwischen den beiden auf eigenem Terrain immer so laut war oder ob sie gerade in diesem Moment und zufällig in seinem Beisein erst aufbrach, fragte sich Adrian. Die Aufmerksamkeit konzentrierte sich jedenfalls derzeit auf ihre gegenseitigen Vorbehalte. Und das verschaffte ihm nun unerwartet viel Raum, den es zu nutzen galt.

»Ich war gerade dabei, Ihren Kollegen bezüglich dieser Information um Vertraulichkeit zu ersuchen«, wandte sich Adrian an Neumeyer, die daraufhin auf Armeslänge zurückrollte.

»Weil?«

»Frau Schattenbergs Vertrauen gegenüber den Sicherheitsbehörden ist, wie Sie ja schon bemerkt haben, aufgrund schlechter Erfahrungen beschränkt. Sie befürchtet, dass jede Information, die sie preisgibt, letztlich gegen sie gewendet werden könnte.« Ungeachtet seiner ungünstigen Sitzposition machte Adrian es sich zur Aufgabe, die Beamten abwechselnd ins Auge zu fassen. »Ihr gestriger Auftritt war, wenn Sie mir die Kritik gestatten, nicht dazu angetan, diese Sorge zu zerstreuen, und auch mir ist das leider nicht gelungen. Ich hingegen vertraue darauf, dass behördliche Ermittlungen die größtmögliche Chance auf eine Aufklärung bieten. Sie sehen mein Dilemma?«

Neumeyer zerkaute ihre Unterlippe und fixierte ihn stumm. Ihre Handflächen rieben über die jeansbespannten Oberschenkel und erzeugten ein Geräusch, das die Haut zwischen Adrians Schulterblättern zusammenzog.

»Folgendes: Wir wissen es natürlich zu schätzen, wenn Sie uns Informationen zukommen lassen«, sagte Czermak jovial. »Ich nehme an, das war nur der Auftakt. Haben Sie auch eine Idee, wer Herrn Toprak die Krawatte um den Hals gelegt hat?«

Adrian spürte die Verachtung des Beamten und konnte sie

ihm nicht einmal übelnehmen. Man liebt den Verrat, nicht den Verräter. Doch den wahren Helden zeichnete aus, dass er ungerechtfertigte Urteile im Dienst der Sache stoisch ertrug. Ihm jedenfalls fiel nichts Besseres ein. »Noch nicht, aber wenn ich es herausfinden sollte, lasse ich es Sie wissen«, antwortete er.

Neumeyer legte ihre Handflächen aneinander und richtete sie auf ihn. »Sie handeln also aus staatsbürgerlichem Pflichtbewusstsein? Oder sorgen Sie sich, Frau Schattenberg könnte auf eigene Faust aktiv werden? Wollen Sie sie vor Dummheiten schützen?«

»Ein aktives Leben im Rollstuhl«, feixte Czermak.

Adrian sah Neumeyer an und nickte.

»In dem Fall tun Sie gut daran, uns auf dem Laufenden zu halten. Sollten die Dinge tatsächlich so liegen, wie Ihre Freundin vermutet, dann ist mit den Tätern keinesfalls zu spaßen. Egal, für wie hart und kampferprobt Frau Schattenberg sich hält.«

Adrian fröstelte. »Sie glauben also, es könnte tatsächlich ein politischer Mord … Nazis oder türkischer Geheimdienst darin verwickelt sein?«

»Mit Glauben haben wir nichts am Hut.« Kein Hohn diesmal in Czermaks Stimme.

»Ausgeschlossen ist es nicht, dass Toprak in ein Wespennest gestochen hat«, sagte Neumeyer.

Aufstehen und gehen, nein, rennen wollte Adrian, Friedhofsruhe war jetzt genau das, wonach er sich sehnte. *O Captain! My Captain* kam ihm in den Sinn, der andere Captain, der aus dem Whitman-Gedicht. *Where on the deck my Captain lies, fallen cold and dead.* Das fehlte noch. Er fuhr sich mit der Zunge über die Zähne, die sich pelzig und trocken anfühlten.

»Was ich nicht verstehe: Warum ermitteln Sie erst jetzt? Warum wurde der Leichnam überhaupt freigegeben, wenn es sich um Mord handelt? Hätte er dann nicht bis zur Aufklärung beschlagnahmt werden müssen oder wie auch immer das bei Menschen heißt?«

»Folgendes«, sagte Czermak. »Sie haben das sicher schon im Fernsehkrimi gehört: Wir stellen die Fragen.«

»Aber –« Adrian hielt inne und schraubte seine panisch klingende Tonhöhe tiefer. »Wenn Sie möchten, dass ich Sie auf dem Laufenden halte, sollten Sie mich davon überzeugen, dass meine Informationen bei Ihnen in guten Händen sind.«

»Nicht schlecht«, sagte Neumeyer. Ihre Kiefer mahlten. »Ich will ganz offen mit Ihnen sein: Man könnte behaupten, dass die Sache suboptimal angelaufen ist. Was ich Ihnen als Außenstehendem gegenüber natürlich nicht erwähnen darf, ist, dass gegen einen Kollegen, der damit befasst war, interne Ermittlungen laufen.«

»Frau Chefinspektor«, quengelte Czermak. »Ich muss doch sehr bitten. Keine Interna.«

»Chefinspektor*in*. Das alles, Herr Doktor Roth, war, bevor die hochkompetente behördenübergreifende Ermittlungsgruppe 7 nebenbei mit der Sache betraut wurde. Von der Sie zwei Fünftel hier vor sich sehen. Die anderen drei sind der Grippe zum Opfer gefallen.« Unter müden Lidern sah sie Adrian an.

»Auch das geht den Herrn Roth nichts an, Kollegin.« Czermak knackte mit den Fingergelenken.

Vielleicht waren sie doch ein eingespieltes Team, Good Cop, Bad Cop, ganz wie im TV. Oder Neumeyer war einfach eine versierte Ermittlerin mit Menschenkenntnis und Czermak ein eitler Schmock.

Das allerdings war keine der Fragen, die zu klären er gekommen war. »Können Sie mir etwas mitgeben, was angetan wäre, Frau Schattenberg zu beruhigen? Die Vorstellung, dass ihr Mann …«, absichtlich ließ er das *Ex* unter den Tisch fallen, »dass er womöglich langsam zu Tode …«, nur mit einem Räuspern gelang es ihm, das Wort hinauszupressen, »… gefoltert wurde. Hat er sich nicht gewehrt? Das kann nicht ohne Verletzungen abgegangen sein, die Ihre Kollegen oder spätestens der Arzt, der den Totenschein ausgestellt hat, hätten sehen müssen.«

»Keine äußeren Verletzungen bis auf ein paar unauffällige Hämatome«, murmelte Neumeyer.

»Aber wie kommen Sie dann darauf, dass es sich tatsächlich um einen Mord handelt?«

Neumeyer breitete die Arme aus. »Das kann ich Ihnen leider nicht …«

»A: Er wurde betäubt«, steuerte Czermak bei. »B: Sein Name taucht in anderem Zusammenhang …«

»Betäubt? Hätte man das nicht bei der Obduktion …«

Neumeyer klatschte in die Hände und schüttelte den Kopf. »Ich denke, das war's für heute, Herr Doktor Roth. Das heißt, wenn *Sie* uns nicht noch etwas zu erzählen haben.« Fragend hob sie die Augenbrauen und zog sie missbilligend zusammen, nachdem Adrian den Kopf geschüttelt hatte. »Wir sind uns einig, dass Sie und Ihre Bekannte am besten fahren, wenn Sie sich Heimlichkeiten ab sofort sparen?«

Adrian nickte. »Ich bedanke mich. Sie hören von mir, sofern es etwas zu berichten gibt.« Er erhob sich, reichte Czermak die Hand.

Neumeyer stand ebenfalls auf. »Ich begleite Sie hinunter.«

Adrian sah ihr in die Augen. Dunkelbraun. Wie ihr Pullover. »Sehr freundlich.«

»Vorschrift ist Vorschrift. Sie dürfen sich nicht allein durch das Gebäude bewegen, und bevor ich einen Kollegen von der Wache gerufen habe …«

Während sie auf den Lift warteten, sagte Adrian: »Nicht ganz einfach, wenn man so zusammengewürfelt wird. Ich kenne das von den Arbeitsgruppen an der Uni.«

Neumeyer sah ihn belustigt an. »Da werden Sie sicher auch die Erfahrung gemacht haben, dass unterschiedliche Ansätze und Erfahrungen eine Bereicherung sein können.«

Abgeblitzt, vermerkte Adrian. Ein deutlicher Wink, dass Neumeyer Informationen besonnen zu verteilen wusste, ein Indiz für ihre Kompetenz. Ein gedämpfter Klingelton, und die Edelstahltüren des Aufzugs glitten auseinander.

»Ich will ganz offen mit Ihnen sein, Herr Doktor Roth«, sagte Neumeyer, kaum dass die Kabinentür sich geschlossen hatte. »Für einen Mann, der sich noch nie etwas zuschulden kommen lassen hat, wirken Sie mir manchmal ein wenig zu abgebrüht.«

Wie ein Stromstoß fuhren Neumeyers Worte Adrian in die Glieder, und er fühlte seine Miene aufleuchten, bevor er sich wieder unter Kontrolle bekam. Abgebrüht! An ein unwahrscheinlicheres Kompliment konnte er sich nicht erinnern. Thanks to the Captain.

»Das erste Mal, dass ich jemanden damit erfreue, dass ich ihn indirekt als Gauner bezeichne.« Neumeyer lächelte schief. »Ich nehme das zurück. Aber Sie wirken sehr kontrolliert. Ihre Sätze klingen wie einstudiert. Wir sind, mit Verlaub, mehr Unsicherheit gewohnt.«

»Ach das.« Adrian zuckte mit den Schultern. »Ich bin seit sechzehn, siebzehn Jahren als Trauerredner unterwegs. Davor und währenddessen war ich Lektor auf der Uni. Geschwollen zu reden ist mein Geschäftsmodell.«

Der Lift entließ sie in die verglaste Eingangshalle, und Adrian blickte hinab auf die Ringstraße. »Schade, dass man nicht einfach durch das Tor …« Er schwenkte die Hand.

»Für uns wäre es auch angenehmer, wenn uns alle wohlgesonnen wären.« Bei der Stahltür zur Eingangsschleuse angekommen, zog Neumeyer Visitenkarte und Kuli aus der Brusttasche, notierte ein paar Zahlen. »Meine Handynummer, für alle Fälle. Ich habe ein ungutes Gefühl bei der Sache.« Sie senkte die Stimme. »Es ist einiges aus dem Ruder gelaufen, auch bei uns, seit … Aber nicht alle Polizisten sind rechts … Melden Sie sich, wenn Sie etwas erfahren! Bei mir!«

Als Adrian die Freitreppe hinabschritt, war er sicher, dass Neumeyer ihn durch die Glasfront beobachtete. Doch nicht deshalb nahm er bedächtig Stufe um Stufe. Vielmehr hatte er den Eindruck, dass seine Knie oder die Stufen oder beides eine teigige Beschaffenheit angenommen hatten, die zur Vorsicht zwang. Wenn schon Neumeyer mit einem *unguten Gefühl* hausieren ging, war Sorge angebracht. Sie hatte politische Einflussnahme bei den Ermittlungen angedeutet, wenn er es richtig verstanden hatte. Sich nicht nur gegen fremde Geheimdienste und Nazischläger, sondern gegen die eigene Regierung oder den von ihr beschickten Beamtenapparat zu positionieren, hob das Risiko auf eine neue Ebene. Er war kein Rebell, ganz sicher nicht.

Trotzdem sah es so aus, als müsste er sich an die Angst gewöhnen oder lernen, sie abzuschütteln. Angst wovor eigentlich? Der Tod, kaum einem so alltäglich wie ihm, konnte es nicht sein. Das Leben also. Aber die Angst davor zu verlieren hieße wohl, den Tod wieder fürchten zu müssen. Nun endlich gelang es ihm, ausreichend Luft in die Lungen zu saugen, zum ersten Mal, seit er Czermak vor einer Stunde am Eingang die Hand geschüttelt hatte.

Bis er die Straßenbahn erreichte, hatte die gewohnte Grübelei seine Panik gerade so weit abgeschwächt, dass er ein prickelndes Gefühl der Lebendigkeit verspürte.

Bereits auf der Schwelle, entschloss er sich, doch eine andere Bahn zu nehmen, diejenige nämlich, die zu Olgas Laden fuhr. Eine Stunde hatte er Zeit, bevor er zu seinem nächsten Klientengespräch musste. Er wandte sich um und prallte gegen einen Mann, der sich, statt zu protestieren, hastig abwandte und einige Schritte entfernte, wo er scheinbar unschlüssig stehen blieb. Diese graue Steppjacke, der schwarze Vollbart. Adrian erstarrte mitten im Strom der einsteigenden Fahrgäste. Der Mann stand immer noch dort, wie festgehalten von Adrians Blicken. Derselbe Mann, der vorhin vom Bankomaten aus sein Geplänkel mit der Alten beobachtet hatte. Und war es nicht auch derselbe, den er kürzlich im Supermarkt bemerkt hatte? In einer ganz anderen Gegend. Die Ähnlichkeit war da, auch wenn sich das Bild von damals nicht scharf aufrufen ließ.

Zufall konnte das nicht sein. Schon weil der Mann immer noch dort stand, sich nun umdrehte, ein Zucken im Gesicht, als er Adrians Blick begegnete, und die Sonnenbrille aufsetzte. Geheimdienstklischee. MIT. Adrian sprang zwischen die sich schließenden Türen der Bim, sah, wie der Mann draußen nach seinem Telefon griff, während die Straßenbahn sich in Bewegung setzte. Dann verschwand er aus seinem Blickfeld.

10

Kiki

Schokomoussetorte, das Wort sagt alles, schmilzt schon bei der Bestellung im Mund, Vorfreude mit Sternchen. Dazu der Blick durch die großen Fenster, der Jugendstil rundum, schwarz und weiß und viel Messing, alles hell und elegant.

Kurzer Flashback, Hafterinnerung oder besser Erinnerungshaft, weil sie einen das ganze Leben lang irgendwie festhält. Sagen sie.

Und dann steht sie da, Augen schließen, stilles Gebet zur Schokoladengöttin, die alle Leiden heilt. Da kommt keine andere Droge mit. Eine Melange dazu, perfekte Harmonie. Wenn guter Sex das besser kann, warst du noch nie mit dem Richtigen im Bett.

Nun aber der Laptop – *mein Schatz*! Gollumfinger greifen gierig, öffnen, tippen. Dann Kopfarbeit. Ungewöhnliche Struktur des Dateisystems, automatisch angelegte Ordner leer, stattdessen alles handgestrickt, oldschool, ähnlich wie bei Schattenberg. Glücklicherweise fast alles auf Deutsch. Die wenigen türkisch benannten Dateien enthalten Interview-Transkripte, ebenfalls türkisch. Mit Mehmet auf dem Sofa sitzen und sie gemeinsam entziffern.

Im Ordner *Publiziert* sind alle veröffentlichten Artikel seit den achtziger Jahren archiviert. Zuletzt erschienen: *Sollen sie doch gehen, wenn es ihnen nicht passt!* Doppelklick. Leitartikel zum Plan der Regierung, Aufenthaltsgenehmigungen für Muslime an Vereinbarungen zu knüpfen, die unter anderem das Tragen von Kopftüchern reglementieren.

Berichte aus Absurdistan – Islamisten als Integrationshelfer. Ein Artikel, den du gelesen hast, natürlich ohne zu wissen, von wem … Komisches Gefühl. Macht alles erst richtig real. Um islamistische Organisationen geht es, die Seelsorge und Sprachkurse für Flüchtlinge und Häftlinge anbieten und dafür staatlich gefördert werden, obwohl es ihr einziges Ziel ist, auf diesem Weg Anhänger zu rekrutieren. Alles beschrieben anhand eines pakistanischen Attentäters, der im Sprachkurs radikalisiert wurde. Du erinnerst dich an das Bild des Typen im Gegenlicht, kräftig, aber nicht zu aufgepumpt, gute Kieferknochen Ja. Weiter.

Winnetou und Old Shatterhand – homoerotische Aspekte in den Beziehungen mächtiger Männer für ein Magazin. Klingt abgefahren, aber jetzt bloß nicht anfangen, Artikel zu lesen, die nichts mit unserem Problem zu tun haben.

Überblick verschaffen. *Fake News. Die Sehnsucht nach gnädigen Lügen.* Mainstream irgendwie. Wieder Türkei: *Exodus. Europäische Türken ziehen heimwärts.* Warum wohl? Hin zum starken Mann oder weg von uns? Davor drei Reportagen über gescheiterte Integration von Flüchtlingen in Österreich, Deutschland und der Türkei.

Intellektuelle Narkose – das graue Deutschland des Helmut Kohl, ein unfreundlicher Nachruf zu irgendeinem Todestag offenbar, animiert noch weniger. *Merkel und die Machoherrscher* kann man sich auch ungefähr vorstellen. *Evolution abgesagt* über religiös motivierte Lehrplanänderungen am Beispiel von Türkei und USA. *Lechts und rinks – wo die Holzwege der Extremisten sich kreuzen* klingt auch nicht nach Mordmotiv, obwohl die prinzipielle Richtung stimmt. Im Artikel allerdings keine Rede von Türkei oder Geheimdienst, eher philosophisch abstrakt das Ganze.

Logisch eigentlich, Dummkopf. Weil. Wenn die brisanten Recherchen schon veröffentlicht wären, null Anlass für Mord.

Kind im Brunnen, sozusagen. Konzentration auf den letzten Bissen Torte, der auf der Zunge zergeht und gerade im richtigen Moment eine Überdosis an Fett und Zucker ins System schickt.

»Noch eine Melange, bitte!« Unleistbarer Luxus, das alles, vor wenigen Wochen, und jetzt fixes Einkommen und jeden Tag Geburtstagsgefühl möglich.

Das Hintergrundbild auf dem Desktop zeigt zwei parallele Fußspuren im Sand. Links sind die Abdrücke nicht mehr als verwaschene, teils mit schaumigem Wasser gefüllte Vertiefungen, nach rechts hin immer deutlicher zu erkennen, die letzten Abdrücke einander zugewandt, ineinander verschränkt. Ein Romantiker, der Herr Journalist. Eines der Fußpaare hat fast gleichlange Zehen, beim anderen laufen sie spitz zu. Schattenberg wird das nicht gefallen, denn ihre Füße mit den langen Zeigezehen haben keinen dieser Abdrücke hinterlassen. Rechtsklick, Ansicht, Durchsuchen. Mit der Auflösung des Körpers im Tod wird wohl auch der Anspruch auf Privatsphäre erlöschen, schlechtes Gewissen also überflüssig.

Das Bild stammt vom Sommer letzten Jahres und ist im Ordner *Mecaz* abgelegt, Unterverzeichnis eines Unterverzeichnisses eines Unterverzeichnisses, seltsamerweise in einem Ordner, der sonst nur Berufliches zu enthalten scheint. Mecaz, sagt das Online-Wörterbuch, bedeutet Metapher. Aber wofür? Die Bilder des Ordners zeigen Mehmet lachend, Mehmet schmollend, Mehmet und Can, echt beste Freunde, überall gemeinsam unterwegs. Mehmet redend mit Weinglas in der Hand vor dem Palmenhaus, Mehmet verführerisch, anscheinend beim Flirten erwischt. Zwei ineinander verschlungene Hände. Männerhände, von denen die schmalere Mehmets ist, den breiten Weißgoldring erkennst du gleich.

Ein Klaps auf den Deckel und der Laptop schließt sich. Instinkthandlung. Wie man eine Tür zuschlägt, wenn man versehentlich ein Liebespaar überrascht hat. Nur dass dieses Paar keinen Sinn ergibt. Du starrst auf den Deckel, in dessen Mitte ein Anarcho-Aufkleber prangt. Can, der unersättliche Womanizer. Mehmet, der Märchenprinz. Beste Freunde, näher als Brüder. Vielleicht so ein kulturelles Ding, alles viel körperbetonter im Süden. Statt Blutsbrüderschaft womöglich Fotografieren verschränkter Hände. *Winnetou und Old Shatterhand – homoerotische Aspekte in den Beziehungen mächtiger Männer*. Zufall. Mehmets irritierte Reaktion auf die aneinandergeriebenen Zeigefinger. *Mecaz* wie *Me*hmet und *Ca*n. Wenn Schattenberg das sieht. Sollte man zumindest wissen, was noch alles …

Unverhältnismäßiges Herzklopfen beim erneuten Öffnen des Laptops und beim Eintippen des Passworts. Als drohte das Ding in die Luft zu fliegen, sich selbst zu zerstören, nur weil du *vielleicht* etwas gesehen hast, was du nicht hättest sehen sollen. Was Mehmet nicht gelöscht hat, weil es versteckt war.

Mehmet liegt am Strand und liest, Mehmet zwinkert dem Fotografen zu, Mehmet und Can stecken auf Selfies die Köpfe zusammen. Mehmet sitzt Shisha rauchend in einer Beach-Bar, Mehmet liegt nackt auf einem Bett und präsentiert eine eindeutig nicht platonisch motivierte Erektion, beschnitten, eher dick als lang, die Eichel sehr rund, insgesamt wie ein überdimensionierter Deostift, formschön wie der Rest.

»Darf es noch etwas sein?«

Wieder fliegt der Laptop zu und diesmal auch Hitze in die Wangen, obwohl er nichts gesehen haben kann, der Kellner, weil du mit dem Rücken zur Wand sitzt, zum Fenster eigentlich. Warum er trotzdem so anzüglich grinst …

»Sie haben anscheinend einen Verehrer.« Er ruckt mit dem Kopf zum Fenster hinter dir. Rasche Kopfdrehung, aber da ist natürlich niemand. »Hoppla, jetzt ist er weg.«

»Sehr witzig.« Kein Kaffee mehr jedenfalls, der Nervositätspegel schon am Anschlag. »Ein Glas Leitungswasser, bitte.«

Augen verdrehen und Abgang Kellner. Das Lokal hat sich gefüllt, die meisten Tische sind besetzt: Geschäftsleute snacken, ältere Frauen bei Kuchen, Kaffee oder Rotwein, ältere Männer mit Zeitung, einmal Kaffee, zweimal Bier auf ihren Tischen. Ein Tisch ist mit sechs Jugendlichen besetzt, die sich gemeinsam vier Getränke und zwei Stücke Kuchen leisten.

Und jetzt? Schattenberg muss es erfahren, so oder so. Aber nicht am Telefon. Und nicht von dir. Schließlich ist es seit jeher üblich, die Boten zu töten, Klassiker. Sie wird es auf keinen Fall gelassen hinnehmen, von wegen Exmann, längst vorbei und neues Leben. Auszucken wird sie. Oder zusammenbrechen.

Adrian. Er soll das übernehmen. Bei ihm wird sie sich zusammenreißen. Noch besser: Sie kommt selbst drauf, sieht das Bild und zieht ihre Schlüsse. Adrian muss jedenfalls informiert werden, weil nur er sie auffangen kann. Laptop-Übergabe also möglichst in seinem Beisein und nach fairer Vorwarnung.

Knapp zwei Stunden Zeit. Vielleicht lässt sich irgendetwas herausfinden, das den Schock lindern und/oder ihren Zorn auf den Mörder umlenken kann. In Cans Mails vielleicht, doch da droht weiterer Privatkram.

Projekte. Ein Ordner, der anscheinend Recherchen zu sämtlichen Themen enthält, mit denen Can sich je beschäftigt hat, benannt mit undurchschaubaren Codes. Bilder, Interviews, Notizen, Fragmente, eingescannte Servietten mit Telefonnummern in den Unterordnern. Das alles durchzusehen braucht ewig plus. Wochen mindestens. Sitzfleisch gefragt und schon bei dem Gedanken Nervosität, Bewegungsdrang, Fluchtinstinkt.

Ein Deal: Bis die Tasse leer ist, Konzentration.

Zuletzt bearbeitet wurde eine Tabelle, die sich ohne ein weiteres Passwort nicht öffnen lässt. *Olga* funktioniert ebenso wenig wie *Mehmet* oder *Schattenberg*, weitere Versuche sinnlos. Soll Schattenberg selbst. Oder Adrian. Oder irgendwelche Polizei-Experten. Muss wohl Geheimnisse enthalten oder vielleicht nur den Schlüssel für die Benennungscodes.

Ein neuer Anlauf: *MIT & Nazi* in die allgemeine Suchmaske. 11 Treffer.

Herz hämmert gegen die Rippen, sortieren nach Änderungsdatum. Die aktuellste Datei wurde wenige Wochen vor Cans Tod erstellt. Doppelklick.

Eine Gesprächsnotiz, abgefasst um zwei Uhr morgens in einem Hotel in Köln, wie die Überschrift verrät.

BülC361-Ditib (Kann zu später Stunde teurem Whisky nicht widerstehen. Prahlt damit, die Ehefrau mit einer Freundin der studierenden Tochter zu betrügen.) Bestätigt im Wesentlichen die Aussagen von KarAn181-Atib.

Regimekritische Landsleute werden systematisch unter Druck gesetzt, wenn sie sich öffentlich äußern. Das Spektrum reicht von sozialer Ausgrenzung – Schulkinder werden für Gesinnung der Eltern gemobbt und indoktriniert – über Kreditschädigung, Geschäftsboykotte bis zu mafiösen Praktiken, körperlicher Gewalt in Einzelfällen. Gerüchte. Angst vor Repressalien wächst in der Community, vorauseilender Gehorsam … das Übliche.

Zuletzt mehrere Anschläge auf türkische Geschäftslokale in ganz Deutschland und Südschweden. Österreich s. KarAn181-Atib, MahÖ168. Täter vermutlich Neonazis. Opfer allerdings ausschließlich offen t-regimekritisch/säkulär gesinnt. MIT in Nazikostümen? Kooperation??? BülC erbleicht und mauert, nennt schließlich Kartalar.

(Anm: Unentschlossene Ermittlungen deutscher Behörden in Richtung Zusammenarbeit MIT-Neue Rechte. Sig329-BND)

KARTALAR. Lt. bisherigen Erkenntnissen neo-islamistische Geheimorganisation, die sich der Reinhaltung des Türkentums verschrieben hat und mit äußerster Konsequenz und Grobheit vorgeht. Mitglieder unbekannt (geheim eben …), rekrutiert in Moscheen, Millî Görüş, Atib, Ditib? BülC verdächtigt jedenfalls zwei ortsansässige Ditib-Aktivisten, die er auch im MIT vermutet, deren Namen er (noch) nicht preisgeben will. Später erwähnt er SunS323, derzeit in Hamburg (oder Bremen?) inhaftiert. Hat Ehefrau (Cousine des Informanten, Name und derzeitiger Aufenthalt samt Kindern unbekannt) fast totgeschlagen. Diffamierung aus Rache oder sinnvoller Hinweis? Ehefrau ausfindig machen! (Frauenhaus? Telefonat/Skype-Interview? Kontakt TinaP338)

Kartalar – SinAn197? Merve?

Kikinator! Im übertragenen Sinn, weil nicht durch nackte Gewalt, sondern ganz andere Qualitäten zum Sieg geführt: kühle Überlegung, folgerichtiges Denken, konsequente Suche. Drangeblieben, eigenes Ich gewahrt und trotzdem Intuition bewiesen, psychomedienmäßig geradezu. So geht das!

Und niemand hat es gesehen. Im Nachhinein davon zu erzählen längst nicht so eindrucksvoll. Logische Konsequenz des Kikinators: Abendliche Vorführung im Familienkreis hat Vorrang vor Can-Mehmet-Desaster-Aufdeckung. Vorerst jedoch nur eine bescheidene Nachricht an Schattenberg und Adrian, um ihre Neugier anzuheizen: *Laptop sichergestellt!*

Die nächste Datei enthält nur eine Liste von Namen, hauptsächlich deutsche, aber auch türkische, holländische, englische und skandinavische. Die dritte ist eine eingescannte bunte Handskizze mit Kästchen, Kreisen und Pfeilen, die Beziehungsgeflechte diverser Personen und Organisationen wiedergibt, nichts für den eiligen Blick. Nummer vier endlich ist ein weiteres nächtliches Protokoll, anscheinend nach einer Tonaufzeichnung abgetippt. Can hat sich in Bayern einem Neonazi-Ortshäuptling namens ThorF335 gegenüber als italienischer Rechtsradikaler namens Gianni Benito (*Benito, come il duce!*) ausgegeben, der bei den deutschen Brüdern um guten Rat fragt, wie man der *Überfremdung* Herr werden kann. Ob man es schon mit einer Zusammenarbeit mit den Herkunftsländern von Flüchtlingen versucht habe, die doch jedes Interesse haben müssten, Dissidenten wieder in die Finger zu bekommen. Besoffenes Nazi-Geschwafel und dann:

T: Was die Türkenbelagerung angeht, gibt es ein paar gute Ansätze. Da schlagen wir schon mal gern in dieselbe Kerbe wie denen ihr Geheimdienst.

Scheiße, das ist es! Wenn du nur nicht so dringend müsstest.

G: Du meinst eine Kooperation zu beiderseitigem Nutzen? Genau, was ich immer sage: Der Zweck heiligt die Mittel.

T: Bei euch Itakern vielleicht. Ist doch von einem von euch, der Spruch, oder?

G: Stimmt, Machiavelli.

T: Bei uns geht die Ehre über alles. Meine Ehre heißt Treue. Der Ehre immer treu bleiben. Kann mir nicht vorstellen, dass es Zusammenarbeit ... also so richtig wechselseitig ... (bohrt in der Nase und überlegt) Aber wer weiß ... Warum es sonst gerade die Angepassten und nicht die Kopftuchträger und bärtigen Hosen-in-die-Socken-Stecker abkriegen sollen ... Im Krieg und in der Liebe ... Apropos Liebe: Hast du nicht auch Lust, noch einen wegzustecken?

So, nun geht es aber wirklich nicht mehr. Klappe zu.

»Entschuldigen Sie!« Der Silbergrauen, die am Nachbartisch bei Schokomoussetorte und der nächsten Melange sitzt – eine Seelenschwester –, kann man vertrauen wie der eigenen Oma. »Sind Sie so lieb und schauen kurz auf meine Sachen? Ich muss mal für kleine ...« Kikinatoren besser weglassen.

»Königstiger, klar. Ich habe ein Auge drauf, keine Sorge, meine Liebe!«

Während du hockst, piepst es, Nachricht von Adrian: *Kann erst nach 20 Uhr, vorher Klientengespräche. BRAVO, KIKI! Pass auf dich auf!*

Schweben kann man nur, wenn man ganz eins mit sich ist, wirst du Mike beim nächsten Termin sagen. Das wird ihm gefallen. Und nun wirklich jeder Schritt wie auf Wolken, weil endlich durchschlagender Erfolg, praktisch Rätsel gelöst. Ein Lächeln zum Kellner, der mit panischem Blick und einem Fetzen in der Hand hinter der Bar hervorstürzt. Auf die Oma zu, die ihr Wasserglas vom Tisch gefegt hat, dir hinter schiefsitzender Brille entgegenstarrt, die Lippen zitternd. Noch lächelst du, obwohl du schon ahnst, dass eine Katastrophe …

Am Tisch steht der Laptop nicht. Herzrasen. Sie wird das Wasser darüber ausgeschüttet und ihn auf die Bank gerettet haben. Kleine Katastrophe, nur ein bisschen Wasser, wird ja nicht gleich die Festplatte hinüber sein. Beim nächsten Schritt ein Blick auf die Bank. Vielleicht, dass der Kellner ihn gerettet hat und hinter der Bar trocknet. Weil das anders nicht sein kann.

»Wo?« Zitterstimmchen.

Ausgebreitete Arme zucken hilflos, offener Mund, Kopfschütteln, Tut-mir-so-leid-Gestammel der Alten. Stechen und Brennen in deiner Brust. Schwindel.

»Ein Bursch, eh der, der die längste Zeit probiert hat, Ihnen über die Schulter zu schauen«, sagt ein weißbärtiger Bier-und-Zeitung-Mann, während du eine Stuhllehne umklammerst, nach Atem ringst.

»Er ist hereingestürzt, wie Sie am Klo waren, und hat sich Ihren Computer geschnappt«, sagt der Kellner. »Soll ich die Polizei …?«

»Hinsetzen!«, kommandiert Weißbart durch die Watte, die rasend schnell um dich wächst. »Sie sind ja ganz grün im Gesicht!«

»Warten S', ich hol ein Wasser … Ich hab ja nicht wissen

können … Hoffentlich in der Cloud … Hätt ja auch Ihr Sohn … regelmäßig sichern ist das Um und Auf …«, murmelt es rundum.

Tunnelblick und immer noch das Brennen in der Brust, während sie dir auf die Bank helfen, deine Beine hochlegen. Gesichter über dir, ein nasses Tuch auf der Stirn. Lass es ein Herzinfarkt sein, bitte, tödlich oder wenigstens Intensivstation, dass Schattenberg dir nicht böse sein kann, nicht so lange, bis du wieder rauskommst. Tränen, tröstende Worte und Hände, die du abschüttelst, weil das Brennen in der Brust nachlässt, obwohl es nicht nachlassen soll.

Jemand fühlt deinen Puls, sagt »wird schon wieder«.

Was weiß der.

Du setzt dich auf, schaust in eine andere Welt. Die alte Kikiwelt. In der alles schiefgeht, weil du immer Mist baust, dummes Stück. Immer Mist baust. Wer außer dir kann so blöd sein? Wenn dich jemand schlagen würde, wenn sie alle, die um dich herumstehen, auf dich einprügeln würden … verdient, verdient, verdient. Und doch zu leicht, weil die Strafe dich von der Schuld reinigen würde.

Ein Mann, der dir vorher nicht aufgefallen ist, reicht dir einen Zettel, auf dem Namen und Telefonnummern stehen. »Zeugenliste«, sagt er. »Ich muss jetzt.«

»Soll ich die Polizei rufen oder gehen Sie selber?«, fragt der Kellner.

Klar, dass der keine Polizei im Lokal haben will, und ob du willst, dass die Bescheid wissen, musst du erst Schattenberg fragen. Die vielleicht nie wieder mit dir …

»Ich geh hin, danke. Ist ja gleich in der Nähe.« Was du weißt, weil die dich damals genau dort auf das Revier gebracht haben. Erinnerungshaft.

»Wie hat er ausgesehen?«, fragst du zittrig, obwohl du es schon weißt.

»Fünfzehn, sechzehn Jahre alt … ein Kapperl am Kopf, schwarz, die Haare und das Kapperl … nein, grau mit einem Adler vorn drauf … So Bartflaum … Siebzehn war der sicher … schwarze Bomberjacke«, alle durcheinander beschreiben den Jungen mit dem Base-Cap.

11

Olga

Das elektrische Gefühl intensivierte sich. Ein Prickeln wie von winzigen Blitzen, die, so kam es ihr vor, ein ebenso verlustreiches wie sinnloses Gefecht gegen die zunehmende Taubheit führten, die zunächst ihre Füße über das übliche Maß hinaus ergriffen hatte und sich nun die Beine aufwärts arbeitete. Ein inneres Gewitter, das der Hülle jene Energie entzog, die sie benötigte, um den Kontakt mit der Außenwelt aufrechtzuerhalten.

Sie zwang sich zur Konzentration auf den Bildschirm, auf das Formular mit den Remittenden, tippte schwerfällig und registrierte, dass auch in ihren Fingern das Gefühl nachließ.

Die Gefechte flammten auf. Die Streitkräfte formierten sich, um ihr aufs Neue ihren Platz zu zeigen, sie einzuschließen, auf sich selbst zurückzuwerfen, diesmal vielleicht schlimmer als je zuvor. Die multipel verfickte Scheißsklerose. Die Angst packte sie mit unerwarteter Vehemenz, trieb ihr den Schweiß durch die Poren. Im Nu bildeten sich nasse Flecken am Rücken und unter ihren Brüsten. Gerade so, als hätte sie das nicht schon öfter durchgemacht, hätte nicht immer einen Weg zurück gefunden. Nicht an den Ausgangsort, doch immer in ein Leben, das es lohnte, bis zum letzten Tropfen genossen zu werden.

Beschwichtigungsgeeier, beschissenes. Wenigstens sich selbst gegenüber sollte sie ehrlich sein. Sterben auf Raten, das war es, was mit ihr geschah. Eine Träne drang aus dem linken Augenwinkel, floss schnell an der Nase entlang abwärts, umkurvte gebremst den Nasenflügel, kitzelte auf der Oberlippe, wurde zum Salzgeschmack, während sich auf der rechten Seite ein Tropfen vom Nasenflügel aus im Flussbett der Falte am Mundwinkel vorbeilenken ließ. Jede Standortinformation minutiös weitergeleitet von Nervenbahnen, die hier oben noch nicht herausgefunden hatten, wie man den Dienst verweigerte, die sich womöglich sogar gegen die Revolution entschieden hatten, loyal bis zum Ende.

Sie senkte den Kopf, ließ eine Träne auf die Tastatur tropfen, sah sie in den Ritzen zwischen den Buchstaben verschwinden, konzentrierte sich darauf, die Hand zu heben, um sich eine letzte Träne von der Wange zu streifen.

Tod durch Sterben, das blühte schließlich jedem Einzelnen. All den anderen Körpern, die Zelle für Zelle den Geist aufgaben, immer langsamer regenerierten, immer grauer und schwächer wurden. The only way is down. Nur dass sie nicht mit den Massen in der gemächlichen Seilbahn saß, sondern auf einem Bike mit kaputten Bremsen die Serpentinen des Waldwegs hinabraste. Nein, sie durfte die Krankheit nicht als Feindin sehen. Sie war schlicht Teil des Tranks, den es zu leeren galt. Der für sie bestimmte war nun eben bitterer und schärfer, dafür auch vielfältiger und aufregender als das fade Vanillegesöff vieler anderer.

Sie hörte die Kassenlade und blickte zur Verkaufstheke. Margit händigte dem Kunden, der sich nach halbstündiger Prüfung aller Reiseführer für Andalusien offenbar für ein Merian-Heft entschieden hatte, sein Wechselgeld aus, und er verließ das Geschäft. Frau Sammer, die wie jede Woche mit ihrer Enkelin gekommen war, um ein Bilderbuch zu kaufen, trat zu Olga an den Bistrotisch. Die Enkelin stapelte in der Spielecke einen roten Turm aus Duplosteinen.

»Haben Sie schon gehört?«

»Was meinen Sie?«, fragte Olga.

»Der Kolsky ist tot.«

Wieder einer gefallen, einer ihrer liebsten Kunden. Seit 2010 hatte er allmonatlich die Krimibestenliste studiert und sämtliche Werke gekauft, die dort neu verzeichnet standen, nicht ohne bei jedem Besuch über seine Leseeindrücke zu berichten.

»Hat ihn der Krebs jetzt doch …?«

»Nein!« Die Sammer sah sich um, ob ihre Enkelin noch beschäftigt war, flüsterte. »Er hat sich …« Sie fuhr sich mit der Handkante über die Kehle.

»… hamdraht?« Olga liebte das Dialektwort. Heimwärts brachte einen der Tod, wenn man sich ihm entschlossen zuwandte. Ein tröstlicher Gedanke, ein Glimmen, das durch einen Türspalt drang, so bedrohlich wie verlockend. Ein Ausweg immerhin, den man selbst wählen konnte.

Frau Sammer sah nun allerdings beunruhigt aus, vermutlich wegen des Lächelns, das Olga selbst auf ihren Lippen spürte. Ein Lächeln, das sie nicht auflösen konnte, weil die Tränen nur darauf lauerten, wieder die Herrschaft zu übernehmen. Sie konnte sehen, dass Frau Sammer all das erfasste, ihr die frische Angst ansah, nach ermutigenden Worten rang, keine finden konnte, sich selbst die Schuld gab wegen der Wahl des Themas und schließlich den Blick senkte.

So war es am besten. Sonst würde es nur damit enden, dass sie ihrerseits die Kundin zu trösten hatte, und dazu fühlte sie sich heute wahrhaftig nicht in der Verfassung. Erinnerungen an die Vergänglichkeit trafen andere oft unvorbereitet, rissen sie in Abgründe, denen zu entrinnen sie selbst nicht mehr hoffte. Sie reichte Frau Sammer die Hand.

»Ich wünsche Ihnen alles Gute, Frau Schattenberg! Bis nächste Woche.«

»Margit!«, rief Olga heiser in das verklingende Türglockengebimmel, kaum dass Sammer samt Enkelin hinaus war.

»Ja? Brauchst du was?«

Sie atmete gegen die Angst an. Zum Glück war nun die

Müdigkeit im Vormarsch, dämpfte. Alles. »Ich werde wohl die nächsten Tage nicht kommen können.«

Margit eilte an ihre Seite. »Ein Schub?«

Sie nickte.

»Verdammt!«

»Ja, ich weiß, Vertreterbesuch, Remissionen und mit der Inventur wollten wir auch anfangen. Tut mir leid.«

»Wird schon irgendwie gehen. Kann ich was für dich tun? Eine Tablette?«

»Sinnlos.«

»Den Fahrtendienst anrufen?«

Olga versuchte zu denken. »Nein, bis die hier sind ... Kiki muss bald kommen. Vielleicht hilft sie dir bei der Inventur, obwohl rein rechtlich, wenn ich nicht dabei bin ... Sorry, muss kurz die Augen zumachen.«

Sie steuerte auf die Teeküche zu, ließ die Tür einen Spalt offen und stellte den Rollstuhl so ab, dass er vom Verkaufsraum aus nicht zu sehen war und den Zugang zu WC und Lager freiließ. Rückenlehne und Fußrasten in leichte Liegeposition. Die Welt driftete davon.

Eine Hand auf ihrer Schulter. Sie tauchte durch den Nebel, nun doch aufwärts und wie in der Seilbahn, Metaphernkonfusion, sah Kiki neben sich knien, Verzweiflung in den Augen.

Olga räusperte sich, flüsterte automatenhaft: »Nicht so schlimm. Wird schon wieder.« Als keine Reaktion erfolgte: »Wasser, bitte.«

Während das Wasser lief, versuchte sie den Defekten ihrer inneren Elektrifizierung nachzuspüren. Sie beugte sich vor, um sich über die Wade aufwärts zu streichen. Zu schnell. Ein Stromstoß fuhr ihr von der Schädelbasis durch das Rückenmark. Sie stöhnte auf. Sofort war Kiki an ihrer Seite.

»Lhermitte-Zeichen.«

Der Schmerz oder die Erinnerung daran blieb als helles Sirren. Sie sog am Trinkhalm, während Kiki das Glas hielt. Wasser stand auch in ihren Augen.

»Wenn hier jemand heult, bin ich das.«

Kiki nickte. »Klar. Margit sagt, du hast einen Schub. Wie schlimm?«

»Abwarten. Es dauert, bis man weiß, wie weit es geht. Keine Lähmung diesmal. Gefühlsstörungen. Bis zum Knie bin ich quasi tot.«

»Sag das nicht!«

»Ich soll es nicht mit Humor nehmen? Leichenbittermiene gehört zum Anforderungsprofil?« Matt und fremd ihre Stimme, alles andere als humorvoll.

»Entschuldige, so war es nicht gemeint.« Kiki ließ den Kopf hängen. »Ist halt mein erster Schub.«

Olga seufzte lautlos. War ihr eigenes Elend nicht genug, dass sie sich immer auch noch mit dem anderer zu befassen hatte?

Erst als sie den Blick auf ihre Finger und die Armlehne darunter lenkte, gelang es ihr, die Tasten zu betätigen, die Lehne und Fußrasten in aufrechte Sitzposition brachten. Die Bewegungsfähigkeit war auf dem gleichen Niveau wie zuvor, armselig, aber ausreichend. Nur die Haut hatte sich in eine gefühllose Polsterung verwandelt, die ohne Blickkontakt keinerlei Information über die Ausdehnung der Glieder vermittelte.

»Das mit dem Laptop ist super«, rang sie sich ab, obwohl es ihr momentan völlig gleichgültig erschien. Can war tot, so war das eben, und sie hatte wirklich andere Probleme. »Hast du großartig gemacht.«

Warum jetzt dieser flackernde Blick, diese Panik?

»Was ist los? Ist er kaputt? Zeig schon her!«

»Also. Es geht dir echt nicht gut, oder?«

»Kiki!«

»Ich habe ihn bei einer Freundin gelassen. Dort ist er in Sicherheit, keine Sorge! Gibt ja Wichtigeres im Moment. Wir müssen uns erst mal um dich kümmern, oder? Außerdem habe ich gedacht, wenn die Polizei … Also, wenn sie wieder zu uns kommen und ihn finden und mitnehmen und wer weiß, was da alles drauf ist, wovon sie nichts erfahren sollen und …«

»Quatsch! Ihn einfach woanders abladen, das würdest du nicht machen, ohne mich zu fragen. Also raus damit: Was ist da drauf, was ich nicht wissen soll?«

Das nun auch noch: Kiki neben ihrem Rollstuhl auf den Knien, weinend. Zwischen dramatischen Schluchzern blubberte sie eine Räubergeschichte über einen rätselhaften Verfolger hervor, der ihr den Computer mitten in einem Kaffeehaus entrissen hatte und unerkannt entkommen war. Nein, nicht direkt entrissen, sondern trotz Bewachung durch ihre Oma während eines dringend erforderlichen Toilettenbesuchs entwendet. Zu viel Kaffee, zu viel Wasser, unausweichlich und trotzdem unverzeihlich. Sofortige Strafe, Folter sogar willkommen, weil so viel Dummheit einen Denkzettel erforderte. Entlassung natürlich.

Die Geschichte nahm sich derart grotesk aus, dass sie unwillkürlich gegen einen Lachreiz ankämpfte, der möglicherweise auch nur eine nervliche Fehlreaktion war, während sie darüber nachzudenken versuchte, ob es sich tatsächlich so zugetragen haben konnte. Dass Kiki log, schien angesichts ihrer Gemütsbewegung ausgeschlossen. Gewisse Verschiebungen waren denkbar, hervorgerufen durch die seltsame Kolorierung der Brille, mit der ihre Assistentin die Welt betrachtete.

Beschattung, Verfolgung, frecher Diebstahl des Beweisstücks also. Einerseits hatte Olga zu dreißig Prozent gehofft, dass ihr generelles Misstrauen gegenüber der Gesellschaft und ihr Verdacht hinsichtlich Cans Ermordung sich als unbegründet erweisen würden. Andererseits erfüllte die Bestätigung ihres Weltbildes sie mit grimmiger Befriedigung.

Nun aber Kiki, die ihren Kopf heftig schluchzend in Olgas Schoß gelegt hatte. Selbstverständlich wäre es das Vernünftigste, sich von ihr zu trennen. Nicht wegen dieser Unachtsamkeit, die anderen – vielleicht – ebenso hätte passieren können. Sondern weil das Missgeschick Kiki, wie jede andere Störung, so gänzlich aus der Bahn warf. War es nicht absurd, jemanden für rückhaltlose Unterstützung zu bezahlen, der dieser selbst so sehr bedurfte?

Margits Kopf erschien im Türspalt. *Was ist los*, fragte ihr Mund lautlos, aber überdeutlich. *Soll ich …*

Olga schüttelte den Kopf, wies sie mit einer Augenbewegung hinaus.

Sie sah auf ihre Hand, die sich ganz ohne bewussten Befehl bewegt hatte, über Kikis zerzaustem Kindskopf schwebte, Trost spenden wollte, ja, *wollte*. Was zählte Vernunft gegen ein Gefühl, das sogar ihren widerspenstigen Körper in Bewegung setzen konnte?

»Ist ja gut.«

Sie senkte die Hand, strich, so sacht es ihr mit den tauben Fingern gelingen wollte, über Kikis Schopf, bis das zu anstrengend wurde. Sanft ließ sie die Hand auf dem Kopf der Frau ruhen, die keine zehn Jahre jünger war und doch.

12

Adrian

Adrian schloss die Tür, rief einen Gruß, streifte die Schuhe ab und schob sie mit dem Fuß neben jene von Olga und Kiki. Die feuchten Abdrücke, die er auf dem Parkett hinterließ, bezeugten, dass es ein langer Tag gewesen war. Ob er die Socken ausziehen sollte, bevor er sich ins Wohnzimmer begab?

Die Türglocke riss ihn aus dem Entscheidungsprozess. Er hob den Hörer der Sprechanlage ab. Jemand klopfte an die Tür. Adrian hängte auf, öffnete und taumelte einen Schritt rückwärts. Er bezwang das Bedürfnis, einen möglichst großen Abstand zwischen sich und den Besucher zu legen, und warf sich wieder nach vorn. Zu spät blockierte er mit der Schulter das Türblatt, wollte wenigstens die Kette vorlegen, aber der Fremde stand bereits mit einem Bein in der Wohnung.

»Wer ist es?«, rief Kiki. Bevor Adrian antworten konnte, erschien sie im Vorraum. Er wollte sie warnen, brachte nur kein Wort heraus.

Der Fremde nutzte seine momentane Lähmung, rammte den Körper gegen die Tür und drängte sich vollends herein. Adrian erwartete, dass er eine Waffe ziehen, ihn niederschlagen oder gleich niederschießen und Kiki als Geisel nehmen würde, und sah sich dennoch außerstande zu handeln, der Captain auf Tauchstation.

»Entschuldigen Sie die Störung«, sagte der bärtige Mann in der grauen Steppjacke und streckte die Hand aus. »Mein Name ist Emrullah Demirkan. Ich würde gern mit Frau Schattenberg sprechen. Ich bin ein Kollege ihres Exmannes Can. Ein alter Freund.«

Ein deutscher Kollege, der Sprache nach zu urteilen, dachte Adrian, froh, überhaupt einen klaren Gedanken fassen zu können. Automatisch ergriff er die hingehaltene Rechte, ein kurzer Druck von neutraler Stärke, nichts Ungewöhnliches. Ein Journalist, ein Freund dazu, beschwichtigte er sich. Als ob Freundschaft erklärte ... Doch möglicherweise war der Eindruck, der Mann hätte sich gewaltsam hereingedrängt, nur der Anspannung geschuldet, die ihn seit Tagen den Schlaf kostete.

»Kennst du einen Emrullah Demirkan?«, schrie Kiki ins Wohnzimmer.

»Warum haben Sie mich verfolgt?«

Demirkan lächelte, keine Gemütsbewegung in den Augen. Wenigstens war er höflich. »Ich verfolge Sie nicht. Seit Tagen suche ich nach einer Gelegenheit, an einem ruhigen Ort unter vier Augen mit Ihnen zu sprechen. Ich wollte Frau Schattenberg in ihrem Zustand nicht beunruhigen und dachte, ein Gespräch unter Männern ...«

Kiki zischte empört und hielt die Arme vor der Brust verschränkt.

»Ein Freund von Can wollen Sie sein und kommen mit so einem sexistischen Scheiß daher?« Von Adrian unbemerkt war Olga herangerollt, nicht auf dem üblichen Weg durch die Küche, sondern durch den Flur. Ihre Worte klangen, als würden sie mit reduzierter Geschwindigkeit abgespielt. Ihre Haut wirkte grau.

Demirkan verzog säuerlich die Lippen und streckte die Hand aus, senkte sie wieder, da Olga sie ignorierte. »Emrullah Demirkan. Ich wollte Ihnen nur zusätzliche Belastungen ersparen, Frau Schattenberg. Aber wie Sie sehen, habe ich diesen Vorsatz aufgegeben. Hätten Sie ein paar Minuten für mich?«

»Heute ist es ganz schlecht.«

»Dann sollte ich mich vielleicht doch lieber mit Herrn Roth ins Einvernehmen setzen.«

Dazu verspürte Adrian nicht die mindeste Lust. Woher wusste dieser Mensch überhaupt seinen Namen? Gut, dass er Olga von dem Verfolger berichtet hatte. Sie würde auf der Hut sein. Wie eigentlich immer. Er suchte ihren Blick, der misstrauisch auf Demirkan gerichtet war.

»Über meinen Kopf hinweg?«, fragte sie schleppend. »Worum geht es? Raus damit!«

Demirkan sah von Olga zu Adrian zu Kiki, prüfte offenbar seine Optionen und vergaß dabei einen Moment lang zu lächeln. In seinen Augen lag ein Ausdruck, der Adrian frösteln ließ. Er stellte ihn sich als Klienten vor, um zu einer wohlwollenderen Einstellung zu finden, lächelte ihn an, was der andere umgehend erwiderte. »Es tut mir leid, wenn ich Sie auf dem falschen Fuß erwischt habe.« Demirkan wandte sich Olga zu, die die unpassende Metapher mit eisiger Miene quittierte. »Vielleicht können wir noch mal von vorn …? Es geht um Topraks … um Cans Nachforschungen. Wir haben gemeinsam an einem hochbrisanten Projekt gearbeitet. Ich muss die Arbeit weiterführen.« Demirkan seufzte in unechtem Kummer, wie Adrian vorkam. »Das bin ich ihm als Freund und langjähriger Bewunderer seiner Arbeit einfach schuldig. Und die Sache rechtfertigt jeden Aufwand.«

Obwohl weder Kälte noch Müdigkeit aus Olgas Gesichtszügen gewichen waren, setzte sie zurück und wies dem Eindringling mit einer sparsamen Geste den Weg ins Wohnzimmer, durch die Küche diesmal, um nicht wenden zu müssen. In denkbar knappem Abstand setzte sie ihm nach, was den Eindruck erweckte, sie hetze ihn vor sich her, ihrerseits gefolgt von der Meute, bestehend aus Kiki und Adrian.

Auf dem Sofatisch stand wieder einmal ein angeschnittener

Strudel, vollgebröselte Kuchenteller, halbgeleerte Tassen und Wassergläser. Kein Alkohol, was Adrian zu dieser Abendzeit durchaus bemerkenswert schien. Olga wies Demirkan den Platz auf dem gelben Fauteuil mit Blick auf die kommunistische Flagge zu, und er setzte sich, ohne sich seiner Jacke zu entledigen. Als Kiki Anstalten machte, ihm von dem Gebäck anzubieten, gebot Olga ihr wortlos Einhalt.

Sie positionierte sich im rechten Winkel zu ihrem Gast neben seiner Armlehne. Als hätte sie Verhörtechnik bei Neumeyer studiert. »Also?«, flüsterte Olga.

Demirkan wand sich im Sitz, um sie ansehen zu können. »Würde es Ihnen etwas ausmachen, ein wenig rückwärtszufahren?«

»Mir fällt das Sprechen heute schwer. Ich möchte sichergehen, dass Sie mich verstehen«, antwortete Olga so leise, dass Adrian sie nur hören konnte, weil er rechtzeitig den Oberkörper vorgebeugt hatte. Auch Kiki, neben ihm auf dem Sofa, reckte den Kopf, die Ellenbogen auf die Knie gestützt.

»Um die …«, Demirkan schloss kurz die Augen, »unschätzbare Arbeit Ihres Mannes weiterzuführen –«

»Exmannes«, korrigierte Olga.

»– benötige ich dringend Zugang zu seinen Recherchen, zu seinem Computer und eventuellen Sicherungsdateien.«

Olga schnaubte. »Da sind Sie nicht der Einzige. Aber er hat nie von Ihnen gesprochen. Wenn er Ihre Hilfe gewünscht hätte, dann hätte er Ihnen sicher schon vor seinem Tod Einblick gewährt.«

»Das hat er. Nur hatten wir vor seinem bedauerlichen Unfall keine Gelegenheit mehr, uns über die aktuellsten Entwicklungen auszutauschen. Mir fehlen nur seine letzten Schritte. Wissen Sie, mit wem er noch zusammengearbeitet hat, wer etwas wissen könnte?«

»Warum fragen Sie nicht seine Schwester oder seine Eltern

nach dem Computer, kurz: die Erben? Oder die Polizei, die in der Sache ermittelt. Ich habe nichts, was Can gehörte. Wir waren seit zwei Jahren geschieden. Er hat nicht mal seine Zahnbürste bei mir vergessen.« Adrian fragte sich, warum sie so ruppig war, da er selbst gerade beschlossen hatte, Demirkan zu glauben.

»Die Schwester hat schon vergeblich nach dem Laptop gesucht. Ich war bei ihr«, sagte Demirkan.

»Wie finden Sie sie?«

»Sie ist eine aufrechte …« Demirkan wirkte irritiert.

»Islamistin?«, fragte Olga. »Worum ging es denn bei diesen Recherchen?«

»Ich weiß nicht, ob ich Ihnen das … Zu Ihrem eigenen Schutz …«

»Ging es zufällig um den türkischen Geheimdienst?« Olgas Version eines Lächelns schien Adrian trotz oder wegen ihres bemitleidenswerten Zustandes einschüchternd.

Demirkan schien davon unbeeindruckt. »Ja, allerdings! Hat er mit Ihnen darüber gesprochen? Sieht aus, als könnten Sie mir doch noch helfen.«

»Und wie weiß ich, dass Sie nicht selbst einer von denen sind?«

Demirkan verzog keine Miene. »Das können Sie nicht. Sie müssen mir vertrauen.«

»Tut mir leid, aber dafür sind Sie nicht der Typ.« Schwer atmend hielt Olga inne. »Obwohl Sie mich ein wenig an ihn erinnern.« Ihre Lider senkten sich. »Gehen Sie jetzt, bitte! Vielleicht können wir ein andermal … ich brauche … Kiki, du weißt schon.«

Kiki griff nach der Blechdose, die auf dem Tisch stand, und klappte den Deckel mit dem geprägten Cannabisblatt auf. Adrian erhob sich, um Olgas Rauswurf Nachdruck zu verleihen, und wies mit dem Arm in Richtung Ausgang.

Demirkan zuckte mit den Schultern. Betont langsam stemmte er sich an den Armlehnen in die Höhe. »Sehr bedauerlich, wirklich, sehr bedauerlich.«

Er tat einen Schritt auf die Tür zu und einen weiteren, der ihn hinter Olgas Rollstuhl führte. Adrian hatte sich abgewandt, um den Besucher hinauszubegleiten, fuhr jedoch herum, als er einen erstickten Schrei und ein Fiepen hinter sich hörte.

Mit einer Hand hielt Demirkan Olgas Kehle umklammert, mit der anderen ihr Kinn. Er bog ihren Kopf in den Nacken. »Unser Gespräch ist noch nicht zu Ende«, fuhr er Adrian über die Schulter an. »Ein kleiner Ruck – Sie können sich nicht vorstellen, wie leicht so ein Genick bricht. Glauben Sie mir, ich spreche aus Erfahrung. Setzen!«

Doch Adrian fühlte sich wie von den eigenen Muskeln umklammert. Schockstarre? Oder eine Übertragung der Empfindungen Olgas, freigesetzt durch die schiere Energie ihrer Angst?

»Wird's bald!«

Wie ferngesteuert stakste Adrian an seinen Platz zurück und sah mit Entsetzen, wie sich Olgas Mundwinkel trotz ihrer bedrängten Lage zu einem bitteren Lächeln verzogen. Sie linste zum Sofa. Sie zwinkerte ihm zu, ihm und Kiki.

Sein Herz, sein Magen zogen sich schmerzhaft zusammen. Ihm schien, als verdorrte er innerlich. Dabei war ihr Lächeln nur eine Manifestation dessen, was er fast jeden Tag predigte: dass der Tod eine Erlösung sein konnte, der Schmerz nur für die Hinterbliebenen fühlbar. Die Wahrheit war anders. In dieser Sekunde wusste er, dass der Tod nicht der leere Zustand der Verstorbenen war, der ihm all die Jahre Frieden geschenkt hatte. Denn wenn sie ruhten, war *er* schon gegangen. Der Tod war ein Täter. Seine Präsenz füllte den Raum. Er setzte die Sense an, willkommen oder nicht, und hielt inne, bis jeder zitterte unter der Erwartung des Schmerzes und der Leere, die ihm folgen würden. Erst dann vollführte er den Schnitt und ließ das Publikum mit dem Grauen vor der eigenen Vergänglichkeit zurück.

Kiki fiepte erneut, ein pfeifendes Keuchen tief aus der Lunge. Adrian griff nach ihrer Hand, die feuchtkalt die seine umklammerte.

»So, damit hätten wir wohl eine produktive Gesprächsbasis hergestellt«, sagte Demirkan.

»Was wollen Sie?«, fragte Kiki mit winziger Stimme.

»Rücken Sie Topraks Laptop raus, dann bin ich in einer Minute weg.«

Niemand rührte sich.

Demirkan drückte zu, Olgas Oberkörper bäumte sich auf, den Mund weit geöffnet rang sie nach Luft, bis ihr Folterknecht lächelnd locker ließ und ihren Kopf mit der Rechten tätschelte, ohne die Linke von ihrer Kehle zu lösen. Olga keuchte.

»Wir haben ihn wirklich nicht«, sagte Kiki.

»Zu Ihrem Pech habe ich aus zuverlässiger Quelle das Gegenteil erfahren. Passwort *Ahnungslos* mit Null statt o«, hauchte er spöttisch. »Es gibt zwei Möglichkeiten. Sie händigen mir aus, was ich will, und ich gehe. Oder ich muss selbst nach dem Ding suchen. Da ich dabei gerne ungestört wäre, können Sie sich ausmalen, was ich in dem Fall mit Ihnen anstelle.«

Adrian sah zu Olga, die seinen Blick mied, dann in Kikis verkrampftes Gesicht. Er räusperte sich.

»Sie glauben vielleicht«, fuhr Demirkan fort, »dass es wie in diesen Mafia-Filmen läuft und ich Sie sowieso umbringe. Dem ist nicht so. Wozu Aufmerksamkeit erregen? Es sei denn, Sie verärgern mich, indem Sie mich weiterhin zum Narren halten.« Er drückte Olgas Kopf an seinen Bauch und strich über ihre Stoppeln. »Ich mag es ja lieber, wenn Frauen lange Haare haben. Du siehst aus wie aus dem KZ.«

Kikis Hand zuckte, und Adrian fühlte sie neben sich am ganzen Körper zittern. Olgas Züge, soweit er sie aus seiner seitlichen Perspektive zu erkennen vermochte, schimmerten hart wie Porzellan, keine Träne zu sehen, kein Zeichen der Unterwerfung. Letzte Reserven. Lange würde auch sie nicht mehr durchhalten können.

»Bitte!« Adrian sah Kiki an. »Ich kann nicht glauben, dass dir diese Recherchen wichtiger sind als Olgas Leben!« Er sah Demirkan beifällig lächeln. »Olga, sag du ihr …«

Demirkan packte Olgas Kopf und drehte ihn grob, sodass Adrian ihr Gesicht sehen konnte. Ihre Augäpfel flackerten von rechts nach links und wieder nach rechts. Nein?

»Was willst du damit anfangen, wenn du tot bist!«

»Wir haben ihn nicht«, krächzte Olga kaum hörbar. »Nicht mehr. Ironie des Schicksals.«

Demirkan schlug ihr mit der Faust auf den Kopf. »Verarsch mich nicht, du verkrüppelte Schlampe! Ich hatte vorhin ein sehr aufschlussreiches Gespräch mit einem gewissen Mehmet Kaya. Der schwule Hurensohn fängt gleich an, in den höchsten Tönen zu singen, sobald man ihm die Eier quetscht.«

»Oh!« Kiki zog ihre Hand aus Adrians Griff. »Mehmet! Sie haben ihn doch nicht … Wie geht es ihm?«

»Gut geht es ihm. Ich habe nichts mit ihm gemacht, was einer wie er nicht genießen könnte. Und wenn ich nicht in einer Minute den Computer habe, den er dir gegeben hat, dann werden wir sehen, ob ich dir nicht auch ein bisschen Spaß verschaffen kann.« Die Linke immer noch um Olgas Hals gelegt, griff er mit der Rechten unter seine Jacke und zog eine Waffe heraus, zielte auf Kiki. »Die könnte ich dir in die Muschi stecken. Oder auch was anderes.«

Pistole oder Revolver, wie heißt so etwas, fragte sich Adrian, während eine Faust sich um seinen Magen schloss und Säure aufwärtstrieb. Er würgte.

»Vorher müsste ich allerdings meine Hände freikriegen«, sagte Demirkan und drehte Olgas Kinn seitlich aufwärts. Adrian hörte Wirbel knacken. »Ein Ruck – mit einer Hand habe ich es noch nie versucht.«

»Er ist mir gestohlen worden«, flüsterte Kiki. »Das müssen Sie doch wissen, oder wer soll sonst –«

»Was?«, schrie Adrian. »Das ist absurd!«

»Das sehe ich auch so«, stimmte Demirkan ruhig zu. Er ließ Olgas Kinn los, nur um wieder ihren Hals zu umklammern.

Sie rang nach Luft.

»Vielleicht meinst du dumme Fotze ja, ich täte deiner verkrüppelten Freundin hier einen Gefallen, wenn ich ihr den Rest gebe. Ich versuche es mal mit einem anderen Ansatz. Kopf oder Brust?«

Er schwenkte die Waffe minimal – und drückte ab, gleichzeitig stürzend, aus dem Gleichgewicht gebracht durch Olgas Rollstuhl, der ihm im Rückwärtsgang gegen die Beine geprallt war. Die Kugel musste den Engel erwischt haben, vergoldete Splitter regneten auf Adrians Schulter. Vor, dann erneut zurück stieß der Rollstuhl, brachte Demirkan vollends zu Fall, begleitet von Kikis schrillem Kampfschrei. Kiki, die aufsprang, nach dem Kuchenmesser griff, sich auf den Stürzenden warf und die gezackte Klinge in seinen Waffenarm rammte, herauszog, wieder zustach. Olga hatte den Rollstuhl gewendet. Wie einen Streitwagen trieb sie ihn über den linken Unterarm des Widersachers, Vorderrad, Hinterrad und wieder retour. Adrian hörte Knochen krachen und Demirkan brüllen, sah das blutige Messer in seine Kehle fahren und die Schreie ersticken, hörte ihn gurgeln, glotzte auf die zähflüssige Fontäne, die aus der Wunde sprudelte. Mit fast aus den Höhlen springenden Augen schielte der Killer in

Richtung des pulsierenden Blutschwalls, der sich aus seiner Kehle ergoss. Seine Gliedmaßen zuckten, sein ganzer Körper geschüttelt von der Schinderei des pumpenden Herzens. Das Hämmern seiner Fersen. Das Scheuern der Kleidung. Das feuchte Röcheln des letzten Atems, der aus seiner Lunge gepresst wurde. Das Entsetzen in seinem Blick, bevor er erlosch. Jede Bewegung zum Erliegen kam. Und der Tod den Raum schluckte.

Stille.

Keuchende Atemzüge, die aus drei Kehlen drangen, als spränge fast ausgelöschtes Leben wieder an. Die vierte Kehle klaffend. Blut, das sich auf dem Parkett verteilte.

Zum Glück sorgfältig versiegelt, dachte Adrian, wegen der starken Beanspruchung durch den Rollstuhl, weil sonst das Blut in die Ritzen sickern würde, niemals auszuwaschen, untilgbar wie diese Momente aus seinem Gedächtnis. Er übergab sich auf seine Socken. Gut, dass er seit dem Frühstück nichts gegessen hatte.

Mit gespreizten Beinen saß Kiki auf dem Boden, das Messer noch in der Rechten, die Kleidung ebenso blutbesudelt wie das Gesicht, das in einer dümmlichen Fratze erstarrt war.

Olga seufzte. Müdes Bedauern im Blick, sah sie auf die Leiche hinab.

Es klingelte.

Kiki fuhr zusammen. »Ich geh schon.«

»Bist du irre«, hörte Adrian sich mit fremder Stimme sagen, kaum hörbar über dem Dröhnen, das den Raum erfüllte. »Schau dich an!«

Kiki sah an sich hinab. Sie ließ das Messer fallen und fuhr sich über das Gesicht, verschmierte Blut, starrte angeekelt auf ihre Hand.

Es klingelte erneut, klopfte.

»Hallo«, drang es schwach herein. »Frau Schattenberg, was ist da los bei Ihnen?«

Adrian zog sich die vollgekotzten Socken aus und erhob sich, wankte hinaus, öffnete die Wohnungstür einen Spalt breit, sah in ein besorgtes Gesicht. Eine Nachbarin offenbar.

»Nur ein Missgeschick. Entschuldigen Sie den Lärm. Ein kleiner Unfall. Wir sind gerade dabei, das Chaos zu beseitigen.«

Misstrauisch musterte ihn die grauhaarige Frau, presste den Körper gegen die Tür und versuchte an ihm vorbeizuspähen. »Aber der Knall. Wie ein Schuss hat sich das angehört. Ich kenne das, mein Mann ist Jäger. Hallo, Frau Schattenberg, hören Sie mich?«

»Alles gut, Frau Meyer«, krächzte Olga.

»Kann ich helfen?«

»Es geht ihr heute nicht gut«, erklärte Adrian und lächelte verkrampft, während er sein ganzes Gewicht gegen das Türblatt lehnte. »Ein Krankheitsschub. Es ist etwas zu Bruch gegangen, Scherben überall. Kiki hat sich dabei verletzt, ich bin erschrocken, deshalb die Schreie. Aber, wie gesagt, wir sind beim Aufräumen.«

»Ich wollte schon die Polizei verständigen. Es würde mich wirklich beruhigen, wenn ich kurz …«

»Haha, Polizei«, presste Adrian hervor. Warum ließ die aufdringliche Kuh nicht locker? Er stemmte die Füße in den Boden. »Danke für Ihre Aufmerksamkeit. Genau so wünscht man sich seine Nachbarn. Es ist wirklich nichts.«

»Sie schauen aber so drein. Als wenn wer g'storben wär.« Die Frau neigte den Kopf zur Seite. »Als meine Schwester selig von der Leiter gefallen ist und sich das Genick gebrochen hat …«

»Hier ist niemand von der Leiter gefallen.«

»Wirklich alles gut, Frau Meyer!«, flötete Kiki von drinnen. »Ich würde ja selbst zur Tür kommen, aber leider bin ich über und über mit dem Blut meines Opfers besudelt und will nicht die ganze Wohnung versauen.«

Frau Meyer schnaubte und schüttelte den Kopf. »Die Frau Bach mit ihren morbiden Scherzen. Na dann. Ich kann ja morgen noch mal vorbeikommen.«

»Sehr gerne!« Adrian nickte. »Aber jetzt … das Chaos …« Die Worte gingen ihm aus.

»Sie wissen ja, wie das ist, Frau Meyer«, schrie Kiki in einem Ton, den hoffentlich nur Adrian als völlig wahnsinnig empfand. »Wenn wir Sie hereinlassen und Sie die Leiche sehen, dann müssen wir Sie auch umbringen.«

Adrian wurde wieder übel. Es war Kiki zuzutrauen, oder etwa nicht? Wenn er den Widerstand aufgab …

Unvermittelt trat die Nachbarin einen Schritt zurück, und die Tür knallte ins Schloss. Schwer atmend lehnte er sich dagegen.

Und jetzt? Ein Mensch war tot. Einer, der Familie gehabt hatte, Freunde. Er musste Neumeyer anrufen. Es war Notwehr gewesen, ihrer aller Leben bedroht.

Aber wer würde Kiki glauben? So viele Stiche. Hackfleisch nannten sie das Faschierte in Deutschland. Notwehrüberschreitung, mindestens. Das Wort hatte er erst kürzlich in der Zeitung gelesen, ein Bericht über einen Trafikanten, der einen jugendlichen Dieb mit einem Baseballschläger zu Tode geprügelt hatte. Diese Dinge geschahen. Nun auch in seiner Welt. Weglaufen zwecklos.

Olga. Er musste das mit ihr besprechen. Ihrer Entscheidung würde er sich beugen. Er stieß sich ab und schlich zurück ins Wohnzimmer, wo Kiki sich inzwischen von der Leiche zurückgezogen hatte. *Nicht hinsehen*, dachte Adrian und konnte doch nicht anders. Ein intensiver Geruch, metallisch und von tanninreicher Süße, erfüllte den Raum. Übelkeit erregend womöglich nur, wenn man wusste, worum es sich handelte, und aufgrund der Mischung mit Uringestank.

Endlich riss Adrian sich von dem Anblick der Leiche los, die bleicher war als jede, die er je gesehen hatte. Er sah Olga an. Sie war im Rollstuhl eingeschlafen.

13

Olga

Atmen. Übelkeit. Durst. Ihr Körper auf dem Rücken ausgestreckt. Im Bett. Nein, auf dem Sofa, Samt an ihren Ellbogen. Eben hatte sie sich noch im Rollstuhl gegen die Nebelwand der Kopfmüdigkeit gestemmt. Angesichts einer Leiche im eigenen Wohnzimmer einzuschlafen stellte nichts weniger als die ultimative Niederlage dar, K.o.-Sieg für die Krankheit, Ende der Selbstbestimmung, vom Subjekt zum Objekt in einem Lidschlag.

Sofern die Leiche kein Albtraum gewesen war. Doch der Geruch … Olga verbot sich, die Augen zu öffnen. Zunächst hieß es, sich zur Schockprävention ein möglichst genaues Bild von dem zu machen, was sie erwartete.

Niemand hatte Blut und Pisse aufgewischt. Er musste noch daliegen, Emrullah Demirkan, der diesen eindrucksvollen Namen nicht mehr benötigen würde. Der erste Mensch, den sie sterben gesehen hatte. Der erste, den sie getötet hatte, wenn auch nicht ohne Hilfe. Sie ließ die Erinnerung an das aus seinem Hals sprudelnde Blut davondriften. Blut, dunkler als die Blumen auf Cans Sarg. Can, der nun vielleicht gerächt war.

Kinder, deren Vater nie mehr heimkommen würde.

Phantasien brachten sie nicht weiter. Bestandsaufnahme: der Geruch fremden Blutes, die eigenen Beine gefühllos bis zum halben Oberschenkel, Hände bis in die Unterarme taub, trockener Mund, krampfender Magen.

Was nicht da war: leise Gespräche, fremde Atemgeräusche, Parkettknarren, der Luftzug eines geöffneten Fensters, Küchengeräusche, Musik aus Kikis Zimmer. Stattdessen Stille. Bis auf das leise Rauschen des Stadtverkehrs, das durch die geschlossenen Fenster drang, und ihren Atem, der sich durch die Erkenntnis beschleunigte: Sie war allein.

Kiki und Adrian hatten sie vom Rollstuhl auf das Sofa verfrachtet und sich aus dem Staub gemacht. Hatten sie im Stich gelassen, überfordert von der Situation. Sie geopfert. Weil es sich um die einzig vernünftige Taktik handelte, in Anbetracht von Kikis Vorgeschichte, ihrer Panik vor dem Gefängnis. In Anbetracht von Adrians Unbescholtenheit. In Anbetracht der Unmöglichkeit, dass sie selbst in ihrem Zustand den Mann getötet haben konnte.

Sie musste sich etwas einfallen lassen, brauchte eine Geschichte, einen fiktiven Mitspieler, der den Täter gab. Klar, irgendein Nazi, Arschlöcher allesamt, um die es ihr nicht leidtun musste, selbst wenn es einen im konkreten Fall Unschuldigen erwischen sollte.

Olga bemühte sich, ihren galoppierenden Herzschlag durch ruhige Atmung unter Kontrolle zu bringen, vorerst vergeblich. Ob sie die Polizei schon verständigt hatten, anonym womöglich? Es schien, als hätte der Captain kühlen Kopf bewahrt. Dagegen war nichts zu sagen. Sie schluckte gegen die Enge in ihrem Hals an.

Was, wenn ihr Zustand vor Gericht nicht berücksichtigt wurde? Die Einschränkungen waren schwer messbar und von Fall zu Fall unterschiedlich. Die Krankheit der tausend Gesichter. Unfähige Sachverständige, ein zur Verurteilung entschlossener Richter, was hörte man nicht alles. Der aktuelle Schub wäre bis zu einer Gerichtsverhandlung, die Monate in der Zukunft lag, mit Sicherheit verflogen. Spezielle Ironie des Schicksals wäre das, wenn die Krankheit sich nach diesem letzten Schub endgültig verabschiedete und Olga aufrecht in den Gerichtssaal marschieren könnte, nur um den Rest ihrer Tage hinter Gittern zu verbringen. Wunderheilung als Gottes Rache für hartnäckige Schmähungen.

Vor zwei Tagen noch hätte sie einem am Boden liegenden Mann womöglich die Kehle durchschneiden können, vorausgesetzt er wehrte sich nicht, wartete still ab, während sie auf ihn einstach. Hätte sie die Kraft gehabt? Unwahrscheinlich, aber nicht gänzlich unmöglich.

Warum nicht ein williger Sündenbock sein?

Gewalttätige Anarchistin übt Selbstjustiz. Rollstuhlkillerin rächt Mord an türkischem Exmann. Bei kühler Überlegung schien das Szenario sinnvoller als Kikis und Adrians Verwicklung in die Sache. Immerhin blieb ihr nach Menschenermessen die kürzeste Lebenszeit. Nur sie dürfte ihre Haft großteils auf einer Krankenstation verbringen. Ob der Captain sich das überlegt hatte? Kalkuliertes Risiko, Opferoptimierung für Fortgeschrittene, ganz wie damals in der RAF, nur ohne lange Diskussionen.

Es war das Beste so. Niemand würde ihnen die wahre Geschichte glauben, und selbst wenn, fiel das Zerhacken von Angreifern wohl kaum unter den Notwehrparagrafen.

Es war Zeit, den Tatsachen ins Auge zu sehen.

Sie öffnete die Lider, blinzelte die Tränen weg und starrte an die Decke, verspürte nicht die mindeste Lust auf den Anblick des Toten. Doch trinken musste sie jetzt endlich etwas, und dazu blieb ihr nichts anderes übrig, als sich auf die Seite zu drehen, um auf dem Tisch nach Kaffee- und Wasserresten in Tassen und Gläsern zu suchen. Sie stützte sich auf den linken Ellbogen. Mit dem rechten Arm schob sie ihre Beine vom Sofa und setzte sich auf, bemüht, den Fokus einzig auf den Tisch zu richten. Blickkontakt und äußerste Konzentration waren ohnehin vonnöten, um das halbleere Wasserglas mit

Wattehänden zu packen und zum Mund zu heben. Erst beim Absetzen des Glases nahm sie zur Kenntnis, was bis dahin nur den Rand ihrer Wahrnehmung berührt hatte.

Die Leiche war weg. In Falten geworfen lag an ihrer Stelle ein dunkelrotes Badetuch. Dunkelrot, um ihr den Anblick des Blutes zu ersparen, das damit aufgesogen worden war. Rührung durchflutete Olga. Nur Kiki konnte auf so etwas kommen. Warum sie das Blut nicht gleich aufgewischt und das Handtuch in die Waschmaschine geworfen hatte, war eine andere Frage. Aber so war eben Kiki.

Olga räusperte sich. »Kiki? Kiki, ich bin wach. Bist du da?« Ihre Stimme von der Stille verzerrt, fast verschluckt. »Adrian?«

Nichts.

Sie waren weg. Mit der Leiche. Und ihr wallten schon wieder die Tränen aus den Augen. Keine Ahnung von Taktik und Risikominimierung, diese Pfuscher. Anscheinend hatte sie mehr Captain in Adrian hineinprojiziert, als dort Platz hatte. Wobei auch Kirk ein gefühlsgesteuerter Draufgänger war und dennoch vor dem kühlen Spock die Kapitänswürde errungen hatte. Sie hörte sich auflachen, auch dieser Klang fremd. Höchste Zeit, die Aufmerksamkeit von der Sternenflotte abzuziehen und wieder der Realität zuzuwenden.

In der sie pinkeln musste.

Sie sah sich nach dem Rollstuhl um, doch der war wohl mit der Leiche unterwegs. Der Rollator hingegen stand neben dem Sofa, auch das zweifellos eine fürsorgliche Geste Kikis. Sie hob die Hand, ließ sie auf ihren Oberschenkel fallen, eine schmerzlose Erschütterung beider Gliedmaßen, kein Gefühl. Wenn schon normalerweise die Lähmung in den Beinen jeden Schritt zur Plackerei machte, wie sollte es mit dieser zusätzlichen Taubheit funktionieren? Dennoch blieb ihr nichts anderes übrig.

Konzentriert haschte sie nach den Griffen der Gehhilfe,

ohne sie zu spüren, sandte Befehle an ihre Finger, die sich auch wirklich schlossen. Rein optisch wirkte es, als hielte sie sich fest. Hochstemmen also und aufstehen. Doch da war kein Boden, alles weich, ein idiotischer Versuch, in einer Wolke Tritt zu finden, und daher auch Schwindel. Sie sah auf ihre Füße, die leicht verdreht standen, versuchte sie geradeaus zu richten. Gestern hatte sie noch gehen können. Jetzt schien es unmöglich, auf diesen Beinen, taub wie gepresste Watte, auch nur zu stehen, und doch stand sie. Ob sich im Inneren der Watte auch die Lähmung verschlimmert hatte? Einen Schritt würde sie versuchen. Aus Prinzip. Den Blick auf ihren linken Fuß geheftet, schob sie das angebliche Körperteil über den Wolkenboden, schwitzend vor Anstrengung, sank ein, immer tiefer, der Schwindel unkontrollierbar. Sie sah das Bein wegknicken. Stürzte.

Lag auf der Seite, keuchend, Schmerz in der Hüfte und im Kreuz. Warum nicht einfach liegen bleiben. Sie schloss die Augen. Für einen Moment oder viele. Als sie die Lider öffnete, hatte sich ihr Atem beruhigt und auch der Schmerz, glücklicherweise, nichts gebrochen offenbar. Der Harndrang war auch weg. Vorsichtshalber sah sie auf ihren Schritt, die Beine, keine Nässe.

»Alles gut«, hörte sie sich flüstern. Wenn das jemals wieder wahr sein könnte.

Sie robbte zurück zum Sofa, hob einen Arm, dann den anderen, stützte sie auf der Sitzfläche ab, um sich hinaufzuziehen, als sie den Schlüssel in der Wohnungstür kratzen hörte. So wollte sie nicht gefunden werden, hilflos mit dem Oberkörper auf dem Sofa hängend, den Arsch in der Luft. Sie schwang den Körper zur Seite.

Als Kiki hereinstürzte, saß sie mit dem Rücken ans Sofa gelehnt auf dem Boden. Aus dem Vorzimmer war Geklapper zu hören, dann Wasserrauschen aus der Küche.

Kiki quietschte, als hätte sie ein angefahrenes Kätzchen entdeckt.

Olga gab einen unwilligen Laut von sich. »Alles okay, nur ein bisschen Bodenturnen. Hilfst du mir auf?« Kaum dass sie auf dem Sofa saß: »Wo, zum Teufel, wart ihr? Was habt ihr gemacht?«

»Wir mussten … Wir waren … Du bist …« Kiki wedelte mit den Armen durch die Luft, als wären dort die Worte einzufangen, die ihr fehlten. »Wir haben ihn fortgebracht. Konnten doch nicht warten, bis … Uah, das stinkt!«

Sie lief zu dem am Boden liegenden Handtuch, bückte sich, um es aufzuheben, hielt inne, zog die Hand zurück und richtete sich wieder auf.

»Adrian hat …«

»Was? Wo ist er überhaupt?«

»Ich bin hier.« Adrian schob den feucht glänzenden Rollstuhl aus der Küche ins Zimmer, seine ruhigen Bewegungen ein unwahrscheinlicher Kontrapunkt zu Kikis Hektik und der Monstrosität der ganzen Situation.

Er stellte den Rollstuhl neben dem Sofa ab und ließ sich in den Sessel fallen, den sie zuletzt Demirkan zugewiesen hatte. Adrians Blick war auf den ramponierten Engel über Olgas Kopf gerichtet. Sein Brustkorb hob sich, seufzend stieß er die Luft aus, während Kiki im Zimmer umherlief.

»Sei so lieb und bring mir einen Whisky, einen doppelten, mindestens«, bat Adrian.

»Dir auch?«, fragte Kiki.

Sie nickte aus Gewohnheit. »Kann mir jetzt endlich jemand erklären …?«

»Wir mussten ihn wegbringen, bevor die Totenstarre einsetzt. Eine halbe Stunde, maximal eine, dann lässt sich eine Leiche, nun ja, nicht mehr … falten. In eine andere Position bringen.«

Sie presste die Lippen zusammen und betrachtete ihr Gefährt. »Ihr habt ihn also in meinen Rollstuhl *gefaltet* und weggebracht?« Ihre Empörung war ihr selbst peinlich, denn wie sonst hätten die beiden den Transport bewerkstelligen sollen? Dennoch. Der Rollstuhl, sosehr sie ihn oft hasste, war Teil ihres Körpers geworden, zuverlässiger als ihre echten Glieder. Ein Körperteil, der ohne ihre Zustimmung zum Transport einer Leiche verwendet worden war. Gegen den bitteren Geschmack der Fremdbestimmtheit würde auch der Whisky nicht ankommen, den unfallfrei zum Mund zu heben sie sich ohnehin nicht zutraute.

Adrian hatte sein Glas auf einen Zug geleert und goss nach. »Was hätten wir denn tun sollen? Die Polizei anrufen? Kiki ausliefern?«

»Ich hab gesagt: Dann bring ich mich um!«

»Sie hat gesagt, dann bringt sie sich um. Und ich hatte meine Zweifel, dass man uns die Notwehr abnehmen würde. Wenn die durchschnittene Kehle nicht gewesen wäre, vielleicht. Aber geht die als Notwehrexzess durch? Schaut das nach Panik aus oder nicht vielmehr nach Rache?« Wie er sie ansah mit herabgezogenen Mundwinkeln und geblähten Nasenflügeln, war Olga sicher, dass auch er gegen Bitterkeit antrinken musste. »Ihr habt schließlich beide eine Vorgeschichte, die bei Gericht nicht eben positiv zu Buche schlagen würde.«

Dass Adrian sich alle Gedanken, die sie ihm in ihren Phantasien zugeschrieben hatte, tatsächlich gemacht hatte, rührte sie. Auch, dass sie ihn nicht zu dem gleichen Schluss geführt hatten, zu dem sie vorhin gekommen war. »Strohhalm, bitte!«, forderte sie Kiki auf. »Ich kann nicht. Und endlich einen Joint.«

Kiki gehorchte.

»War nicht viel Zeit zu überlegen«, gab Olga zu. Nicht genug jedenfalls, um auf ihren Rat zu warten, bis sie ausgeschlafen hatte.

Adrian nickte. »Vor allem, weil wir ihn ja nicht gut so, wie er war, durch die Straßen kutschieren konnten. Wir mussten ihn umziehen, und das ist ohne Totenstarre schon schwer genug bei einem, der … nicht mehr mithelfen kann.«

Kiki kicherte, und auch Olgas Mundwinkel zuckten.

Adrian schielte zur Decke, ächzte. »Ich verstehe ja, dass es in Krisenzeiten diese Sehnsucht nach Heiterkeit, ja Gelächter gibt. Trotzdem wünschte ich …«

»Aber ein Stock im Arsch hilft uns jetzt auch nicht weiter«, gluckste Kiki.

»Spock«, sagte Olga. Natürlich, der war er, und sie ihr eigener Captain, die ganze Zeit schon, immer schon.

Adrian hieb mit den Händen auf die Armlehnen, was seiner Variante eines Wutanfalls entsprechen musste, dachte sie, noch immer belustigt. »Hört mal zu, das ist kein gewöhnlicher Trauerfall, bei dem man sich nachher lustige Geschichten erzählt, um sich daran zu erinnern, dass das Leben weitergeht. Wir haben einen Menschen getötet und seine Leiche beseitigt. In welcher Scheißwelt ist das ein Anlass für Gekicher? Ob er ein Arschloch war oder nicht, er war ein Mensch.«

»Yes, Sir«, sagte sie und erfasste im selben Moment, dass er recht hatte. Wie leicht es war, sich aus der Verantwortung zu stehlen. Wie verführerisch, das Gewissen zum Schweigen zu bringen. Und genau das Gegenteil von dem, was Adrian vorführte, der Verantwortung übernahm für eine Tat, die er nicht begangen, sondern lediglich nicht verhindert hatte. Der Captain. Beschämt senkte sie den Blick.

»Wir haben ihn also aus seiner hässlichen Steppjacke geschält«, sagte Kiki und schüttelte sich angeekelt. »Und – zuck jetzt bitte nicht aus – ihm diese 80er Lederjacke angezogen, die ganz hinten im Abstellraum hing. Weil das Blut durch Leder nicht durchkommt. Außerdem das Einzige, was ihm gepasst hat. Abgesehen von Adrians Mantel natürlich, aber es ist schließlich kalt, und ...«

»Cans alte Motorradjacke.«

»Ich dachte, du hättest nichts mehr von ihm. Sorry!«, sagte Kiki.

Olga fühlte ihren Kopf leichter werden, während die Taubheit ihre Beine immer weiter hinaufkroch, inzwischen fast bei den Hüften angekommen war, drauf und dran, sie aus ihrem Körper auszupressen wie Wasser, das aus einem Wäschestück gestreift wird. Bald würde sie als Dampfwolke unter der Decke schweben und nur noch darauf warten können, dass der Würgegriff der Krankheit nachließ. Sie musste sich beeilen.

»Ihr hattet keine Wahl«, sagte sie. »Scheiß drauf. Wie weiter?«

»Einen Schal haben wir ihm umgebunden, so ein indisches Baumwolltuch, und eine Mütze aufgesetzt, die dünne graue mit dem zerfaserten Rand. Nichts von mir, weil sie DNA-Proben haben. Adrian hat daran gedacht, und ich habe mir Gummihandschuhe angezogen und die Kapuze, damit keine Haare auf ihm landen beim Umziehen. Obwohl natürlich schon vorher vielleicht ... weil ich ihm ja doch nahegekommen bin ...« Ihre Stimme verlor sich.

»Aber«, sprang Adrian ihr bei, »da hatte er noch die andere Jacke an, die jetzt in einen Müllsack verpackt im Hausmüll eines Wohnhauses an unserem Weg liegt, dessen Tür nicht ganz geschlossen war.«

»Am Weg wohin?«, fragte sie.

»Zum Donaukanal. Wir haben ihn im Grünstreifen oben auf der Böschung auf eine Bank gesetzt, die man von der Straße aus kaum sieht. Da war er schon ziemlich steif«, sagte Adrian.

»Dort kommt niemand vorbei, die Jogger sind alle unten beim Wasser unterwegs. Und er schaut sowieso aus, als ob er schlafen würde, Kinn auf der Brust und so.«

»Die Waffe?«

»Haben wir ihm gelassen. Damit man sofort sieht, dass es nicht ganz den Falschen erwischt hat. Meine Idee!«

Anscheinend war Kiki stressresistenter als vermutet.

»Außerdem«, Kiki grinste boshaft, »habe ich ihm mit seinem eigenen Blut ein Hakenkreuz auf die Brust gemalt. Sieht man nicht gleich auf der Lederjacke, aber die Forensik findet das sicher.«

Olga schlug in Gedanken die Hand vor den Mund, presste Lider und Lippen zusammen, wollte verstehen, wozu das notwendig gewesen war, doch ihre Zeit wurde knapp. »Okay. Ihr müsst die Kugel aus der Wand holen.« Durchhalten. »Sie verschwinden lassen. Das Loch verdecken.« In den Bauch atmen, wach bleiben. »Hilf mir aufs Klo und dann ins Bett, Kiki. Ich kann nicht mehr. Wenn es kein Wunder gibt …« Nicht aufgeben. »… muss ich morgen ins Spital. Nur noch eine Nacht. Im eigenen Bett.«

Ein leises Reiben, hervorgerufen durch vorsichtiges Senken der Klinke, dann dehnte sich die Türdichtung mit einem saugenden Geräusch, und ein Lichtspalt erschien.

»Hm?«, murmelte sie.

»Ich wollte nur schauen, ob alles in Ordnung ist, bevor ich aufbreche«, flüsterte Adrian durch den Türspalt.

Wie lange, seit sie zu Bett gegangen war?

»Nichts«, wisperte sie. »Nichts ist in Ordnung.«

»Darf ich?«, fragte Adrian.

Seine Silhouette schob sich durch den Lichtstreif. Die Tür schloss sich. Tastende Schritte, ein Luftzug, dann ging er neben ihrem Bett in die Hocke und setzte sich auf den Teppich, kaum zu erahnen im schwachen Licht, das durch den Vorhang drang.

»Ach, Olga.«

Sie spürte seine Hand die Decke beschweren, dort wo ihr

Unterarm liegen musste oder das Handgelenk. Lautlos weinte sie in sich hinein.

»Wie können denn solche Dinge passieren?«, fragte er. »Einfach so einbrechen in das Leben, in eine Welt, in der eben noch alles geordnet seinen Gang genommen hat?« Er zog die Beine an und schlang seine Arme darum. »Was rede ich da.« Er schnaubte. »Ausgerechnet ich, der täglich anderen erklärt, dass erst Leid und Tod das Leben kostbar machen. Kranker Zynismus von einem, der zu feig ist, auch nur den kleinsten Schmerz an sich heranzulassen. Und wenn man bedenkt, dass Gewalt und Ohnmacht für einen großen Teil der Weltbevölkerung tägliches Brot sind.«

Sie wollte ihm sagen, dass er aufhören sollte, so banal zu jammern, dass sie es satthatte, ausgerechnet dann als Kummerkasten missbraucht zu werden, wenn es ihr ohnehin elend ging. Doch für so viele Worte fehlte ihr die Kraft. »Plattitüden«, murmelte sie.

Adrian ließ seine Beine los und wandte sich ihr zu. Sie sah Lichtreflexe in seinen Augen glänzen. »Richtig«, sagte er. »Abgedroschene Gemeinplätze wie praktisch alles, was ich absondere. Immerhin muss das nicht zwangsläufig bedeuten, dass es Unsinn ist. Nur langweilig.«

»Oh, Captain, my Captain!«, flüsterte sie.

»Wusstest du, dass Whitman das Gedicht für Abraham Lincoln geschrieben hat, nach dessen Ermordung? Ein komischer Zufall, dass du es immer wieder erwähnst. Ich habe damals in der Schule ein Referat darüber gehalten. Und über das von William Ernest Henley, das mit dem Captain aufhört. *I am the master of my fate, I am the Captain of my soul.* I wish I was.« Adrian lachte leise. Oder weinte.

»Danke«, sagte sie, »dass du uns nicht hängenlässt.«

Adrian atmete tief und richtete den Oberkörper auf. »Darf ich dich in den Arm nehmen?«

Jetzt?, wollte sie aufschreien. *Wo ich nichts fühlen kann?* Die Taubheit war dabei, auf ihren Rumpf überzugreifen, ein Gefühl, als führe jemand ein dickes Seil zwischen ihren Beinen hindurch und zöge es in sie hinein. »Ach!«, hörte sie sich stöhnen, und Erregung hätte ebenso gut der Grund für den feuchten Klang des Lautes sein können wie die Tränen, die ihr über die Wangen und den Rachen hinab rannen.

Adrian stand auf, ging zum Fußende des Bettes und kletterte hinter ihr hinein, schmiegte sich über der Bettdecke an ihren Rücken, legte den Arm um sie, suchte ihre Hand.

So deprimierend nichtsahnend, so unfähig, ihr Elend nachzuempfinden, ihre verriegelte Welt zu betreten. Wie Can. Und wieder diese Hilflosigkeit. Und die Wut.

Vielleicht lag es ja wirklich an ihr, wie dieser Scharlatan vor Jahren behauptet hatte, weil sie die Kontrolle behalten wollte und sich damit selbst einschloss. Krebs, Herzinfarkt, MS – selbst schuld, weil man nicht in der Lage war, sich ausreichend zu öffnen, mitzufühlen, zu verzeihen, irgendwas, was anderen gelang und sie zu besseren Menschen machte, die dafür Glück und Gesundheit verdient hatten. Durch Edelmut erarbeitet sozusagen. Selbstgerechtes Arschloch mit Allmachtsphantasien, die ihm hoffentlich mindestens Parkinson einbringen würden.

Jetzt war sie hier, mit Adrian, dessen starre Haltung inzwischen verunsichert wirkte. Kein Wunder, da sich ihr Rücken vor Zorn und Angst verkrampft hatte.

Entspannen, sich der Umarmung hingeben. Nehmen, was sie kriegen konnte. Das hatte sie sich doch gewünscht, und was ihr noch blieb, wollte sie ihm gerne geben. Er würde vielleicht der letzte Mann sein, mit dem sie je im Bett lag. Sie schob ihm den Rücken entgegen, fühlte seinen Atem am Ohr und zwang sich, das irritierende Nichtgefühl zu ignorieren, das seine Beine an ihren Schenkeln erzeugten, die Unmöglichkeit, genau zu orten, an welcher Stelle ihres wie in matratzendicke Verbände gehüllten Armes seine Hand gerade lag.

Er bewegte sich, schlüpfte zu ihr unter die Decke. Scharf sog sie die Luft ein, als sie seine Erektion an ihrem Rücken spürte. Ein boshafter Gott zerrte an dem Seil, das durch ihren Schritt gezogen war. Sie drehte ihr Gesicht, um die Tränen ins Kissen sickern zu lassen. Ihr Körper war ein Objekt an allen Stellen, in denen sie nicht mehr steckte. Warum also konnte sie ihn nicht einfach gefühllos benutzen lassen von einem, der ihr nur Gutes wollte?

Die Fatigue schwappte auch schon wieder heran. Sie würde es einfach verschlafen. »Lass mich!«, lallte sie trotzdem und bemerkte erst in diesem Moment, dass sein Gewicht hinter ihr fehlte, dass er sich zurückgezogen hatte und eben vom Fußende aufstand. Neben dem Bett ließ er sich fallen, schüttelte den Kopf, das Gesicht abgewandt. Sie wollte ihm sagen, dass sie noch vor wenigen Tagen von dem geträumt hatte, was jetzt unmöglich war.

»Verzeih mir«, flüsterte er. »Bitte, liebe Olga, verzeih mir.«

»Okay.«

Er neigte den Kopf. »Okay? So einfach ist das nicht! Ich habe das Gefühl, dass ich mir selbst entgleite. An jedem anderen Tag, aber ausgerechnet heute? Nach allem, was passiert ist, was wir getan haben, fällt mir nichts Besseres ein … Und jetzt habe ich auch noch Hunger. Fressen, ficken, töten. Das bin doch nicht ich! Ein gefühlloser, rücksichtsloser Drecksack. Während du auf eine Weise leidest, die ich mir gar nicht vorstellen kann, rutscht mir das Hirn in die Hose, wie … wie …«

»Wie Kirk«, flüsterte sie und ließ ihr Bewusstsein davonspülen.

14

Kiki

Wenn er kommt, dann sagst du es ihm, fragst ihn, was er davon hält. Eine Idee, solange man sie nur alleine im Kopf hin und her wälzt, kann genauso gut Blödsinn sein, ein Hirngespinst, Zuckerwatte statt Synapsengewitter. Deshalb zweite Meinung. Vier-Augen-Prinzip. Schattenberg kommt dafür nicht infrage, schon weil ihre Augen heute fast den ganzen Tag geschlossen sind.

Hochkonzentrierte Kortison-Lösung sickert aus der Tropfflasche durch den Schlauch in ihre Adern, löscht langsam, aber unaufhaltsam das Flammenmeer unzähliger Entzündungsherde, das sie aus ihrem Körper treibt. Stellst du dir so vor. Ob nach so einem Inferno alles unversehrt sein kann oder eher verbrannte Erde, verkohlte Wälder, kann man nicht sagen. Sagt dir jedenfalls niemand.

Schattenberg schläft oder will schlafen. Liegt da, nicht wie tot, aber leer irgendwie. Weil sie die meiste Zeit nicht anwesend ist.

Am Morgen nach der Einlieferung.

Schattenberg: »Nur Kortison!«

Ärztin: »Bei einem derart aktiven Krankheitsverlauf muss ich dringend zu einer immunmodulatorischen Therapie raten.«

Schattenberg: »Raten Sie, was Sie wollen, ich will den Dreck nicht in meinem System.« Dann zu dir: »Kümmere dich darum, Kiki! Kontrolliere die Etiketten. Ich verziehe mich, bis ich meinen Körper zurückkriege.«

Keine Ahnung, wohin sie verschwindet. Zwei Mal hast du das Fenster wieder gekippt, nachdem die Schwester es geschlossen hatte. Unsinn natürlich, aber doch mehr Dinge im Himmel und auf Erden … Schulweisheit … Fenster also lieber auf, damit Schattenberg ganz sicher, von wo auch immer, zurückfindet. Es zieht.

Fünfzehn Uhr dreiundzwanzig. Halb vier, vier, hat Adrian gesagt, weil eine Tote heute und ein Vorgespräch. Zum ersten Mal in seiner Karriere könnte er etwas aus persönlicher Erfahrung beisteuern. *Wissen Sie, erst gestern habe ich zugeschaut, wie einem Mann die Kehle durchgeschnitten wurde, und nachher bei der Beseitigung der Leiche geholfen. Ich weiß genau, wie Sie sich fühlen.*

Wie er sich wohl fühlt?

Ob er sich fragt, wie du dich fühlst? Ja, sag, was fühlst du, dummes Stück? Solltest du nicht von Grauen über dich selbst gepackt sein und dich entsetzlich fühlen? Und fühlst dich doch wie immer. So entsetzlich wie immer.

Alles eine Frage der Vorbereitung. Schuldgefühle, seit du denken kannst, und immer wieder eine Last dazu. Merkt man dann kaum, wie es schwerer wird. Und diesmal hattest du wirklich keine andere Wahl. Er hätte Schattenberg getötet, ein kleiner Ruck nur, und dann dich. Denk an die Frauen in Afrika. Ein Kind auf dem Rücken und eins auf der Hüfte und zwei, die am Rockzipfel ziehen, während sie lachend einen Wasserkrug auf dem Kopf balancieren und kilometerweit über vertrocknete Schollen spazieren. Man muss sie annehmen, die Lasten, die einem aufgeladen werden, die man nicht loswerden kann, muss sie mit Würde tragen. Sagst du dir nach dieser schlaflosen Nacht. Neue Taktik. Weil Selbsthass zwar gerecht und tröstlich ist, aber lähmend. Du musst funktionieren. Für Schattenberg, die gerade genug Buße für euch beide leistet.

Die Drahtige im Bett neben dem Fenster legt sich den Kopfhörer um den Hals und hebt das Handy an ihr Ohr. Beim Radfahren gestürzt, Gehirnerschütterung. Spatzenhirnerschütterung. Arbeitet die meiste Zeit am Laptop oder sieht sich Filme an. Obwohl sie ohne optische Reize ruhen soll, sagt die Ärztin. Doch das Recht auf Selbstbestimmung wird laut Schattenberg durch Dummheit nicht außer Kraft gesetzt. Ein Hammer eigentlich. Dein ganzes Leben warst du bereit, das Gegenteil zu glauben.

Auf dem Fensterbrett Blumensträuße in unterschiedlichen Stadien der Verwesung. Wie soll es Kranke aufbauen, anderen Lebewesen beim Sterben zuzusehen? Und woher kommen diese Vasen, die selbst aussehen wie Seuchenopfer, glasiert in Beige mit braunen Warzen oder in Magensäuregrün. Selbst die aus Glas sind noppig oder blasig und wirken allesamt vergilbt.

Fragen über Fragen, die einem in den Sinn kommen, wenn man stundenlang stillsitzt. Frage eins: Ist der Krankheitsschub eine Strafe? Frage zwei: War es allein deine Schuld, oder teilst du sie mit Schattenberg? Die den Killer immerhin umgefahren und dadurch eine Kettenreaktion in Gang gesetzt hat. Frage drei: Welchen Unterschied macht das?

»Kiki.« Kaum hörbar.

»Ja, da bin ich.«

Schattenberg hat die Augen einen Spalt geöffnet. Ihre Wangen sind gerötet. »Geh heim«, sagt sie. Hat sie schon vor Stunden gesagt.

Jetzt schnell das Fenster schließen. Zurück am Bett streichst du ihr eine Strähne aus dem Gesicht. »Wirkt es?«

Sie wiegt minimal den Kopf. »So schnell nicht. Immer noch ein Eisenring um die Brust und alles bis dorthin taub.« Ihre Stimme klingt verwaschen vor Anstrengung. »Du kannst nichts tun. Geh!«

»Adrian wird gleich da sein. Wir gehen dann gemeinsam, okay? Ich muss mit ihm reden.«

Sie fragt nicht nach. Ihre Lippen sind aufgesprungen.

Du hältst ihr den Schnabelbecher mit dünnem Krankenhaustee an den Mund, ohne sie zu fragen, und sie trinkt widerspruchslos. Allein das Grund zum Weinen. Doch an Krankenbetten weint man nicht. In Gedanken schreist du an ihrer Stelle empört nach Wein oder wenigstens Kaffee. *Willst du mich umbringen mit dem Gesöff?* Hier gibt's sowieso nur Früchtetee, Früchtetee, Früchtetee. Ein Wort, das stolpert wie ihr Leben. Tetee.

Die Tür öffnet sich bedeutungsvoll. Nur Krankenzimmertüren öffnen sich auf diese Weise. Gravitätisch, aber nicht unheilschwanger. Mit ausdrucksvollen Türen kennst du dich aus, Schulung im Häfn. *Lockt Hoffnung? Drohet Unheil dir? / Die Antwort kommt durch diese Tür.* Copyright Kiki Shakespeare.

»Hey«, haucht Adrian. »Wie ...?« Er nickt in Schattenbergs Richtung.

Sie hat die Augen wieder geschlossen. Du zuckst mit den Schultern. »Nichts Neues.«

Er geht, um sich einen Stuhl von dem Tisch beim Fenster zu holen, und bleibt bei der Gehirnerschütterten stehen.

»Hallo«, sagt er. »Kann ich was tun für Sie?«

Sie ist gerade dabei, die Kopfhörer wieder aufzusetzen und den Laptop unter der Decke hervorzuziehen, wo sie ihn jedes Mal versteckt, wenn die Tür sich öffnet. Sie zwinkert ihm zu. »Heute leider nicht. Noch drei Tage strikte Bettruhe. Ab nächster Woche darf es wieder wilder werden, da ließe sich was machen.«

Als ob du nicht existierst, nicht seine Freundin oder Frau sein könntest, genau wie Schattenberg. Adrian. Muss allen immer Gutes tun, immer nett sein, zwanghaft geradezu. Vorne glatt bügeln, ohne zu merken, wie es hinter ihm Falten wirft. Er setzt sich, den Rücken der Bitch zugewandt, die anscheinend wieder auf ihren Bildschirm starrt. Du stellst dir vor, wie ihr Kopf explodiert.

»Schläft sie die ganze Zeit?« Adrian nimmt Schattenbergs Hand, und du siehst ihre Lider zucken.

»Lass! Sie mag das jetzt nicht.«

Er schaut dich an, runzelt die Stirn.

»Sie möchte, dass wir gehen.«

»Was soll das? Ich bin gerade erst gekommen. Du sitzt schon den ganzen Tag da. Willst du sie ganz für dich haben, oder was?«

Willst du aber gar nicht, bist froh über jeden Beistand. »Will ich nicht! Ich weiß einfach, dass sie es nicht mag, wenn man sie dort angreift, wo sie gefühllos ist. Das ist jetzt praktisch überall, Schultern, Hals und Gesicht ausgenommen.«

Er streichelt ihre Schulter, neigt das Gesicht ganz nah zu ihrem. »Olga?«

Sie rührt sich so gar nicht, atmet ganz flach, dass man glauben könnte, sie stellt sich nur schlafend. Dass man sie fast überlisten möchte, ihre Neugier wecken, sie festhalten in ihrem Körper. Auch gegen ihren Willen.

»Ich muss dringend mit dir reden, Adi.«

»Worüber?«

»Wie alles zusammenhängt.« Du schaust hinüber zur Erschütterten, die auch gerade herlinst, schaust ihr ohne zu blinzeln direkt in das dir zugewandte Auge, und sie wendet schleunigst den Blick ab. Aber Vorsicht, Neugier!

»Alles?«, fragt Adrian.

»Gestern war doch dieser Typ MIT.« *Mit* hast du gesagt, wie die Präposition, damit wird die Kopfhörerin kaum etwas anfangen können.

Adrian womöglich auch nicht, doch er nickt zögernd. »Ja, klar.«

»Wenn er damals vorbeigekommen wäre, um Can den Schlips … zu schenken …« Adrian zieht eine angewiderte Grimasse. Du ruckst mit den Augen in Richtung der Kopfhörerin, und er nickt, versteht, warum du Code absonderst. »… dann hätte er sicher den Computer selbst mitgenommen und nicht uns … um Hilfe gebeten.«

Schattenberg rührt sich nicht, schläft wohl doch, denn sie würde sofort verstehen, was das bedeutet, ganz egal in welchem Zustand, würde wenigstens die Augen öffnen.

Adrian fährt sich mit allen Fingern durch die Haare, reibt sich den Bart. Gleich hat er es.

»Hast du's?«

»Was meinst du?«

Schwer von Begriff. »Der Mann von der Bank am Donaukanal … war vielleicht nicht für Cans … Umzug … verantwortlich.«

»Mit Umzug meinst du …« Er flüstert, deutet auf den Fußboden.

»Klar.«

»Aber wer dann?«

»Darüber sollten wir nachdenken. Momentan fällt mir nur einer ein.«

Aufmerksam wartet er auf das Ende der Geschichte, treuherziger Hundeblick. Hält wohl die Sache mit dem Code für die eigentliche Herausforderung. Man könnte ihm eine runterhauen, um sein Hirn endlich auf Touren zu bringen. Ohrfeigen erhöhen das Denkvermögen. Lernt man so als Kind. Obwohl es bei dir nicht viel geholfen hat. Andererseits – wer weiß, wie dämlich du ohne Ohrfeigen geworden wärst. Egal. Konzentrier dich, dummes Stück, trag deine Lasten mit Würde, verdammt!

»Gestern Nachmittag war ich beim Friseur«, verkündest du lebhaft und schüttelst die Haare, um ihm auf die Sprünge zu helfen.

»Du meinst …?«

»Genau! Der in Ottakring, von dem ich dir erzählt habe.«

»Aber warum, um Himmels willen? Einfach so? Man braucht doch ein Motiv, um –« Er beißt sich auf die Lippen, gerade noch so, grinst. »Also, um sich eine neue Frisur zu machen. Deine Haare waren toll.«

Respekt, in elegantem Schwung die Kurve gekratzt.

»Nicht schön genug für die Hochzeit.« Du siehst die Rädchen rattern in seinem Kopf, aber nichts rastet ein, hilfloser Blick. Logisch, weil er nicht wissen kann, was nur du gesehen hast auf Cans Laptop: Fußspuren im Sand, verliebte Blicke, einen aufgerichteten Schwanz von ungewöhnlich ebenmäßiger Proportion. »Die Verpartnerung von Can und Mehmet, du weißt schon.«

»Die … Was?« Adi macht Anstalten aufzuspringen, beherrscht sich zum Glück.

»Nennt man es nicht so?«, schnatterst du fröhlich weiter und schickst der Erschütterten im Nachbarbett ein Lächeln, Marke süßlich, das sie nicht zu bemerken scheint. »Verpartnerung. Weil Schwule in Österreich schließlich nicht offiziell heiraten dürfen. Ein schönes Paar.«

Schattenberg röchelt kurz auf, ihre Lider flattern. Zu spät bereust du. Bist wieder einmal zu weit gegangen, dummes Stück, hast zu viel Vergnügen gefunden an dem Code-Gequatsche und Schattenberg vergessen. Die immer noch schneller atmet, die Augen jedoch nicht geöffnet hat. Ein Traum, vielleicht nur ein Traum.

Adrian würgt sichtlich an der Enthüllung, als die Tür auffliegt.

»Visite!«, verkündet ein Krankenpfleger, bläst die Fanfare für den Tross, der sich durch die Tür drängt, als ob es für den Letzten Punkteabzug gäbe. »Wenn Sie bitte inzwischen draußen Platz nehmen möchten!«

»Moment«, widerspricht Adrian. »Das möchte ich eigentlich nicht. Ich wollte ohnehin mit dem zuständigen Arzt sprechen.«

»Ärztin«, sagt die grauhaarige Anführerin des Pulks kalt. »Und nicht während der Visite. Sie müssen schon warten, bis wir durch sind.«

»Sind Sie ein Angehöriger?«, fragt die jüngere Ärztin von heute früh.

»Der Lebensgefährte«, behauptet Adrian, wieder total auf Zack.

»Sie erreichen mich morgen Vormittag, gern auch telefonisch. Jetzt bin ich schon auf dem Sprung, und es wird nicht besser, wenn Sie uns weiter aufhalten.«

Verkantete Kiefer bei Adrian, der aufsteht und am Fußende des Bettes stehen bleibt, weil keiner der Weißmäntel Platz machen will. Schönes Bild: Der schwarzgewandete Todesengel wartet, bis die Schar der Göttinnen und Götter in Weiß ihm den Weg freigibt. Schließlich tritt der junge Arzt neben der Oberchefin zur Seite. Unmittelbar hinter Adrian schließt eine zierliche Frau mit triumphierendem Gesichtsausdruck die Lücke, erobert den Platz neben der Primarärztin. Da kann man sich was abschauen.

»Die Patientin ist weiblich, 48 Jahre alt«, rattert die behandelnde Ärztin los. »MS, sekundär chronisch progredient mit Motilitätsstörungen der Gliedmaßen insbesondere in den Beinen, Erstmanifestation vor 26 Jahren, seit zwei Jahren Rollstuhl. Caput unauffällig. Eingeliefert aufgrund eines massiven Schubs mit aufsteigender Sensibilitätsstörung, Druckgefühl im Thorax, Blasenstörung …«

Mit dem Türflügel schiebt der Herold von vorhin euch beide auf den Gang hinaus, wo Adrian festwächst, den Unterkiefer vorgeschoben, und die Tür anstarrt.

Ganz wie früher schlüpfst du mit deinem Arm unter seinen und ziehst, komisches Retrogefühl, und auch er scheint das zu spüren, schaut dich unsicher an. Ob doch noch mal was werden könnte zwischen euch? »Komm, wir setzen uns da drüben hin. Dort gibt es eine Sitzecke mit Kaffeeautomat. Schmeckt ganz wie in alten Zeiten, bitter und dünn.«

Widerstandslos lässt er sich manövrieren, eher Schiff als Captain. Steckt sie dich auch schon an, Schattenberg, mit ihren Weltraumphantastereien. Aber eine muss auf dem Boden bleiben. Adrian auf einen Sessel drücken, von der Maschine Kaffee in Pappbecher spucken lassen, Kekse von einem Teller in der unbesetzten Schwesternstation klauen.

»Da!« Du drückst ihm Becher und Keks in die Hand. »Vielleicht hilft's. Du wirkst so benebelt.«

Großer Seufzer. »Olga.« Noch größerer Seufzer. »Sie so daliegen zu sehen und sich vorzustellen, wie es für sie sein muss. Wie ein Tod auf Probe. Oder klingt das jetzt zu zynisch?«

»Ja, schon.« Normalerweise bist du es selbst, die solchen Mist rausschießt. »Sie wird wieder. Ich weiß es.«

Nichts weißt du, aber er braucht diese Lüge, auch wenn sie nicht ausreicht, um den Zweifel aus seinen Augen zu löschen. Seine Hand auf deiner, trocken und warm und so vertraut, immer noch. Denken statt fühlen, das wäre jetzt gut, weil sonst Tränen.

»Meine Neuigkeit hat dich ja nicht besonders beeindruckt. Interessiert es dich nicht, woher ich weiß, dass Can und Mehmet ein Liebespaar waren?«

Er tunkt seinen Keks in den Kaffee. »Lebhafte Phantasie?«

Harmoniemodus aus, von wegen Händchenhalten. »Du Arsch! Du glaubst mir nicht?«

»Hey, hey, schon gut!« Er gestikuliert beschwichtigend, Kaffee schwappt über seinen Ärmel. Seufzen, wieder einmal. »Du musst zugeben, es klingt etwas weit hergeholt. Ausgerechnet Can, der glänzende Held, der feuchte Traum aller Frauen, soll schwul gewesen sein?«

»Also, ich fand ihn nicht so toll, den Bildern nach zu urteilen. Und es reicht ja, wenn er bi war. Hör ich aus deiner Reaktion einen Hauch von Eifersucht heraus?«

»Quatsch! Aber du kannst so was nicht einfach behaupten.«

»Und wie kommst du dazu, anzunehmen, *dass* ich es einfach so behaupte?«

»Das führt doch jetzt zu nichts.«

»Stimmt.« Hast du dir auch anders vorgestellt. Lobpreisungen für detektivischen Spürsinn inklusive. *Kiki, ich bin stolz auf dich!* Dummes Stück. »Sie haben gegenseitig ihre steifen Schwänze fotografiert.«

Das wirkt, schon wieder wird Kaffee verschüttet. Nicht schade um das Gesöff.

»Sie haben ihre … und du weißt das, weil …?«

Einfach mal abwarten und Keks essen. Der Kaffee schmeckt original wie im Knast.

»Hat Mehmet dir das erzählt?«

Da kann man ja nicht anders als laut loslachen, selbst mit direktem Blick auf das Schild *Bitte Ruhe auf der Station*. »Wie soll das denn abgelaufen sein? *Hach, Kiki, ich muss immer daran denken, wie Can meinen Schwanz fotografiert hat.* Was man halt so sagt zu einer Wildfremden.« Hätte natürlich sein können, wenn du, statt halbgeil auf dem Ledersitz herumzurutschen, dich auf Aladdin-Mehmet gestürzt hättest. Abwehrmaßnahme.

»Scht, nicht so laut!« Adrian schaut inzwischen richtig grantig drein, Brauen in der Mitte zusammengewachsen, Stirn gesenkt. Er wird nicht gerne ausgelacht. Wer schon?

»Der Laptop. Ich hatte Zeit, im Kaffeehaus ein bisschen in den Dateien herumzustöbern, bevor …«

»… du aufs Klo musstest.«

Immer schön den Finger in die Wunden bohren, selbstgerechter Scheißer.

»Warum hast du mir kein Wort gesagt?«

»Wann denn? Gab ja wohl andere Prioritäten.«

»Weiß Olga davon?«

»Klar, ich dachte, das könnte sie aufmuntern.« Erkenntnis: Man kann die Augen so stark verdrehen, dass es wehtut.

»Also nein. Okay, Schwanzfotos. Noch was?«

Sorgfältig breitest du den Suchprozess und sämtliche Hinweise aus, und jetzt gibt es wirklich so etwas wie Anerkennung.

»Den Fußspuren quasi nachzugehen, darauf wäre ich nie gekommen. Er hat also wirklich … Ich kann mir das überhaupt nicht vorstellen mit einem Mann. Can, der geile Sack, hatte also eine Beziehung mit Mehmet.« Hört sich an, als freute er sich über diese Entwicklung. Oder es handelt sich um rivalisierende Bewunderung unter Männern für einen, der wirklich nichts anbrennen lässt.

Ob er an Schattenberg denkt, wie sie das aufnehmen wird?

»Wenn man das mal weiterdenkt …«, sagt er und knickt den leeren Becher, zermalmt ihn in der Hand, »… dann hätte Mehmet das beste Motiv überhaupt gehabt: Liebe. Oder besser: verschmähte Liebe. Eifersucht auf die Exfrau, die immer noch so wichtig war. Oder auf eine Neue. Einen Neuen.«

»Was du nicht sagst! Warum, glaubst du, habe ich dir das Ganze erzählt?«

»Ach so, klar. Und du schleppst das die ganze Zeit allein mit dir herum.« Mitgefühl in Blick und Stimme, neigt er den Kopf. Er ist keiner von denen, die fremde Lorbeeren für sich beanspruchen, das muss einmal gesagt werden.

»Ich trage meine Lasten mit Würde.«

Seine Lippen zucken, aber zu einem Lächeln reicht es nicht. »Und jetzt? Hast du womöglich noch was anderes herausgefunden?«

»Ja. Aber lass uns erst mal bei dem Thema bleiben. Glaubst du, dass Mehmet es getan haben könnte? Er wirkt so sanft. Er ist so schön. Es passt einfach nicht. Andererseits hatte er den Laptop, ein Motiv und die Gelegenheit. Weil Can ihm vertraut hat.«

»Der Typ vom MIT hingegen, beziehungsweise besser: der Typ, von dem wir glauben, dass er vom MIT kam, hatte das entsprechende Gewaltpotenzial. Womöglich haben sie zusammengearbeitet. Dann hätte er es nicht nötig gehabt, Mehmet zu foltern, um zu erfahren, wo der Laptop ist. Vielleicht war das ein Märchen, um uns einzuschüchtern.«

Darauf bist du noch nicht gekommen. Bienenschwarm im Kopf jetzt, zu viel Kaffee und Information, zu wenig Futter und Durchblick. Und hinter, über, unter allem die Sorge um Schattenberg.

»Wollen wir was essen gehen? Ich bin schon den ganzen Tag hier, hab Hunger, kann nicht mehr klar denken.«

Wortlos springt Adrian auf. Was hast du jetzt wieder falsch gemacht? Er eilt davon, reißt die Hand in die Höhe. »Frau Doktor, einen Moment nur!«

»Sie haben doch gehört: morgen!« Ihre Stimme klingt erschöpft. »Mein Sohn wartet im Kindergarten, ich bin spät dran.«

»Aber ich mache mir größte Sorgen!«

»Wir tun, was wir können. Ihre Partnerin verweigert die immunmodulatorische Therapie. Langfristig könnte die eventuell weitere Schübe verhindern, aber das hören Sie sicher nicht zum ersten Mal. Reden Sie mit ihr darüber, wenn es ihr wieder besser geht.« Sie verschwindet in der Schwesternstation.

»Wann wird das sein?«, ruft Adrian ihr nach.

»Zwei, drei Wochen.«

Adrian seufzt. Ist dir früher gar nicht aufgefallen, dass er dauernd seufzt. Hat er vielleicht noch keinen Grund dazu gehabt. Du gehst ihm nach, hakst ihn unter.

»Was ist mit dieser Therapie, die sie verweigert?«, fragt er. »Weißt du was darüber?«

»Immunmodulatorisch ist ein Euphemismus, sagt Schattenberg. Immunsuppressiv sollte es heißen, weil das Immunsystem komplett ausgehebelt wird, damit der Körper sich nicht mehr selbst angreifen kann. Ist ja eine Autoimmunsache, die MS. Mit Krankheitserregern wird das Immunsystem dann allerdings auch nicht mehr fertig. Einmal hat sie es versucht, vor einigen Jahren, und wäre beinahe an einer Virusinfektion im Gehirn draufgegangen. Außerdem wirkt das Zeug nur, wenn man es in der Anfangsphase der Krankheit nimmt, behauptet sie. Es ist zu spät.«

»Aber die Ärztin ...«

»Schattenberg hat sich ihre Meinung gebildet.«

Adrian seufzt.

Zurück im Krankenzimmer sind Schattenbergs Lider geschlossen und sie atmet leise röchelnd, aber regelmäßig. Auch die Gehirnerschütterte ist eingenickt, während der Bildschirm weiterflackert. Adrian küsst Schattenberg auf die Stirn, und weil sie schläft und es nicht merkt, machst du es ihm nach. Klare Grenzüberschreitung in einem Dienstverhältnis.

»Was machen wir denn jetzt?«, fragt Adrian, während er Wein und Wasser nachschenkt.

Wer mit vollem Mund redet, der rüttelt am Watschenbaum. Das ist Erziehung, da kommt man nicht raus, und Adrian weiß das. Sorgfältig kaust du also deinen Spinatknödel, statt zu antworten. Gibt sowieso keine richtige Antwort.

Adrian beugt sich vor, hebt die Brauen. »Na?«

»Keine Ahnung! Nichts, solange wir nicht wissen, was wirklich passiert ist. Warum hätte Mehmet uns den Computer geben sollen, wenn er mit dem MIT zusammenarbeitet? Dann hätte er ihn doch denen gegeben.«

»Oder.« Adrian schiebt sich ein Stück Petersilkartoffel in den Mund, grinst mit geschlossenen Lippen, als du den Zeigefinger hebst. Er kaut und schluckt. »Oder er hat dem Geheimdienst gesteckt, in welche Richtung Can ermittelt, damit sie ihn beseitigen, hat aber den Laptop vorher verschwinden lassen, weil er nicht wollte, dass sie von der homosexuellen Beziehung erfahren. Schwul sein ist nicht besonders angesagt in der islamischen Welt, was man so hört. Oder ist das jetzt schon rassistisch, wenn ich das behaupte?«

»Mach dir nur nicht ins Höschen vor Political Correctness. Außerdem wusste der MIT-Typ Bescheid. Einen schwulen Hurensohn hat er ihn genannt.«

Und in dieser Sekunde springt es dich an, wird dir klar, worauf das hinausläuft: dass du hier einen ans Messer lieferst, ihn dorthin schicken wirst, wo du herkommst und wo er zugrunde gehen wird. Denken ist Glückssache, dummes Stück! Wenn er es nicht war? Als ob das irgendwen interessiert. Alle werden wollen, dass er es gewesen ist, und dann wird er es gewesen sein. Basta. Schattenberg würde das kapieren, würde warten wollen.

»Er hat so verstört gewirkt. Nie im Leben denkt der sich so ein raffiniertes Manöver aus. Dazu muss man eiskalt sein, und er ist definitiv ein Weichei. Wenn überhaupt, kann er es nur im Affekt getan haben. Wir dürfen keine voreiligen Schlüsse ziehen.«

»Du hast doch selbst davon angefangen. Vermutlich ist er ein guter Schauspieler. Gar nicht so einfach zu beurteilen. Ich wünschte, ich hätte ihn selbst gesehen.«

Klar. Kein Wort mehr, Konzentration auf das Essen.

»Du musst zugeben, dass deine Menschenkenntnis …«

Du hebst den Blick und schaust in seine Richtung, Fokus auf die Mitte des Raumes, der zwischen euch liegt, sein Gesicht dahinter verschwommen.

»Nicht diesen Blick, bitte!« Adrian seufzt. »So oder so, sie werden es herausfinden.«

»Sie?«, entfährt es dir trotz vollem Mund.

»Die Polizei natürlich! Oder was glaubst du, was wir machen sollen? Wir können einen Mörder nicht frei herumlaufen lassen. Willst du ihn vielleicht selbst verhören?«

»Was ist, wenn wir uns irren und einen denunzieren, der nichts damit zu tun hat, der nur krank und verwirrt vor Trauer ist? Das können wir nicht von hier auf jetzt entscheiden. Wir müssen alle Varianten durchdenken und auf jeden Fall mit Olga besprechen. Das ist ihr Fall.«

»Ihr Fall? Mord ist keine Privatangelegenheit. Herrgott, du tust so, als würde er in Ketten geschlagen und gefoltert. Ich will doch nur, dass die Ermittlung in professionellen Händen liegt. Weil wir das nicht können, Kiki. Denk daran, was gestern passiert ist. Die Sache entgleist!« Er stützt die Ellbogen neben dem Teller auf den Tisch und reibt sich mit den Händen über das Gesicht. Jeden Moment wird die Haut sich an einer Stelle lösen, sein Gesicht abreißen und darunter … Du willst es gar nicht wissen.

Es war ein Fehler. Du hättest ihm nichts sagen sollen. Nur dass man manche Dinge laut aussprechen muss, um zu erkennen, ob sie wahr sind. Mehmet ist kein Mörder, hat es einfach nicht drauf, auch wenn es logisch erscheint. Es muss eine andere Lösung geben.

»Bitte, Adi, versprich mir, dass du wartest, nur ein paar Tage! Vielleicht kann ich noch was herausfinden.«

»Nenn mir einen vernünftigen Grund!«

»Er kann es nicht gewesen sein. Er ist nicht der Typ.«

»Nicht der Typ?« Seine Stimme kippt, obwohl er leise spricht. »Der Typ Mörder, oder was? So wie du? Wie Olga? Wie ich?«

15

Olga

Sein Atem strich über ihre Wange. Er roch nach Minze und leerem Magen.

»Olga?«

Sie rührte sich nicht. Sie war nicht da und wollte auch nicht, dass er da war und sie in diesem Zustand sah. Diesem Nicht-Zustand.

»Wie alles zusammenhängt.« Bunten Herbstblättern gleich tanzten Kikis Worte durch die Luft.

»Alles?«

Ja, alles hing zusammen und fiel gleichzeitig auseinander. *Das bin ist innen.* Seit Olga hier lag, spukte dieser Satz durch ihre Gedanken. Bloch, glaubte sie sich zu erinnern, Ernst Bloch. Damals in der Schule, als der Lehrer sie mit dem Satz zum Denken hatte anregen wollen, war ihr kein Licht aufgegangen.

»Warum sagt er nicht einfach *Ich*?«, hatte sie gefragt. »Mein Ich ist nur in mir. Wäre doch viel klarer.«

Und ausgerechnet jetzt, da ihr der Satz zum ersten Mal seit dreißig Jahren einfiel und sie zu begreifen meinte, dass dieses *bin* kein bloßer Zustand, sondern aktiv war, ein Werden, eine Hinwendung zur Erfüllung aller Möglichkeiten, ausgerechnet jetzt war der Satz nicht mehr wahr. Ihr *bin* war nicht innen. Es war außen. Noch nicht erloschen und aufgegangen im Ganzen, wie es vielleicht einmal sein würde, wenn sie sich endlich ganz lösen könnte. Nein, es war räumlich begrenzt und klar lokalisierbar, nur eben nicht innen. Oben, knapp unter dem Plafond in der Zimmerecke, schwebte ihr *bin*, frei von dem untauglichen Körper, dem es entronnen war. Es gewahrte den Mann und die Frau, die zu beiden Seiten des Bettes saßen, als zwar verschwommene, aber klar erkennbare Präsenzen, während es gleichzeitig *in* die Erinnerung und *aus* dem Regenwald tauchte, auf einem schmalen Pfad, der sich an der Flanke eines Hanges der Kordilleren emporwand.

»Nicht schön genug für die Hochzeit. Die Verpartnerung von Can und Mehmet, du weißt schon.«

Das *bin* schlingerte, suchte sich auf dem Pfad zu halten.

»Die … Was?«, fragte Adrian stellvertretend.

»Na, so heißt es doch: Verpartnerung. Weil Schwule in Österreich schließlich nicht offiziell heiraten dürfen.«

Das *bin* verlor den Halt, floss abwärts, dem steifen Körper zu.

»Ein schönes Paar.«

Das *bin* schlug innen auf. Can und Mehmet. Es schrie vor Schmerz, und dieser Schrei stieß den Verstand an, der stotternd in Gang kam.

Lüge, dachte sie, es musste eine Lüge sein, oder ein Hirngespinst von Kiki. Doch wenn es eine Lüge war, dann hatte Kiki sie damit verraten, ihr ein Messer in den Rücken gestoßen, kaum dass sie wehrlos dalag. Warum sollte sie das tun?

Der schöne Mehmet. *Er ist so sanft*, hatte Can gesagt und sie angesehen, als wollte er weitersprechen, dann jedoch auf seiner Unterlippe kauend den Blick abgewandt, um den Glanz in seinen Augen zu verbergen. Ein übertriebener Anfall brüderlicher Sorge für den Jüngeren, hatte sie sich gesagt und nicht weiter daran gedacht, zumal er gleich darauf im üblichen herzhaften Ton weitergesprochen hatte. *Wir müssen ihn beschützen, Olga, auch vor sich selbst. Du magst ihn doch auch!* Sie mochte ihn auch.

Hatte ihn auch gemocht.

Was ging es sie an.

Can gehörte ihr nicht, hatte ihr nie gehört, konnte lieben, wen er wollte. Frau oder Mann, welchen Unterschied machte das? Was sie ihm übelnahm, war, dass er ihr nicht vertraut hatte. Weil er wusste, dass er sie dann hätte loslassen müssen? Er wollte, dass sie ihm gehörte, dass alle ihm gehörten. *Du gehörst mir, meine Seele, mein Leben, sag, dass du mir gehörst, für immer!* Und diesem selbstsüchtigen Mann hatte sie so sehr nachgeweint. Hatte sich ihm zuliebe nicht nur in Gefahr begeben, sondern mitgeholfen, einen Menschen zu töten, dem sie nie hätte begegnen müssen.

Tot war der nun, genau wie Can, und hatte mit dessen Ermordung vermutlich nicht einmal etwas zu tun, alles ein gigantischer Irrtum. Weil Mehmet der Mörder sein musste. Mit einem Mal deuteten alle Pfeile auf ihn. Nur dass es ihr jetzt egal war. Can ihr jetzt egal war. Einmal zu oft hatte er ihr Vertrauen missbraucht.

Andere Leute mit einem Mal um sie, Ärztinnen, Ärzte, Krankenpfleger, die über ihren Zustand verhandelten. Egal. Das *bin* entfloh, um den Sonnenaufgang aus der Zimmerecke zu beobachten, der die Nebelschwaden erleuchtete und die Ruinen der Inkastadt in überirdischen Glanz hüllte. Can an ihrer Seite.

Das Bild zerstob. Es musste Erinnerungen ohne ihn geben.

16

Adrian

So miserabel hatte er noch nie gesprochen, abgelenkt und ohne Tiefe. Getuschel selbst in den vordersten Reihen der Einsegnungshalle. Eine der Enkelinnen der Toten hatte inmitten seiner Traueransprache gekichert und ihn damit völlig aus dem Konzept gebracht. Sicher, eine steinalte Witwe, die nach einem erfüllten Leben im Schlaf ging – da war mit trostloser Erschütterung nicht zu rechnen. In seiner Verantwortung lag es, dennoch eine würdige Atmosphäre zu schaffen. Wenn ihm so etwas ein zweites Mal passierte, konnte er seinen Beruf an den Nagel hängen. Seine Aufträge kamen inzwischen praktisch ausschließlich über persönliche Empfehlungen zustande, die nach einer solchen Performance sicher nicht erfolgen würden.

Der Marsch zu dem entlegenen Grab zog sich. Fuß um Fuß schleppten sich die überwiegend betagten Leutchen vorwärts. An einem anderen Tag, unter anderen Umständen hätte Adrian die Frühlingssonne und das Vogelgezwitscher genießen können, hätte es zum Anlass genommen, mit den Angehörigen über den ewigen Kreislauf des Lebens zu philosophieren. Heute fehlte ihm nicht nur die Ruhe, sondern auch die Überzeugungskraft, zu Tode gedroschene Plattitüden als Tiefsinn zu verkaufen.

Plattitüden. Seit Olga ihn mit diesem Wort zurechtgewiesen hatte, ging es ihm nicht aus dem Kopf. Er war zum Plattitüden-Spender geworden. Die Suche nach der Essenz eines Lebens, die ihn früher neugierig in jedes Vorbereitungsgespräch getrieben hatte, war routinierter Anteilnahme gewichen. Ohne es selbst zu merken, hatte er sich zunehmend auf die Montage von Textbausteinen verlegt, statt den einzig richtigen Satz, das einzig passende Gedicht für jeden Toten zu finden.

Die flach stehende Nachmittagssonne warf ihm einen Schatten in Form eines verzogenen Kreuzes vor die Füße, an dessen Basis Geschwüre zu wuchern schienen. Ein Kindergrab, dekoriert mit Stofftieren und weißen Blumen. Unerträglich. Wie hatte er in diesem Ambiente jemals Frieden finden können?

Endlich waren sie an der Begräbnisstätte angekommen. Ein paar abschließende Geleitworte noch, dann drückte er die Hände der engsten Angehörigen, plagte sich, ihnen wenigstens jetzt mit tief empfundenem Mitgefühl in die Augen zu sehen, und ging unter ihren kühlen Blicken fast zu Boden.

Unten im schlichten Weichholzsarg – umweltfreundliche Kiefer, Vollholz astrein, Aqualack – ein toter Mensch. So tot wie Demirkan, dem er beim Sterben zugesehen hatte. Beim Gestorben-Werden. Beim Von-Rädern-überrollt-Werden. Beim Zerstochen-und-zerschnitten-Werden. Beim Verbluten. Bei seinem letzten Schrei. Seither war kein tiefer Atemzug mehr möglich. Ein böser Mensch, der der Gewalt, die er gesät hatte, zum Opfer gefallen war. Dennoch. Demirkan, dessen Leiche womöglich noch immer auf einer Bank am Donaukanal vor sich hin rottete.

Mit dem Hinweis auf dringende familiäre Verpflichtungen lehnte er die halbherzige Einladung zum Leichenschmaus ab. Am liebsten wäre er davongerannt. Stattdessen stellte er sich wie gewöhnlich am Kopfende der Grube auf, während Erde und Blumen auf den Sarg geworfen wurden, und unterdrückte den Impuls, von einem Bein auf das andere zu treten. Nach einigen Minuten fand er in einen ruhigeren Atemrhythmus.

Das Gefühl, ohnmächtig durch den Tag, ja durch sein Leben gehetzt zu werden, milderte sich kaum.

Erst als die saumseligsten Angehörigen sich endlich zum Gehen wandten, gestattete er sich den Blick auf die Uhr. Höchste Zeit. Eine knappe Stunde blieb ihm noch bis zu seiner Verabredung mit Neumeyer. Er hastete los, lockerte im Gehen den Knoten der Krawatte und streifte sie über den Kopf, stopfte sie in die Manteltasche.

Das Telefon klingelte. Im hellen Licht gelang es ihm nicht, zu erkennen, wer anrief.

»Roth, hallo?«

Stimmen und Geräusche im Hintergrund, eine schroffe Anweisung. »Neumeyer am Apparat. Ich schaffe es nicht zu unserem Termin. Wie wichtig ist das, was Sie mir erzählen wollten?«

»Sehr wichtig. Sehr.«

»Heute wird es sich trotzdem nicht mehr ausgehen, fürchte ich. Es sei denn …«

»Ja?«

»Essen muss ich irgendwann, und zwar bald. Wo sind Sie?«

»Zentralfriedhof, gerade auf dem Weg zu Ihnen.«

»Moment!« Neumeyer nahm den Hörer vom Ohr, schirmte ihn offenbar mit der Hand ab. Gedämpft hörte er sie fragen: »Ein Wirtshaus, wo ich mich mit einem Informanten treffen kann. Fällt euch da was ein in der Nähe?«

Adrian spürte ein Ziehen in der Brust. Informanten. Waren das nicht Junkies oder Obdachlose, die dem betreffenden Polizisten einen Gefallen schuldeten oder für einen kleinen Schein ihre Kollegen ans Messer lieferten?

»Yppenplatz!«, rief Neumeyer nun wieder ins Telefon. »Können Sie dorthin kommen? Suchen Sie sich einen ruhigen Tisch in wurscht welchem Lokal – Hauptsache, es gibt was Vernünftiges zu essen – und rufen Sie mich an, wenn Sie dort sind. Ich bin ums Eck.«

»In Ordnung«, sagte er. »Schön, dass Sie …« Die Verbindung war bereits unterbrochen.

Als täte Neumeyer ihm einen Gefallen und nicht umgekehrt. Konnte er noch zurück? Kiki hatte ihn beim gestrigen Abendessen gebeten zu warten, bis Olga ihren Senf zu der Sache geben konnte. Trotzdem hatte er Neumeyer heute vor dem ersten Kaffee angerufen. Was zum Teufel trieb ihn eigentlich? Ging es wirklich um Gerechtigkeit? Wollte er Olgas Vertrauen rechtfertigen, sich des von ihr verliehenen Titels würdig erweisen? Der Captain, der alles unter Kontrolle hielt, halten musste, während sie außer Gefecht war. Oder suchte er nur eine Gelegenheit, um Neumeyer zu beeindrucken? So oder so, entscheidend war, dass dieser Strudel endlich zum Stillstand kam, bevor er sie alle in den Abgrund riss.

Das in Weiß und Anthrazit gehaltene Ecklokal mit den Papierservietten auf den blanken Holztischen war nicht, was Adrian erwartet hatte. Dennoch setzte er sich und gab Neumeyer telefonisch die Adresse durch. Von unterwegs hatte er recherchiert und sich für das einzige Hauben-Restaurant am Platz entschieden. Auch wenn dies kein Date war, wollte er Neumeyer demonstrieren, dass sie es nicht mit einem x-beliebigen Informanten zu tun hatte. Nur dass er sich als einziger Gast hinter der großzügigen Verglasung eher wie ein Fisch im Aquarium fühlte als wie ein Captain auf der Brücke, alles andere als souverän. Entspannungshalber ließ er sich von der Wirtin einen Wein empfehlen, rot wegen des Farbtupfers, und orderte gleich eine Flasche.

Als Neumeyer zwanzig Minuten später durch die Tür trat, waren zwei weitere Tische besetzt, und Adrian hatte den Wein bis auf ein Drittel geleert. Vielleicht kam ihm nur deshalb ihr Gang so hüftwiegend beschwingt vor, während sie zwischen den Tischen auf ihn zukam.

»Aha!«, sagte sie und ließ sich auf den Stuhl in der Fensternische gleiten. »Nette Abwechslung zu den schummrigen Spelunken, in denen ich üblicherweise lande. Sie scheinen nicht groß Angst zu haben, dass Sie mit mir gesehen werden.«

»Ich bin ja kein Gauner. Warum sollte ich Probleme haben, mit einer Ordnungshüterin gesehen zu werden?« *Noch dazu mit einer so attraktiven.* Hätte man früher gesagt. Er lächelte.

Neumeyer hob einen Mundwinkel und langte nach dem Brotkorb. Sie pflückte eine halbe Weißbrotscheibe, tunkte sie in das Schälchen mit dem Olivenöl und studierte die handgeschriebene Karte. Nachdem die Bestellungen aufgegeben, der Brotkorb gefüllt und die leere Flasche durch eine volle ersetzt war, hob Adrian sein Glas. »Worauf stoßen wir an? Auf das Leben?«

»Die öffentliche Sicherheit.« Subtiler ließ sich nicht ausdrücken, dass seine romantischen Träume fehl am Platz waren. Für heute.

»Kann auch nicht schaden. Einigen wir uns auf: die Wahrheit?«

»Na dann prost! Und jetzt sagen Sie schon: Was haben Sie für mich?«

»Möglicherweise den Mörder von Can Toprak.«

»Bumm! Und damit meinen Sie eine konkrete Person?«

»Natürlich eine konkrete Person, was sonst?«

Neumeyer kaute, schluckte, spülte mit Wein und Wasser nach. Anscheinend wollte sie ihn dazu bringen, die Pause mit weiteren Informationen zu füllen. Klar, für sie war er ja ein Informant. Die spuckten ihr Wissen ohne sozialverträgliche Konversation aus. Schweigend lehnte er sich zurück, beobachtete ihre Lippen, weich und beweglich, der Amorbogen stark geschwungen.

»Bedauerlicherweise«, lenkte Neumeyer ein, »habe ich heute schon den ganzen Tag mit nebulösen … wie heißt das noch?

Schimären?« Er nickte. »Mit Schimären zu tun, angeblichen Agenten, unsichtbaren Nazis und so weiter.«

Er bemühte sich um eine undurchdringliche Miene, fühlte sich dennoch erbleichen. Seine Kopfhaut kribbelte. Sie hatten Demirkan gefunden.

»Da Sie und Ihre originellen Freundinnen uns diesbezüglich ja auch schon einiges serviert haben ... Apropos: serviert.« Neumeyer machte sich über die Fischsuppe her, als hätte sie seit Tagen nichts gegessen.

Zwischen Bissen seiner gegrillten Sardinen präsentierte er ihr Cans heimliche homosexuelle Beziehung, ohne den Namen seines Liebhabers zu erwähnen.

»Und wie kommen Sie zu dieser überraschenden Erkenntnis? Noch eine Kleinigkeit, die Frau Schattenberg uns gegenüber zu erwähnen vergaß? So wie die Krawatte? Eine Kleinigkeit, die zufällig sie und ihre Lieben entlastet.« Höhnischer Tonfall.

Er schluckte den Ärger über die Unterstellung. Immerhin lag sie nicht ganz falsch, wenn sie ihm Berechnung unterstellte. *Ihre Lieben*, hatte sie gesagt. Ob darin ein Hauch von Eifersucht lag? »Wir haben Cans Computer gefunden.«

Neumeyers Löffel klapperte in die Suppenschüssel. »Jetzt wird es interessant. Wo ist er?«

Ihr Blick suchte, doch Adrian hatte keine Tasche bei sich. Anstelle einer Antwort berichtete er, wie Kiki den Computer erobert hatte. Im fruchtlosen Bemühen, sein schlechtes Gewissen zu beschwichtigen, schwärmte er von ihrem detektivischen Spürsinn, der sie vom Desktopbild zu den einschlägigen Fotos geführt hatte.

»Das ist ja alles sehr beeindruckend, Herr Doktor Roth, aber warum haben Sie uns den Laptop nicht sofort übergeben?«

Der Verlust des Computers. Laut vorgetragen klang die Geschichte noch unwahrscheinlicher. Er schloss die Augen und wartete auf die Explosion.

»Das ist ja wohl der größte Blödsinn, den ich je gehört habe! Wollen Sie mich für dumm verkaufen? Sie werden nicht darum herumkommen, mir den Laptop auszuliefern. Und zwar flott, wenn ich bitten darf!«

Unfassbar! Er lieferte konkrete Hinweise in einem Mordfall, und alle zeigten sich einzig an diesem Computer interessiert, der doch höchstens das politische Drumherum beleuchten konnte. »Ich wollte es auch nicht glauben. Aber es ist nun mal passiert. Dauernd lassen Leute ihre Laptops auf Kaffeehaustischen stehen, ohne dass sie gestohlen werden. Wie hätte Kiki wissen sollen, dass sie verfolgt wird?«

»Und wer soll dieser *Dieb* gewesen sein?«, fragte Neumeyer mit vorgeschobenem Unterkiefer und bösem Blick.

»Ein junger Mann ist ihr vom Ort der Übergabe gefolgt.«

»Wir würden den Computer also weder in Ihren noch in den Räumlichkeiten von Frau Schattenberg und Frau Bach finden?«

»Natürlich nicht!« Es lief ganz und gar nicht, wie er erwartet hatte.

Neumeyer lehnte sich zurück, schloss die Augen und atmete geräuschvoll ein und aus. Daumen und Zeigefinger ihrer offen daliegenden Hände berührten sich.

Sie öffnete die Augen. »Schön, lassen wir das für den Moment.« Sie klang mühsam beherrscht. »Sie haben es spannend gemacht und mir den Namen des geheimnisvollen Liebhabers von Herrn Toprak vorenthalten. Wer ist es?«

»Er heißt Mehmet Kaya.«

Sie riss die Augen auf. »Kaya, der Friseur?«

»Sie kennen ihn? Er gehört also schon zum Kreis der Verdächtigen?«

Schweigend scheuerte die Polizistin mit den Handflächen

über ihre Oberschenkel und fixierte ihn mit einem Blick, der Haken auszuwerfen schien, um nach Gewissensbissen und verschwiegenen Sünden zu angeln, sie ans Licht zu zerren. Vielleicht war es klüger, gleich reinen Tisch zu machen und auch die Sache mit Demirkan zu beichten. Alle Gründe, die dagegensprachen, entfielen ihm, verkrochen sich unter dem bohrenden Blick aus den braunen Augen.

Nein. Er durfte nicht, Kiki zuliebe. Konzentration auf das Geräusch, das ihre Hände auf dem rauen Stoff erzeugten, auf das Kitzeln, das zwischen seinen Schulterblättern begann und abwärtssank bei dem Gedanken, ihre Hände rieben über seine –

»Die Sache ist die«, presste Neumeyer hervor. »Wie Sie sicher wissen, ist Kayas Salon letzte Nacht in Flammen aufgegangen. Herr Kaya selbst ist unauffindbar.«

Auffahrend stieß Adrian gegen den Tisch, dass die Gläser wackelten. »Was wollen Sie damit sagen? Woher soll ich das wissen? Wer ist für den Anschlag verantwortlich?«

»Wenn das klar wäre, müsste ich mich nicht mehr damit beschäftigen.«

»Ein politischer Brandanschlag? Versicherungsbetrug?«

»Was sind das denn für Tischgespräche?« Wieder fuhr er zusammen. Die Wirtin hatte sich hinterrücks angeschlichen, stapelte sich das leere Geschirr auf die linke Hand.

»Kann ich die Hauptspeisen bringen?«

»Bitte, machen Sie das!« Neumeyer zog einen Ausweis aus der Tasche ihres Blazers. »Nur damit Sie keinen falschen Eindruck bekommen und womöglich die Kollegen anrufen.«

»Ich habe schon darüber nachgedacht.« Die Wirtin stellte das Geschirr wieder ab und stützte die Handflächen auf den Tisch. »Geht es um den Friseur ums Eck? Unfassbar, mitten in Wien.«

»Kennen Sie Herrn Kaya?«

»Wie man sich halt so kennt. Der Mehmet hat was übrig für gutes Essen, war bis vor zwei, drei Monaten häufiger hier. Mit seinem Partner. Oder vielleicht waren sie auch nur Freunde, so genau weiß ich das nicht, sehr vertraut jedenfalls.«

»Ein ansehnlicher Kerl um die fünfzig, Ziegenbart, Typ Frank Zappa?«

»Genau der! Cem oder Can …«

Neumeyer warf Adrian einen Blick zu, kokett geradezu. »Damit wäre ein Teil Ihrer Story bestätigt. Das hebt mein Vertrauen ungemein.«

»Es geht ihm doch gut, Mehmet?«, fragte die Wirtin. »Wie kommt er damit zurecht?«

»Das kann ich Ihnen nicht sagen, weil Herr Kaya bedauerlicherweise noch nicht aufgetaucht ist.«

Oder eher untergetaucht.

»Haben Sie eine Idee, wo wir ihn finden könnten?«

»Da kann ich Ihnen nicht helfen. Vielleicht ist er im Schock zu seinen Eltern geflüchtet. Izmir, glaube ich.« Sie beugte sich zu Neumeyer hinunter und flüsterte: »Es sollen Nazis gewesen sein. Ein Hakenkreuz und *Türken raus* auf die Fassade gesprayt, ist das wahr? Kommt das Pack jetzt endgültig aus den Löchern?«

»Über laufende Ermittlungen kann ich keine Auskunft erteilen. Wir stecken mittendrin, und ich sollte auch langsam wieder. Wäre fein, wenn Sie uns bald die Hauptspeise bringen könnten.«

»Spätestens in den Abendnachrichten erfahre ich es sowieso. So eine Sache können Sie nicht unterm Deckel halten, Rechtsregierung hin oder her.« Die Wirtin verzog sich.

Adrian versuchte seine Gedanken zu sortieren. Untermauerte ein Nazi-Anschlag seine Theorie, dass Mehmet mit dem MIT unter einer Decke steckte, oder widersprach er ihr nicht vielmehr? Sein Geschäft hätte in dem Fall angesichts der angeblichen Kooperation zwischen Nazis und MIT doch geschützt sein müssen. Vielleicht widerlegte der Anschlag aber auch endlich Cans Hypothese von einer terroristischen Zusammenarbeit der beiden Gruppen. Oder diese hatten sich wieder entzweit. Oder bewies der Überfall womöglich nur, dass Mehmet keinerlei Anteil an den politischen Verwicklungen hatte, dass er zufällig oder aufgrund seiner Homosexualität zum Opfer geworden war, die religiöse Fundamentalisten ebenso verdammten wie die Rechtsrechten? Was wiederum nichts darüber aussagte, ob Mehmet Can getötet hatte. Wenn jedoch …

Er verlor den Faden, rieb sich Gesicht und Nacken, um seinen Gedanken auf die Sprünge zu helfen. Die Menge an Wein, die Denkprozessen förderlich war, hatte er offenbar überschritten. Er nahm einen großen Schluck aus dem bisher kaum angetasteten Wasserglas.

Auch Neumeyer brütete vor sich hin, zwirbelte dabei eine ihrer Locken. Wenn Frauen ihre Hände in den Haaren hatten, wollten sie berührt werden, hatte er gelesen. Ob sie ihn nur ohrfeigen oder gleich erschießen würde, wenn er das als Handlungsaufforderung nahm? So ging das nicht weiter, er musste sich auf seine Agenda konzentrieren.

»Waren es wirklich Nazis?«, fragte er.

»Schaut fast so aus.« Das *fast* in einem höheren Ton.

»Farfalle con finocchio selvaggia, patate e tonno affumicato für den geheimnisvollen Fremden und einmal die Schweinelendenspieße mit Erdäpfeln und Steinpilzen für die Frau Chefinspektorin.«

Beglückt strahlte Neumeyer ihr Essen an. Auch Adrian nahm für einen Moment nichts anderes wahr als den Duft von warmem Fenchel und geräuchertem Thunfisch, der von seinem Teller aufstieg.

Neumeyer griff nach dem Besteck. »Diese Geschichte, die Ihre Freundin sich zusammengereimt hat: dass es eine wie auch immer geartete Kooperation zwischen radikalen türkischen und rechtsextremen Kräften geben könnte.« Sie spießte einen Pilz auf das Fleisch und schnitt. »Sollte Toprak tatsächlich Beweise in diese Richtung gesammelt haben, wären die von ausschlaggebender Bedeutung. Nicht nur für die Ermittlungen in seinem Fall, sondern auch im Hinblick auf den Anschlag auf Kayas Salon. Da er im Besitz des Computers war und jetzt verschwunden ist, liegt der Schluss nahe, dass er in die Sache verwickelt ist.«

Also doch. Wenn sogar Neumeyer sowohl das Komplott als auch Mehmets Verwicklung darin für möglich hielt, war wirklich Feuer am Dach.

»Wenn Sie wissen, wo Topraks Laptop sich befindet, verspreche ich, dass ich Ihnen keinen Strick aus Ihren bisherigen Schutzbehauptungen drehe. Rücken Sie das Ding raus und ich stelle es so hin, als hätten Sie sich deshalb mit mir getroffen.« Sie hielt kurz inne, legte den Kopf schief. »Für den Fall, dass sich auf dem Computer Daten befinden, die Frau Schattenberg in ein schlechtes Licht setzen und nichts mit dieser Angelegenheit zu tun haben …«

Auf die Idee war er noch nicht gekommen.

»… wäre ich sogar bereit, diese zu übersehen. Sofern sie in kein Kapitalverbrechen involviert ist.«

Was sich seit vorgestern nicht mehr behaupten ließ. »Glauben Sie mir, ich würde nichts lieber tun, als Ihnen das verdammte Ding auszuhändigen. Ich will endlich raus aus dieser Sache! Aber es hat sich leider genau so zugetragen, wie ich es Ihnen erzählt habe.« Er ruckte mit dem Kopf, um das Bild von Demirkan zu vertreiben, der Olga fast den Hals umdrehte. »Ich bin hundertprozentig sicher, dass Kiki die Wahrheit sagt.«

Eine Weile aßen sie schweigend. Adrians Gedanken wanderten von Demirkans Attacke auf Olga zu seiner eigenen, später in ihrem Bett. Keine zwei Tage war es her, dass er ihr, von Gefühlen überwältigt, seinen harten Schwanz an den Hintern gepresst hatte, und nun saß er hier mit Neumeyer und wünschte sich mit ihr ins Bett. Dabei war da was mit Olga, nicht Liebe vielleicht – oder doch?

Das Essen schien Neumeyer zu besänftigen. »Ich will ganz offen mit Ihnen sein: Der Besuch von Frau Bach im Salon Kaya war uns bereits bekannt. Auch wenn es noch etwas gedauert hätte, sie zu identifizieren. Die Angestellten haben sie beschrieben. Bis eben war das unsere vielversprechendste Spur. Wir sind davon ausgegangen, dass sie den Laden für den Anschlag ausspioniert hat. Immerhin war sie auch in den Büroräumlichkeiten, wo der zweite Brandsatz hochgegangen ist.«

Er schluckte leer, starrte auf seine beladene Gabel, die knapp über dem Teller schwebte, sah sie zittern. Kein Grund zur Panik. Er hatte alles richtig gemacht. Er räusperte sich. »Dann dürften Sie doch in mehrfacher Hinsicht froh sein, die Zeit für unser Treffen erübrigt zu haben. Schließlich spart Ihnen das eine Menge Ermittlungsarbeit. Eine absurde Vorstellung, dass Kiki sich für neonazistische Brandanschläge einspannen ließe.«

»Wer weiß, man kann nicht in andere hineinsehen. Um ehrlich zu sein, fürchte ich, meine Vorgesetzten werden darauf bestehen, dass wir vorerst bei dieser Version bleiben. Zumindest bis wir eine bessere Lösung präsentieren können. Helfen Sie mir, Ihre Freundin da rauszuhalten! Überzeugen Sie mich, dass Ihre Informationen kein raffiniertes Verschleierungsmanöver sind.«

»Verschleierung wovon?« Er legte ein Maximum an Unverständnis in seinen Blick.

»Angenommen, Frau Bach oder – weil wir schon dabei sind – Sie alle drei wären für den Anschlag verantwortlich, dann wäre es ein raffinierter Schachzug, mir einen Grund für Frau Bachs Anwesenheit am Tatort zu liefern. Glaubwürdig wäre das allerdings nur, wenn Sie mir das Beweisstück präsentieren könnten.«

»Das ist absurd! Ich habe mich nicht wegen des Computers an Sie gewandt, sondern um Ihnen einen Hinweis auf Topraks Mörder zu liefern. Einen Tatverdächtigen zumindest.«

»An dem Frau Schattenberg sich vermutlich gern gerächt hätte. Und mit Brandsätzen kennt sie sich aus, wie wir wissen.«

Dass sich heute alles gegen ihn wandte. Adrian verspürte den Impuls, protestierend das Besteck auf den Teller zu knallen und aufzuspringen. Doch wenn er jetzt die Regie aufgab und der Eigendynamik des Dramas seinen Lauf ließ, dann konnte er ebenso gut losheulen. Genau danach war ihm. Auf der Suche nach Ablenkung widmete er sich schweigend seinen letzten Bissen. Wie Sägemehl quoll der Happen in seinem Mund, kaum zu schlucken.

Er gab auf, tupfte sich den Mund ab und warf die Serviette auf den Tisch. »Ich bedaure, Ihnen vertraut zu haben, Frau Chefinspektorin. Hoffentlich stört es ihr Phantasiekonstrukt nicht allzu sehr, dass Frau Schattenberg seit gestern früh komplett bewegungsunfähig im Spital liegt und unter schweren Medikamenten steht. Um uns von der Sorge um sie abzulenken, haben Frau Bach und ich uns mit einem Brandanschlag bei Laune gehalten. Auf den Laden eines Mannes, den Sie aufgrund meiner Informationen ohnehin festgenommen hätten. Doch ihn ins Gefängnis zu bringen, war uns nicht genug.« Er schob seinen Stuhl zurück. »Sie entschuldigen mich. Ich zahle an der Theke.«

Neumeyer hob beschwichtigend die Hände. »Seien Sie nicht so empfindlich, und bitte, setzen Sie sich wieder! Das mit Frau Schattenberg tut mir leid. Aber was würden Sie von mir halten, wenn ich alles, was mir erzählt wird, ohne weiteres glauben würde? Bei mir gibt es keine Märchenstunden. Ich ermittle. Sie können sich vorstellen, dass ich dabei oft belogen werde und entsprechend vorsichtig bin.« Sie lächelte, legte dabei den Kopf ein wenig schief, griff sich sogar kurz an den Nacken, bevor sie der Wirtin ein Handzeichen gab. »Na, kommen Sie! Auf einen Kaffee werden Sie mir doch Gesellschaft leisten?«

Er ließ die Schultern sinken. »Meinetwegen. Doppelter Espresso bitte.«

Neumeyer gab ihre Bestellung auf.

»Wissen Sie, manchmal stelle ich mir vor, wie ich einen Fall als Krimiautorin auflösen würde. Es bringt einen auf Gedanken, auch wenn es im wahren Leben praktisch nie so raffiniert zugeht.«

Er lächelte widerwillig. »Echte Verbrecher sind also einfallsloser als Drehbuchautoren und Schriftsteller?«

»Im Allgemeinen ja.« Der Kaffeeautomat zischte im Hintergrund. »Ich habe es jedenfalls selten mit so klugen Menschen wie Ihnen und Frau Schattenberg zu tun. Sie können es als Kompliment betrachten –«

»Dass Sie mir raffiniert verschleierte Gewaltverbrechen zutrauen? Nein danke!« Natürlich fühlte er sich geschmeichelt. Und wo sie recht hatte, hatte sie recht, sosehr er das in diesem Fall bedauerte.

»Vielleicht wollen Sie mir bei meinen Überlegungen helfen. Strikt vertraulich natürlich. Ein scharfer Blick von außen tut manchmal gut. Da Sie mir meine bisherigen Theorien zertrümmert haben …«

»Kommen Sie mir jetzt wirklich mit der Columbo-Masche?«

Neumeyer lachte. »Das wollte ich immer schon mal testen.«

Sie beherrschte ihr Handwerk, das musste er zugeben. Beeindruckend, wie sie ihn innerhalb von zwei Minuten von der Gesprächsverweigerung fast zur Komplizenschaft dirigiert hatte. Aber ganz so leicht ließ er sich nicht einwickeln.

Sie schüttete ein ganzes Päckchen Zucker in ihre Espressotasse und rührte. »Na, was ist? Interessiert?« Sie lutschte den Löffel ab, bevor sie ihn ablegte.

Vergeblich versuchte er sich erotische Gedanken zu verbieten und nickte. Sie spielte mit ihm.

»Wie gesagt: Die Verflechtungen zwischen den türkischen Extremisten und unseren hiesigen Rechten, an die Frau Schattenberg so fest glaubt, gehen mir nicht aus dem Kopf. Auch wenn der Kollege Czermak nichts davon wissen will.« Sie leerte ihre Tasse und goss sich zweifingerbreit Wein ins Glas. »Gewisse Indizien deuten darauf hin, dass das Bekenntnis zu dem Anschlag auf den Salon gefaket sein könnte.«

»Es gibt ein Bekennerschreiben?«

»Nein, darauf warten wir noch. Im Lichthof wurde der Satz *Muslime raus aus Austria* an die Wand gesprayt. Eine auffallende Formulierung. Erstens wird von diesem Täterkreis normalerweise das Wort *Moslems* verwendet, in einem solchen Zusammenhang eher *Islamisten* oder ganz einfach *Türken*. Auch dass die Rechten das internationale *Austria* für Österreich verwenden, ist definitiv ungewöhnlich. Was halten Sie davon?«

»Klingt, als wollte hier jemand reinherzige Nazis zu Sündenböcken machen.«

»Sie meinen, das trifft nicht die Falschen? Mag sein. Aber meine Aufgabe ist nicht, zu werten, sondern die Wahrheit herauszufinden.« Sie hob ihr Glas. »Auf die wir vorhin so passend getrunken haben. Und ich frage mich, ob es da einen Zusammenhang mit einem Mordfall gibt, der uns gestern bis spät in die Nacht auf den Beinen gehalten hat.« Sie lehnte sich nach vorne und senkte die Stimme. »Ein deutsch-türkischer Geschäftsmann wurde am Nachmittag ermordet auf einer

Bank am Donaukanal aufgefunden. Sie haben vermutlich davon gelesen.«

Adrian war überzeugt, dass er bleich wie der Tod geworden war. Bleich wie der tote Demirkan. Seine Kopfhaut fühlte sich taub an. Er nickte. »Folterspuren«, flüsterte er. »Unbekannte Täter. Grauenhaft. Ich habe es vorhin in der Straßenbahn überflogen.« Tatsächlich hatte er seit gestern sämtliche Online-Medien nach Berichten über Demirkan durchsucht. Eine für ihn ungewöhnliche Aktivität, sollte jemand darauf kommen, sein Handy zu überprüfen. Regelrecht erleichtert war er gewesen, als er endlich fündig wurde.

»Wir konnten es bis heute Mittag aus den Medien halten.« Neumeyer sah auf die Uhr. »Inzwischen muss die Pressekonferenz beendet sein. Höchste Zeit, dass ich wieder an die Arbeit gehe.«

Er roch den Wein in ihrem Atem, als sie die Luft ausstieß. Der Geruch vermischte sich mit dem Schokoduft ihrer Haut. »Es ist schon nach sieben. Müssen Sie wirklich zurück?«

»Sie wissen sicher aus Krimis: Wir arbeiten rund um die Uhr.«

»Sagen Sie mir wenigstens noch: Was denken Sie, worin der Zusammenhang zwischen dem Toten und dem Anschlag bestehen könnte?«

Sie zuckte mit den Schultern. »Dieselben Täter, oder das eine ist eine Racheaktion für das andere, oder, oder, oder. Ich werde es herausfinden.«

»Kompliziert.«

»Sie sagen es. Und es kann durchaus mit den Vermutungen von Frau Schattenberg beziehungsweise denen ihres Exmannes zu tun haben. Es könnte etwas aus dem Ruder gelaufen sein bei dieser dubiosen Zusammenarbeit zwischen Nazis und türkischem Geheimdienst. Falls es sie denn gibt. In unserem Nachbarland wird offenbar bereits in diese Richtung ermittelt, wie ich unter der Hand erfahren habe. Weshalb ich nochmals betonen möchte, dass der Laptop sehr wichtig wäre.«

»Bevor das Ding entwendet wurde …« Er brach ab, war drauf und dran gewesen, Neumeyer zu beichten, dass Kiki die Dateien durchstöbert hatte. Zur Hölle mit den vertrauensbildenden Maßnahmen. Nie wieder würde Kiki mit ihm sprechen, wenn man sie seinetwegen verhörte.

Und tatsächlich leuchteten Neumeyers Augen auf. »Sie hat Hinweise gefunden?«

»Nein, nichts, undurchschaubare Dateistruktur, Verschlüsselung … Sie hat einen jungen Mann gesehen, wollte ich sagen, der auch von Gästen und Kellnern des Cafés bemerkt worden ist. Vielleicht ein Helfer des türkischen Geheimdienstes. Wenn es in dem Café eine Kamera gäbe …«

Neumeyer schleckte sich einen Tropfen Wein von der Oberlippe. »Geben Sie sich keine Mühe. Wir werden Frau Bach auf jeden Fall vernehmen. Vielleicht ist ihr im Friseursalon etwas aufgefallen.«

»Bitte, lassen Sie das! Sie wüsste sofort, dass ich mit Ihnen gesprochen habe, und würde mir das nie verzeihen.«

»Sie vergessen, dass wir sie auf der Überwachungskamera des Salons –«

Neumeyers Telefon klingelte. Sie ging dran, drehte sich zum Fenster.

»Ja.« Stirnrunzelnd hörte sie zu. »Scheiße.« Hörte zu. »Bist du sicher?« Trommelte mit gestreckten Fingern auf ihren Oberschenkel. »Bin unterwegs.« Sie steckte das Handy ein, hob die Hand. »Die Rechnung bitte!«, rief sie so laut, dass sämtliche Gäste sich in ihre Richtung drehten.

»Ich übernehme das gerne«, sagte Adrian.

»Das darf ich nicht annehmen.«

»Vielleicht beim nächsten Mal?«

»Nicht, bevor dieser Fall endgültig abgeschlossen ist. Zahlen

Sie einfach Ihr eigenes Essen und gut ist.« Mit Gesten signalisierte sie der Wirtin getrennte Rechnungen. »Versäumen Sie heute Abend die Nachrichten nicht.« Sie lächelte freudlos. »Die Wahrheit wird gerade neu konfiguriert.«

17

TV-Sondersendung

(Signation)

Herzlich willkommen, meine Damen und Herren, zu dieser Sonderausgabe der *Zeit im Bild*.

Ermittlungspannen und diplomatische Verstimmungen um den gewaltsamen Tod eines deutsch-türkischen Geschäftsmannes und den Brandanschlag in einem Wiener Außenbezirk führten heute zum Rücktritt der Generaldirektorin für öffentliche Sicherheit, Martina Köhler. Noch am Nachmittag hatte sie die Medien in einer Pressekonferenz über den aktuellen Stand der Ermittlungen in einem spektakulären Mordfall informiert. *(Die Bildeinblendung im Hintergrund zeigt Köhler in Uniform mit besorgter Miene zwischen einer Frau und einem Mann hinter einem langgestreckten Pult sitzend.)*

(Sprecherwechsel)

Eine Chronologie der Ereignisse:

Jogger entdeckten gestern auf einer Bank über dem Ufer des Donaukanals die grausam zugerichtete Leiche von Emrullah Demirkan. *(Die Bildeinblendung zeigt eine Parkbank auf einer Böschung, dahinter Buschwerk, diverse Markierungen und rot-weißes Absperrband.)*

Der aus Kayseri in der Zentraltürkei stammende deutsch-türkische Doppelstaatsbürger war Mitinhaber eines Unternehmens, das in Nürnberg und Umgebung eine Kette von Handyshops betreibt, und hielt sich seit neun Tagen in Wien auf. Folterspuren am Körper, die durchschnittene Kehle des Opfers und die Präsentation der Leiche an einem öffentlichen Ort deuteten den Ermittlungsbehörden zufolge auf eine Exekution hin. Die Schlüsselfrage lautet nun: Wer hat hier mitten in Wien ein Exempel statuiert?

Die noch unter der rot-schwarzen Regierung eingesetzte Generaldirektorin für öffentliche Sicherheit, Köhler, gab die Stoßrichtung vor, die sie in der heutigen Pressekonferenz bekräftigte: Alle Indizien deuteten auf einen von ihr als Neonazis bezeichneten Täterkreis. Als entscheidenden Hinweis führte sie ein Hakenkreuz an, das auf die Jacke des Opfers gemalt worden war.

Zeitgleich informierte Köhler über einen Brandanschlag, der in der vergangenen Nacht im sechzehnten Wiener Gemeindebezirk das Geschäftslokal eines türkischen Barbiers verwüstet hat. Der Geschäftsführer des Salons, Mehmet K. *(Einblendung eines Passfotos von Mehmet)*, zuletzt von seinen Mitarbeitern am Abend vor dem Anschlag in den Büroräumen des Salons gesehen, ist spurlos verschwunden. Aufgrund der am Tatort hinterlassenen Parolen rechnet Köhler auch diesen Anschlag der neuen Rechten zu. Sie kündigte an, mit aller Schärfe gegen die rechte Szene vorzugehen.

(Einspieler der Pressekonferenz. Köhler spricht.)

Es ist unsere Pflicht, Terrorismus, gleich von welcher Seite, unmittelbar in die Schranken zu weisen und jede Form von Selbstjustiz im Keim zu ersticken. Gerade gegenüber rechten Gruppierungen haben wir zuletzt eine in meinen Augen unverdiente Nachsicht geübt.

(Sprecherwechsel)

Der türkische Präsident Erdoğan berief seinen Botschafter zum Bericht ein und verlangte internationale Sanktionen gegen

Österreich, das er als das Zentrum des Rassismus in Europa und ewigen Nazi-Staat bezeichnete.

(Einspieler: Erdoğan wütet gestenreich hinter einem Rednerpult vor enthusiasmierten Anhängern.)

In einem Fernsehauftritt kurz vor Beginn dieser Sendung forderte Erdoğan zudem österreichische Staatsbürger auf, die Türkei zu verlassen, da unter den gegebenen Umständen nicht für ihre Sicherheit garantiert werden könne. Das türkische Volk nehme antiislamische Pogrome nicht tatenlos hin.

(Sprecherwechsel)

Wie nun bekannt wurde, gab es bereits im Vorfeld gravierende Ermittlungspannen, die letztlich zu dieser bedrohlichen politischen Entwicklung beigetragen haben dürften. Bereits seit geraumer Zeit überwachen die deutschen Behörden das Mordopfer Emrullah Demirkan in Zusammenhang mit diversen Anschlägen auf türkische Einrichtungen und Geschäftslokale in mehreren deutschen Städten. Demirkan wird verdächtigt, maßgeblich in Organisation und Durchführung dieser Verbrechen verwickelt zu sein. Ob diese Anschläge auf das Konto organisierter Kriminalität – vulgo Türkenmafia – gehen oder dem türkischen Geheimdienst MIT zuzurechnen sind, der zunehmend gegen regierungskritische Landsleute im Ausland vorgeht, ist derzeit Gegenstand der Ermittlungen hier und in unserem Nachbarland.

Im Safe des Zimmers im Luxus-Hotel Bristol in der Wiener Innenstadt, wo Demirkan abgestiegen war, wurden drei Pässe sichergestellt, die auf unterschiedliche Namen lauten. Außerdem trug das Opfer eine geladene Waffe bei sich, aus der kurz zuvor eine Kugel abgefeuert worden war. Vieles scheint darauf hinzudeuten, dass es sich bei den Verbrechen um Konflikte innerhalb der türkischen Parallelgesellschaft ohne Beteiligung Dritter handelt. Da eine Ansteckung gewaltbereiter

Kreise aus anderen islamischen Communitys befürchtet wird, befinden sich die Sicherheitsbehörden in erhöhter Alarmbereitschaft.

Das Innenministerium hat eine Hotline eingerichtet, um Informationen über die Umtriebe Demirkans und seine eventuellen Opfer zu kanalisieren und Hinweise auf den Aufenthaltsort von Mehmet K. zu sammeln. K. wird zudem dringend aufgefordert, sich als Zeuge zu melden.

(Einblendung einer Telefonnummer)

(Sprecherwechsel)

Der Politologe und Motivforscher Anton Wirnsberger von der University of Edinburgh äußert den Verdacht, dass in beiden Kriminalfällen maßgebliche Beweise aus ideologischen Gründen falsch gewichtet und interpretiert wurden.

(Einspieler. Ein selbstzufrieden lächelnder Endfünfziger sitzt vor einer Bücherwand.)

Meiner Einschätzung nach handelt es sich hier um ein besonders offensichtliches Beispiel politischen Framings. In einfachen Worten: Hier werden Taten nach Gutdünken einer missliebigen Personengruppe untergeschoben. Ob das aufgrund eines Bias, einer Voreingenommenheit unbewusst geschieht oder mit Absicht, lässt sich von hier aus freilich nicht diagnostizieren.

Fakt ist: Sowohl das Hakenkreuz als auch die vorgeblich rechtsextremen Schmierereien am Tatort des Brandanschlages stammen mit an Sicherheit grenzender Wahrscheinlichkeit nicht aus dem dadurch inkriminierten Umfeld.

(Einblendung zweier Hakenkreuze. Links eine Nazifahne, rechts ein bräunliches Schmierwerk auf schwarzem Leder.)

Wie Sie sehen, deuten die Arme der Swastika des Dritten Reiches nach rechts, während das Hakenkreuz auf der Jacke des Toten nach links geöffnet ist. Vergleichbare Fehler sind den Tätern bei dem vorgeblichen Bekenntnis am Tatort des Brandanschlages unterlaufen.

(Der auf eine Hauswand gesprayte Satz Muslime raus aus Austria *wird eingeblendet.)*

Sowohl das Wort Muslime als auch das Wort Austria sind meiner jahrzehntelangen Erfahrung nach im national gesinnten Umfeld nicht gebräuchlich. Diese Diskrepanzen, man könnte auch sagen: Unstimmigkeiten verweisen a) eindeutig darauf, dass wir es in beiden Fällen mit denselben Tätern zu tun haben, und deuten b) auf mit den Gepflogenheiten der inkriminierten Personengruppe nicht eingehend vertraute Täter hin, die ihre Delikte zu verschleiern trachten, indem sie andere, in diesem Fall national gesinnte Österreicher diskreditieren. Meine diesbezüglichen Bedenken habe ich heute im Rahmen eines amikalen Telefonats auch dem österreichischen Innenminister zur Kenntnis gebracht.

(Sprecherwechsel)

Der Innenminister sieht sich durch den Experten in seiner Einschätzung der Vorgänge bestätigt und ordnete die Neuaufstellung und Aufstockung des Ermittlungsteams an. Er versprach rückhaltlose Aufklärung der Ermittlungspannen.

Die Generaldirektorin für öffentliche Sicherheit, Martina Köhler, stellte sich daraufhin vor ihre Mitarbeiter. Sie selbst habe sich bei der Interpretation der Ermittlungsergebnisse eingebracht und diese nach bestem Wissen und Gewissen angeleitet und kommuniziert. Sie bot dem Innenminister ihren Rücktritt an, den dieser mit sofortiger Wirkung akzeptierte.

Wir haben den Innenminister um eine Stellungnahme gebeten. Das Gespräch wurde aus terminlichen Gründen vor der Sendung aufgezeichnet.

(Der Innenminister sitzt hinter einem staatstragend dekorierten Schreibtisch, die Stirn über der metallgerahmten Brille in Falten gelegt.)

Moderator: Guten Abend, Herr Innenminister!

Minister: Guten Abend, Herr Schäfer!

Moderator: Müssen wir nach den jüngsten Anschlägen mit der gewalttätigen Austragung innertürkischer Konflikte auf österreichischem Boden rechnen?

Minister: Gestatten Sie mir, dass ich zunächst unseren Bürgern und Bürgerinnen versichere, dass ihre Sorgen und Nöte an oberster Stelle stehen und wir alles tun und weiterhin tun werden, um diesen verabscheuungswürdigen Terror im Keim zu ersticken! Eine grausam abgeschlachtete Leiche auf einer Grünfläche, die unseren Wienern und Wienerinnen zur Erholung dienen soll. Ein Brandanschlag in einem Wohngebiet. Es scheint, als müssten wir unseren ausländischen Gästen noch deutlicher als bisher klarmachen, dass derartige Gewaltexzesse in unserer Heimat nicht geduldet werden.

Vergessen Sie bitte nicht: Während in den letzten Jahren viele christliche Länder lernen mussten, mit islamistisch motivierten Anschlägen auf die eingesessene Bevölkerung umzugehen, ist unser Land bis heute von dieser Bedrohung weitgehend verschont geblieben. Auch diese Schandtaten, so bedauerlich sie sind, haben glücklicherweise keinen Bürger, keine Bürgerin unseres Landes in Mitleidenschaft gezogen, sieht man von dem verständlichen Schrecken einmal ab.

Moderator: Können Sie also ausschließen, dass hier eine Spirale der Gewalt in Gang gesetzt wurde?

Minister: Was ich versprechen kann, ist, dass ich und meine Regierungskollegen alle erforderlichen Maßnahmen ergreifen, um den Zustand der Harmonie, der unserem Volkscharakter eigen ist, nach diesen Verbrechen wiederherzustellen und die Täter dingfest zu machen. Alle Sicherheitsvorkehrungen, darunter die Überwachung im öffentlichen Raum, wurden mit sofortiger Wirkung verschärft. Die mit den Ermittlungen betraute Sonderkommission wird durch höchstqualifizierte Beamte auf das Doppelte aufgestockt. Der Zugang zu sämtlichen Moscheen und Bethäusern unterliegt bis auf Widerruf Ausweiskontrollen und kann nur nach namentlicher Registrierung erfolgen.

Moderator: Vertreter der Opposition sehen durch diese Maßnahmen die Religionsfreiheit gefährdet. Was antworten Sie diesen Bedenkenträgern?

Minister: Jedem bleibt es unbenommen, sich im Privaten zu seiner Religion zu bekennen. Ein Anspruch auf öffentliches Ausleben des Glaubens besteht hingegen nicht. Wenn es um die Sicherheit unseres Vaterlandes und seiner Menschen geht, müssen individuelle Rechte unter Umständen zeitweise zurückstehen. In zahlreichen Gesprächen und in den sozialen Medien haben besorgte Bürger und Bürgerinnen mir ihr Verständnis für diese Vorkehrungen ausgedrückt und sogar ausdrücklich darum gebeten. Das österreichische Volk ist unser Maßstab und unser Auftraggeber, nur seinen Wünschen sind wir verpflichtet. Wir sind ein friedliches Volk. Wer den Frieden bricht, kann nicht mit Privilegien rechnen.

Moderator: Viele Menschen fragen sich: Was kann ich persönlich tun? Wie gehe ich mit meiner Angst um? Müssen wir auch in Österreich mit Terroranschlägen rechnen, da – wie Sie ja selbst sagen – der Friede gebrochen ist?

Minister: Ich sehe hier auch die Medien aufgerufen, keine Panik zu schüren und die Kirche im Dorf zu lassen. Womit haben wir es zu tun? Mit einem Brandanschlag auf ein Geschäftslokal, bei dem derzeitigen Erkenntnissen zufolge kein Personenschaden entstanden ist. Und mit dem Tod eines Mannes, von dem wir noch nicht mit letzter Sicherheit sagen können, ob er ein Angehöriger der türkischen Mafia oder ein Mitarbeiter des türkischen Geheimdienstes war.

Wir dürfen uns den öffentlichen Raum nicht von Terroristen streitig machen lassen, denn damit geben wir ihnen genau das, was sie wollen. Mit Mut und Standhaftigkeit müssen wir den Herausforderungen entgegentreten, mit Nachsicht und Geduld unsere muslimischen Gäste beobachten und sie energisch anleiten, sich in unsere Leitkultur zu integrieren. Wachsamkeit, meine lieben Landsleute, ist von nun an Bürgerpflicht!

Moderator: Mit dem Rücktritt der Direktorin für öffentliche Sicherheit, Martina Köhler, nimmt die letzte Spitzenbeamtin aus der sozialdemokratischen Ära ihren Abschied. Wie froh sind Sie über diese Entwicklung?

Minister: Ich verwahre mich auf das Schärfste gegen die Unterstellung, dass parteipolitische Erwägungen in einer Krise für uns entscheidungsrelevant sind. Frau Köhler ist aus eigenem Antrieb zurückgetreten, und ich möchte ihr an dieser Stelle meinen Respekt dafür aussprechen, dass sie die volle Verantwortung für die fehlgeleiteten Ermittlungen übernommen hat. Anders als viele ihrer Parteikollegen hat sie den Anstand besessen, zuzugeben, dass ihre ideologisch gefärbte Brille ihr Urteilsvermögen maßgeblich beeinträchtigt hat. Sie hätte die Tatsache berücksichtigen müssen, dass seit dem Antritt dieser Regierung keinerlei Aggressionen von rechtsnationaler Seite zu verzeichnen waren. Warum? Weil wir die Sorgen unserer Landsleute immer ernst genommen und entsprechende Maßnahmen ergriffen haben. Sie *(er deutet mit dem Zeigefinger in die Kamera)* haben uns durch Ihr Vertrauen bei den letzten Wahlen den Auftrag erteilt, das österreichische Volk zu schützen, und wir setzen mit Erfolg all unsere Kraft darein, dieses Vertrauen zu rechtfertigen.

Moderator: Lassen Sie mich zum Schluss fragen: Gibt es bereits neue Ermittlungsergebnisse? Ist man den Tätern auf der Spur?

Minister: Ich bitte um Verständnis, dass ich den Sicherheitsbehörden diesbezüglich nicht vorgreifen will. Nur so viel:

Die neue Einsatzleitung steht kurz vor einem entscheidenden Durchbruch. – Lassen Sie mich noch eines loswerden:

Im Interesse der öffentlichen Ordnung appelliere ich an jeden Einzelnen: Bewahren Sie Besonnenheit! Wir Österreicher sind für unsere gemütliche Lebensart bekannt. Nehmen Sie den Terror einer verbrecherischen Minderheit nicht zum Anlass für Ausschreitungen oder gar Gewalt gegenüber der muslimischen Einwohnerschaft im Allgemeinen. Bedenken wir: Nicht hinter jedem Salafistenbart, hinter jedem Kopftuch steckt ein Islamist oder eine Islamistin.

An alle muslimischen Mitbürger, die in Österreich ihre zweite Heimat sehen oder gar Staatsbürger unseres Landes werden durften, richte ich die dringende Bitte, zur Aufklärung islamistischer Straftaten beizutragen und sich so unserer Gastfreundschaft würdig zu erweisen. Wie einfach wäre es, sich als Zeichen des guten Willens beispielsweise hiesigen Kleidungsgewohnheiten und Haartrachten anzupassen. Zeigen Sie uns, dass Sie dazugehören!

Auch der sogenannten Antifa-Bewegung, die derzeit alles daransetzt, durch verbale Aggressionen in den sozialen Medien die Stimmung aufzuheizen, stelle ich die Rute ins Fenster. Es wird Ihnen nicht gelingen, unser friedliches Land in den Kreislauf linker Gewalt zu ziehen. Treten Sie einige Schritte zurück und geben Sie dem Wandel eine Chance! Gemeinsam wird es uns schneller gelingen, Österreich von den massiven globalen Bedrohungen zu befreien und fit für eine glänzende Zukunft zu machen. Wir werden uns auf diesem Weg nicht aufhalten lassen!

18

Kiki

Du hast ihr alles gesagt. Alles, was er ihr ohnehin schon verraten hatte, und noch mehr. Alles, woran du dich erinnern kannst, was du auf Cans Computer gesehen und gelesen und wie du es gefunden hast. Denn es gibt keinen Grund mehr, Mehmet zu schützen. Er ist weg, verschwunden auf seinem fliegenden Teppich. Du hast ihr gesagt, dass du glaubst, er hätte Can aus Eifersucht getötet, und dass das zu der Inszenierung seines Todes passen würde. Inszenierung. Ein Wort, das man öfter verwenden sollte, weil es einem das Gefühl gibt, die Dinge zu durchschauen.

Du hast ihr erzählt, dass Zeugen gesehen haben, wie der Laptop gestohlen wurde, und ihr die Liste gegeben, die einer dieser Zeugen angefertigt hat, als du zu durcheinander warst, um an so etwas zu denken.

Du hast ihr gesagt, dass du alles gesagt hast.

Du hast nicht nach einem Anwalt verlangt, volle Kooperation. Was will sie noch? Schaut dich an, als wüsste sie, dass du etwas verschweigst. Doch da ist nichts, alles weg. Versteckt, wo du es selbst nicht finden kannst. Nie passiert. Wie so vieles, was dir passiert ist.

Du lächelst und sie lächelt und du weißt, dass sie weiß, dass du weißt, dass sie gut ist. Kompetent. Und darum weiß, dass es immer mehr gibt als alles, was man weiß. Das, was man nicht weiß. Das, was man fühlt. Das, was nur im Traum herauskommt oder mit Gewalt. Das, was man vergräbt in den Ritzen, um es zu vergessen.

Du musst ihr etwas liefern.

Vielleicht die SMS. *BRAVO, KIKI! Pass auf dich auf!*, hat er geschrieben. Du zeigst ihr das Handy, sagst ihr, wie du dich über das Lob gefreut hast, weil du doch sonst so viel Scheiße baust. Verschweigst ihr, wie sehr du ihn jetzt hasst, weil er dich ihr ausgeliefert hat. Erzählst ihr, wie du aus dem Klo im Kaffeehaus geschwebt bist und gedacht hast: *Man kann nur schweben, wenn man ganz eins ist mit sich.* Und dann die Demütigung, der tiefe Fall, die Katastrophe, die dir klargemacht hat, dass du es nicht draufhast.

Du tust, als würdest du ihr die Kehle bieten und unterwürfig hoffen, dass sie nicht zubeißt. Eine Inszenierung. Es ist heikel. Selbsterniedrigung muss genau dosiert sein, um das Gegenüber zu überzeugen und einen trotzdem nicht selbst in die Tiefe zu reißen, auf deren Grund einem nichts mehr etwas bedeutet. Olga braucht dich.

»Was denken Sie, wer Mehmets Laden in die Luft gejagt hat?« Sie sagt jetzt Mehmet und nicht mehr Herr Kaya, bleibt ganz nah bei dir, in deiner Welt. Sie ist gut.

Du hebst die Schultern, umarmst dich selbst und lässt wieder los, öffnest dich ganz, machst Wangen und Kiefermuskeln weich. Eine Inszenierung. »Vielleicht war er es selbst? Vielleicht ist ihm aufgegangen, dass man Hinweise finden würde auf dem Computer. Für seine Beziehung mit Can. Dass er sich selbst verdächtig gemacht hat, statt die Schuld abzuwälzen auf die Politik. MIT. Nazis. Was ich ihm angeboten habe als Ausweg.«

»Und hat die Brandstiftung dann ebenfalls auf die Rechten abgewälzt. Klingt plausibel. Und was ist mit dem Toten am Donaukanal?«

Nur weil du gelernt hast, von innen heraus zu erstarren, zuckst du nicht zusammen. Den Schreck in den Augen, den kriegt man nicht weg, und den hat sie gesehen. Du legst deine Hände in den Schoß, weil sie zittern. »Was für ein – Toter?«

Auch deine Stimme zittert, doch es geht um einen Toten, da darf das sein. Solange du den Blick nicht senkst, ihr fragend in die Augen schaust und ihn in dir nicht findest, diesen Toten. Alle Toten gut versteckt.

Sie scheuert mit den Handflächen über ihre Oberschenkel. »Der türkische Spion – ja, höchstwahrscheinlich ist er das –, der mit durchschnittener Kehle am Ufer des Donaukanals auf einer Bank sitzend gefunden wurde.«

Irgendetwas hat sie, nichts Konkretes wie Fingerabdrücke oder deine DNA, aber es muss einen Grund geben, warum sie dir das so hinschmeißt. Sie stochert mit einem Zweig in ein Astloch, in dem sie Asseln rascheln hört.

»Der mit dem …« Du verschluckst dich fast an deiner Zunge, weil um ein Haar.

»Der mit dem was?«, fragt die Chefinspektorin.

»Der mit dem Hakenkreuz auf der Jacke.« Davon haben sie im Fernsehen gesprochen, aber nicht davon, dass es mit Blut gemalt war, wie dir um ein Haar herausgerutscht wäre. Weil sie dich von der Inszenierung in die Identifikation gelockt hat. Um ein Haar. Wenn schon Identifikation, dann musst du dich mit ihr identifizieren und nicht mit den Asseln.

Sie ist gut. Aber du bist heute auch gut. Sei dir bloß nicht wieder zu sicher, dummes Stück!

»Ja, der«, sagt sie. »Mit dem falsch drehenden Hakenkreuz. Ich muss ja zugeben, dass ich es selbst so gemacht hätte, ganz automatisch, mit den Armen in die falsche Richtung. Wie würden Sie ein Hakenkreuz zeichnen?«

Endlich tief Luft holen und seufzen tut gut. Blick senken. »Ich würde kein Hakenkreuz zeichnen. Mein Opa war in Mauthausen. KZ.«

»Ihr Großvater war Jude?«

»Er war Kommunist.« Könnte sein. Warum soll ein Bauer kein Kommunist sein können. Gerade die Bauern. Oder nur in China? Im Krieg gestorben ist er jedenfalls, irgendwo. Das wird sie jetzt wohl nicht überprüfen. »Und schwul.«

Too much. Reiß dich zusammen, dummes Stück, sonst versaust du doch noch alles! Sie schaut schon so schräg.

»Hm.«

Du siehst aus dem Fenster, denkst an deinen nicht im KZ verhungerten und ziemlich sicher auch nicht schwulen Opa mit den sechs Kindern daheim, siehst vor dir, wie er bis auf die Knochen abgemagert in zerschlissener Kleidung hätte Steine schleppen müssen bis zum Umfallen. Wenn er dort gelandet wäre. Und irgendwann tot zusammenbrechen. Allein, unbeweint. Du schluchzt nicht laut, lässt nur still die Tränen fließen. So viele hat es damals erwischt, um die niemand mehr weint. Denen schenkst du deine Tränen.

»Wir haben«, sagt Neumeyer, und Handflächen schaben über Jeansstoff, »DNA-Spuren auf der Jacke des Toten gefunden.«

Tränen weggeschockt. Du siehst sie an. »Von wem?«

Sie spitzt die Lippen, wartet. Dass du zusammenbrichst und selbst etwas sagst, alles zugibst. Ein Scharren und Klacken von der anderen Seite. Eine Taube ist auf dem Fensterbrett gelandet. Sie sieht dich an und nickt.

»Von Can Toprak«, sagt Neumeyer.

Du legst den Kopf schief und weißt, dass du sie jetzt selbst wie ein Vogel aus leeren Knopfaugen anstarrst, gebannt, weil die Gefahr sich wie eine Tsunamiwelle vor dir aufbaut. Gleich wird sie fragen, woher er die Jacke hat, und du wirst nicht überzeugend lügen können, weil diese Frage den Toten aus seiner Ritze angelt.

Du schüttelst den Kopf, wild. »Das ergibt keinen Sinn.«

Es sickert. Und dann dieses Kitzeln im Hals, ein fast unwiderstehlicher Lachreiz. Doch Lachen ist ein Zeichen von Erleichterung, und Erleichterung verrät Schuldgefühl. Also nicht lachen. Obwohl. Aufatmen. Weil sie offenbar glaubt, dass es Demirkans Jacke ist.

»Es ist also wahr: Dieser Spion hat Can umgebracht. John le Carré-mäßig. Weil er die Wahrheit herausgefunden hatte. Es gibt sie also wirklich, diese Kooperation mit den Nazis.«

Neumeyer schnalzt mit der Zunge und klatscht in die Hände, lächelt. »So könnte es gewesen sein. Aber die offizielle Version, von ganz oben abgesegnet, lautet seit heute folgendermaßen …« Sie legt die Handflächen auf die Schenkel, scheuert noch nicht, drückt. »Die genetischen Spuren beweisen, dass der unter dem Namen Emrullah Demirkan auftretende mutmaßliche türkische Agent engen körperlichen Kontakt mit dem Aufdeckungsjournalisten Can Toprak gepflegt hat.« Sie spricht durch geschlossene Zahnreihen, scheuert einmal hin, einmal her. »Da muss man nach Lage der Dinge wohl davon ausgehen, dass die etwas miteinander hatten. Zumal sich Topraks Körperzellen nicht nur außen, sondern auch im Futter der Jacke finden. Toprak war zuletzt auch sehr häufig in Deutschland unterwegs.«

»Halt!« Fingerknöchel an die Schläfen pressen. Demirkan, der Olga gefoltert und dich um ein Haar erschossen hätte, war auch Cans Geliebter? »Ich will das nur kapieren.« Einmal mit dem Handballen gegen die Stirn, alles zurechtschütteln.

»Ja, er hat es ganz schön wild getrieben, der Herr Journalist«, mischt sich, zum ersten Mal seit du hier bist, Neumeyers Kollege ein. Er ist so grau von Kopf bis Fuß, dass du ihn ganz vergessen hast.

»Der Beweis für die Affäre ist die Jacke?«, fragst du. Die Jacke, die du von ganz hinten aus Olgas Schrank gezogen und dem toten Demirkan übergezogen hast.

»Und die Deutschlandreisen«, sagt die Chefinspektorin. »Mehrmals Nürnberg, wo Demirkan gelebt hat. Die Reisen können natürlich tatsächlich Recherchen gedient haben. Das schließt sich ja nicht aus. Seine abgetragene Lieblingslederjacke tauscht man aber nicht mit jedem Dahergelaufenen, da werden Sie mir sicher zustimmen.«

Du willst nicht zustimmen, alles sträubt sich. »Bleibt mir wohl nichts anderes übrig. Und Sie glauben, Mehmet ist hinter den Betrug gekommen? Aus Eifersucht hat er zuerst Can und dann den Rivalen gekillt und danach seinen Laden in die Luft gejagt, um unterzutauchen?«

»Glauben«, sagt Neumeyer, als hätte sie das Wort noch nie gehört. »Es ist die einfachste logische Lösung. Ockhams Rasiermesser, haben Sie sicher schon gehört.«

»Shakespeare?«, fragst du.

Sie zuckt die Schultern. »Vielleicht.«

»Prinzip der Sparsamkeit«, steuert der Kollege bei. »Lernt man in der Fortbildung. Wenn es quakt wie eine Ente und watschelt, dann ist es eine Ente.«

Enten und Rasiermesser. Du kennst dich noch immer nicht aus, weißt nur eines: So logisch es auch scheinen mag – Mehmet ist nicht Demirkans Mörder. Wenn er also nicht watschelt, dann quakt er womöglich auch nicht und hat demnach Can auch nicht auf dem Gewissen.

»Lassen Sie das!«, ruft Neumeyer und schlägt ihren Handballen gegen ihre Stirn. Äfft dich nach.

Du richtest dich auf und atmest in dein Hirn, irgendwie muss da Luft rein oder Blut oder beides. »Damit ist die Theorie von der Zusammenarbeit zwischen MIT und Neonazis vom Tisch?«, fragst du.

»Nicht zwangsläufig«, widerspricht Neumeyer. »Sie hat nur nichts mit Topraks Tod zu tun. Der Fall Toprak ist aus unserer Sicht erfolgreich abgeschlossen.«

»Die Öffentlichkeit kann aufatmen«, steuert der Graue bei. »Kein Terror, keine Nazis, keine Geheimagenten, nur ein paar schwule Türken.«

Das hätte von dir sein können. Zum ersten Mal schaust du ihn an. Er grinst.

Eines ist auffällig. »Warum erzählen Sie mir das alles?«, fragst du Neumeyer.

»Erstens: weil ich gerade völlig entspannt bin und in einer Stunde zum ersten Mal seit sechs Tagen pünktlich nach Hause gehen kann. Zweitens: weil Sie es spätestens morgen in den Nachrichten hören oder lesen werden. Und drittens …« Sie bricht ab, schürzt die Lippen, reibt sich die Schenkel.

»Die Kollegin hat ein Problem mit einer offenen Frage, die Sie ja gerade selbst schon gestellt haben.«

Neumeyer klatscht. »Also. Drittens: Sollten Sie durch irgendeinen Zufall wieder in den Besitz von Topraks Laptop kommen …« Sie wirft ihrem Kollegen einen Blick zu und der nickt. »… wäre es sinnlos, uns den Computer zu geben. Der Fall ist, wie gesagt, abgeschlossen – zur vollen Zufriedenheit aller, und das schließt unseren Innenminister ein.«

Sie hat langsam gesprochen und jedes Wort betont und jetzt schaut sie dich an, als wollte sie dich hypnotisieren oder als wärst du schwer von Begriff.

»Wer sich jedoch mit Sicherheit für Topraks Recherchen bezüglich MIT und Neonazis interessieren würde, sind die Medien, sein ehemaliges Stammmagazin zum Beispiel. Wenn Sie verstehen, was ich meine.«

»Ja«, sagst du. »Ja, ich verstehe. Aber ich weiß wirklich nicht, wo er ist. Leider.«

»Ein Jammer.« Sie seufzt. »Wie auch immer. Grüßen Sie Ihren Freund von mir.«

»Welchen Freund? Adrian ist nicht mein Freund.«

»Grüßen Sie ihn trotzdem.«

19

Adrian

Gerade noch hatte er seinem Spiegelbild das Kinn entgegengereckt, um die Barthaare am Hals zu stutzen, und jetzt zog sich eine Schneise links bis zur Unterlippe. Ein Impuls aus heiterem Himmel. Seit wann gab er spontan derartigen Eingebungen nach? Nun, da es zu spät war, galt es allerdings, sich den Weg zu Halbheiten abzuschneiden. Er spannte die Oberlippe und mähte von beiden Mundwinkeln zur Nase hin.

Über fünfzehn Jahre Vollbart und nun eben nicht mehr. Wenn er es recht bedachte, hatte es ihn schon seit Tagen gejuckt, nicht metaphorisch, sondern als wollte seine Haut den Pelz nicht länger dulden. Das Ende seiner Bartzeit lag in der Luft wie damals ihr Beginn aus der Teilnahmslosigkeit heraus, die ihn nach Kikis Verurteilung erfasst hatte. Aufbruch war angesagt.

Die Wangen, erst links, dann rechts, und bloß nicht auf das Ganze sehen, auf das Gesicht darunter. Das Kinn bis fast zur Mitte und jetzt doch ein frontaler Blick in den Spiegel. Er musste lachen, kappte links ein bisschen und begradigte rechts, bis nur noch ein schmaler Streifen die mittige Senke in seinem Kinn hinauf und von der Oberlippe bis zur Nase lief, sein Gesicht in zwei Hälften trennte. Ein Eindruck, der durch die gerade Nase und die senkrechte Falte darüber perfektioniert wurde. Gespaltene Persönlichkeit, links der Captain, Adrian rechts. Oder umgekehrt? Sie sahen sich verdammt ähnlich, die beiden. Gutaussehende Kerle, alles in allem. Doch: Der rechte eine Spur hagerer, das Auge etwas schmäler – der Captain. Das einseitig verwegene Lächeln wollte noch geübt werden.

Seit der Pubertät hatte er sich nicht mehr so ausführlich mit seinem Spiegelbild beschäftigt, und wie damals sprossen ein paar Pickel. Die Falten hingegen waren neu, und sein Kiefer kam ihm kantiger vor. Er quetschte drei Eiterbläschen aus. Der Bartstreifen konnte auch nicht so bleiben, zu extravagant für die Trauerarbeit. Sekundenlang verharrte er mit glattrasiertem Kinn, sah die Halsschlagader pochen und Grauen in seine Augen filtern, bevor er sich den Hitler von der Oberlippe hobelte.

Erst der schwarze Bart und jetzt diese Blässe seit Jahren unbesonnter Haut auf der unteren Hälfte seines Gesichts. Was Olga wohl sagen würde, wenn er sie derart verändert aus dem Spital abholte? Ob sie seinen Bart gemocht hatte, ob sie Bärte überhaupt mochte, wusste er nicht. Immerhin hatte Can einen gehabt.

Würde Chefinspektorin Marion Neumeyer ihn erkennen, falls er sie je wiedersah? Er bedauerte, nie eine Frau gefragt zu haben, ob es angenehm kribbelte oder doch kratzte, wenn er den Bart zwischen ihre Brüste grub.

Das Rasierwasser hatte über die Jahre den ursprünglichen Duft verloren und erfrischte kaum die Haut.

Selbst in der schattigen Seitengasse – weit und breit kein Baum in Sicht – nahm er den Frühling wahr, sobald er aus dem Haus trat. Ein warmer Westwind blies die letzten Reste des Winters aus den Straßen. Er knöpfte den Mantel auf und beschloss, den Weg durch den Park zu nehmen.

Der libanesische Lebensmittelhändler am Eck und sein Sohn waren damit beschäftigt, einen Tisch mit umgestürzten Obstkisten wieder aufzustellen. Krautköpfe, Zitronen und Granatäpfel rollten über den Gehsteig. Eine Orange lag zermatscht auf der Straße.

»Ist der Wind so stark?«, fragte Adrian und bückte sich, um Granatäpfel in eine Kiste zu sammeln.

»Wind am Arsch«, schimpfte der Sohn. »Dreckschweine!«

»Gehen vorbei und treten um, Arschlöcher«, zeterte der Händler und rüttelte an einem losen Tischbein. »Türkische Lokal sie haben Scheibe eingeschmissen.« Er wedelte mit der Hand in die Richtung.

Adrian schüttelte den Kopf. »Das tut mir leid! Was ist da los?«

Da er keine Antwort erhielt, stellte er die Kiste ab und ging weiter. Als er die Straße überqueren wollte, ertönte nur wenige Meter entfernt plötzlich ein Martinshorn, und ein Mannschaftswagen der Polizei drängte sich an der ausweichenden Autoschlange vorbei. Die Frühlingsluft wirbelte heute anscheinend einiges auf.

Wildes Gezwitscher auch von den Spatzen im Park. Die zartgrünen Röllchen von gestern waren zu Blätterbüscheln aufgeplatzt, die wie Neonsignale über dem Asphalt leuchteten. Er lächelte einer jungen Frau zu, die am Rand der Sandkiste saß und zwei winzige Mädchen beim Buddeln beobachtete. Sie lächelte sogar zurück.

Er zog das Telefon aus der Brusttasche und wählte Neumeyers Nummer.

»Hallo, Mustafa!« Ein junger Mann im Sakko über Hemd und Pulli trat ihm in den Weg.

Hatte der ihn eben Mustafa genannt? Er legte auf, ohne dass Neumeyer sich gemeldet hätte. »Bitte?«

»Das ist definitiv einer«, meldete sich ein anderer Mann von der Seite. Er saß mit einem Dritten auf einer Parkbank, stand jetzt auf und schlenderte auf ihn zu. »Weißt du auch, woher ich das weiß?«

Adrian fühlte, wie sich zuerst die Härchen in seinem Nacken und dann am ganzen Körper aufstellten. »Woher Sie was wissen? Worum geht es überhaupt?« Obwohl die drei aussahen wie Büroangestellte und bis auf das ungefragte Du-Wort nicht unfreundlich wirkten, kroch ihm Angst das Rückgrat hinauf.

Der erste Mann legte ihm eine Hand auf die Schulter und grinste. »Ganz ruhig, Mann! Wir wollen dir nur gratulieren, uns bei dir bedanken, weil du es kapiert hast. Bist ein braver Türke.«

»Türke?« Er kam sich vor, als wäre er mitten in einen Film hineingeplatzt, dessen Zusammenhänge er nicht ansatzweise verstand.

»Ist okay«, sagte der Zweite ihm in den Nacken, legte ihm von hinten seine Rechte auf die andere Schulter, klopfte. »Bart ab ist ein guter Schritt. Wer sich der Leitkultur anpasst, dem soll nichts passieren. Wir sind ja keine Unmenschen, oder, Bernie?«

»Sind wir nicht«, stimmte der Mann vor ihm zu. Eine Narbe zog sich schräg über seine linke Gesichtshälfte. »Bist auch schon fast wie einer von uns angezogen.« Er tätschelte seine Wange und legte ihm dann wieder die Hand auf die Schulter.

Erstarrt dachte Adrian an Demirkan. Wie er Olga behandelt hatte. Die gleiche herablassende Bösartigkeit.

»Bis auf die spitzen Schuhe, die sind schon noch so fancy türkenmäßig. Die sollte er vielleicht lieber ausziehen, oder, Bernie?«

Er schüttelte die Lähmung ab und mit ihr die fremden Hände. Rasch trat er einen Schritt zur Seite. »Was zum Teufel soll der Scheiß? Ich habe nicht die geringste Ahnung, worum es geht.«

Der Dritte stand von der Bank auf, lächelte. Eine kurze Narbe spaltete schräg sein Kinn. »Keine Sorge, wirklich! Was die Kollegen dir zu erklären versuchen: Wir freuen uns über jeden Einzelnen von euch, der das Kopftuch ablegt oder den Bart abrasiert. Super Idee vom Innenminister. Erkennt man gleich, wer Integration wirklich will. Aber jede Maßnahme braucht Kontrolle, und dafür sind wir –«

»Ich bin kein Türke.«

»Red keinen Quatsch, Mann! Sieht doch ein Blinder, dass du dir gerade den Bart entfernt hast. Alles gut! Wir wollen das ermutigen. Kannst du deinen Freunden erzählen. Wer sich selbst vom Islamismus befreit, hat nichts zu befürchten. Ein paar Tage geben wir euch noch Zeit. Dann …«

Adrian sah sich nach Hilfe um. Quer über die Wiese standen einige Leute und schauten herüber. Zwei von ihnen filmten mit dem Handy. Er fing den Blick der jungen Mutter auf. Sie deutete auf ihr Telefon und hob den Daumen.

»Was ist dann?«, fragte Adrian.

»Dann helfen wir beim Rasieren«, sagte der dritte Mann freundlich. »Der Ziegenficker soll wissen, dass er sich mit uns nicht anlegen darf.«

»Ich bin kein Türke.«

»Red keinen Quatsch!«, wiederholte Bernie. »Schwarze Haare, dunkle Augen, Bart ab, klar bist du einer. Wie ein Afghane schaust du nicht aus. Oder Araber? Auch egal. Für uns ist ein Islamer so gut wie der andere.«

Adrian schüttelte langsam den Kopf. Er fühlte sich mit einem Mal ganz ruhig. Der Captain übernahm das Ruder. »Ich werde jetzt gehen.«

»Ist in Ordnung.« Der Dritte nickte ihm zu. »Aber sag's deinen Brüdern in Mohammed weiter, okay!«

»Nein«, erwiderte Adrian. »Mach ich nicht. Und übrigens: Ich bin Jude.«

»Kein Quatsch?«, fragte Bernie.

Der Dritte nickte wissend. »Ach deshalb. Semitisch jedenfalls. Ball flach halten, kann für dich auch nicht schaden.«

Adrian ließ die Männer stehen und marschierte ganz automatisch zurück in die Richtung, aus der er gekommen war. Als könnte er so die Zeit zurückdrehen, die Begegnung ungeschehen machen.

Was ging hier vor? Und warum bezeichnete er sich mit einem Mal als Jude, wo er doch mit Gott rein gar nichts am Hut hatte? Offiziell war er nicht mal Jude, seine Mutter war katholisch. Trotzdem hatte es ihn zu diesem Bekenntnis gedrängt.

»Alles okay?«, flüsterte die junge Frau, als er auf ihrer Höhe war. »Ich habe die Polizei angerufen, aber die sagen, es kann dauern? Sie sind schon der Dritte, den die Typen aufgehalten haben? Noch ein Rasierter und einer mit Bart. Es geht echt bergab?«

»Aber warum? Was soll das jetzt plötzlich?«

»Schauen Sie keine Nachrichten?«

»Selten.«

»Die Türkei hat gestern sechs Leute von unserer Botschaft wegen Spionage eingesperrt? Der Innenminister hat daraufhin noch einmal alle Austrotürken aufgefordert, ihre Solidarität mit dem Gastland zu zeigen? Indem sie sich die Bärte abrasieren und die Kopftücher ablegen?« Sie sah ihn fragend an.

Er zuckte die Schultern, schüttelte den Kopf.

»Nicht in den Mund!« Die Frau zog das blonde Mädchen am Arm zu sich her, wischte ihr mit einem Taschentuch den Sand aus dem Mund, gab ihr zu trinken und einen Kuss auf die Stirn. »Die Leute von der Botschaft sind praktisch türkische Geiseln? Bis der Mörder von diesem Toten am Kanal ausgeliefert wird? Die Türken glauben nämlich, dass es nicht dieser hübsche Friseur war, sondern Nazis.«

Endlich ein Punkt, dachte er, obwohl es ihn wunderte, dass ausgerechnet dieser Schluss außer Frage stehen sollte.

Die Frau verdrehte die Augen in Richtung der drei Männer, die ihrerseits zu ihnen herübersahen. »*Neue Rechte* meine ich, heißen ja nicht mehr Nazis. Vielleicht sollte ich auch besser zusammenpacken? Ist ja gruselig hier mit diesen Typen?«

Alles wegen Demirkan. Der musste wichtiger sein, als es zunächst den Anschein gehabt hatte. Oder sein Tod lieferte dem türkischen Präsidenten lediglich einen Vorwand für Säbelgerassel. Besser als zu denken, es wäre ihre Schuld – seine, Olgas und Kikis. Hätte Olga Demirkan nicht umgefahren und Kiki ihm nicht die Kehle durchgeschnitten ... dann wären sie jetzt vermutlich tot. Was immerhin kaum eine politische Krise ausgelöst hätte. Doch selbst wenn Demirkans Tod in der Situation die beste Lösung gewesen wäre, hätten sie den Gang der Ereignisse womöglich noch aufhalten können, indem sie die Konsequenzen ihrer Handlungen getragen hätten, statt sich der Leiche zu entledigen.

Breitbeinig spazierten zwei Streifenpolizisten den Weg entlang, auf dem er den Park betreten hatte. Sie hielten die Arme abgespreizt, die Daumen in ihre Gürtel gehängt, maximales Imponiergehabe. Als die drei Verteidiger der Leitkultur sie bemerkten, schlenderten sie ebenso gemächlich in die entgegengesetzte Richtung davon.

War noch etwas zu retten? Selbst wenn er sich den beiden Polizisten in den Weg stellte, ihnen die Wahrheit gestand, hielt das den Wahnsinn wohl nicht mehr auf. Bemerkenswert, wie leicht sich ein chaotischer Prozess anstoßen ließ und wie schwer ihm dann Einhalt zu gebieten war, weil die Komplexität der Zusammenhänge ständig zunahm. Wenn der erste Dominostein gefallen war ... Nun, wenn das Land, womöglich die Erde also rettungslos verloren waren, blieb ihm nur eines: die Flucht zu den Sternen mit Olga und Kiki. So viele Planeten da draußen, die man zugrunde richten konnte.

20

Olga

Ganz blass war er um den Mund. Weniger wie ein Clown, eher wie einer, dem speiübel ist, was gut zu seiner Leichenbittermiene passte. Im ersten Augenblick hatte sie ihn gar nicht erkannt. Erst beim Näherkommen erschienen ihr seine Kleidung, die Größe, der Haarschopf, die Augen vertraut. Nicht der Geruch, den überlagerte ein Rasierwasser oder Parfum, das ihr glücklicherweise noch nie an ihm aufgefallen war.

Sie hatte sich den Moment, an dem sie nach über einer Woche das Spital endlich verlassen konnte, anders vorgestellt. Keine jubilierenden Engels-Chöre, aber doch aufrichtige Freude, nicht dieses gezwungene Zähnefletschen. Sie hatte die Nase so voll von besorgten Gesichtern und verlogenem Lächeln.

Auch auf der Straße stachen ihr rundum gerunzelte Stirnen und gesenkte Blicke ins Auge, als wäre sie die Einzige, die sich über den überfälligen Sonnenschein und das Vogelgezwitscher freuen konnte. Sogar Asphalt und Pflastersteine wirkten heller als in ihrer Erinnerung.

Sie sah zu Adrian auf, der bisher kaum ein Wort gesagt hatte. »Was schaust du so deprimiert? Keine Lust auf Frühling?«

Er seufzte. »Doch, schon. Nur vielleicht nicht auf den, der uns in diesem Jahr blüht.«

»Was ist los? Sind die Toten auferstanden? Zombie-Apokalypse?«

»Könnte man so sagen.«

Sie musste etwas versäumt haben, etwas Wesentliches, während sie geschlafen oder ziellos geschmökert hatte und unter der Zimmerdecke durch ihre Erinnerungen geschwebt war, ohne das Bedürfnis nach tagesaktuellem Elend. Adrian mit weiteren Fragen zu löchern, wenn er es vorzog, sich in kryptischen Andeutungen zu ergehen, kam nicht infrage, das verbot ihr der Stolz. Sie war keine von denen, die lästig fragten: Was denkst du? Womöglich noch: Liebst du mich? Gibt es eine andere? Zumal Kiki, die zu Hause mit einer Überraschung wartete, kaum so schweigsam sein würde.

Orange gekleidete Straßenkehrer kratzten mit ihren Besen Splitt und Winterdreck über den Gehsteig und aus dem Rinnstein, umwabert von einer kniehohen Staubwolke. Einer von ihnen trug Kopfhörer und sang leise vor sich hin. Zwei Männer, die gerade um das nächste Eck gebogen waren, lachten laut auf. Gesang und Gelächter. Damit war der Missmutszauber gebrochen.

Mit breiter Brust und breitem Gang stelzten die beiden – Handwerker auf Mittagspause, mutmaßte Olga – ihnen entgegen, prall vom Frühlingssaft. Als sie die Arbeiter passierten, hob der Größere den Arm und verpasste dem singenden Straßenkehrer eine schwungvolle Kopfnuss, ohne den Schritt zu bremsen. Der Arbeiter hielt sich den Hinterkopf und sah dem ungerührt Weitermarschierenden nach. Warum protestierte er nicht?

»Hey«, schrie Olga und schlug einen Haken, sodass sie mit dem Rollstuhl den Weg des Angreifers blockierte. »Wie sind Sie denn drauf? Entschuldigen Sie sich bei dem Mann!« Sie sah den Attackierten im Hintergrund beschwichtigend gestikulieren und hinter seinem Karren Schutz suchen.

»Geht Sie das was an?« Der beinahe glatzköpfige Kerl war jünger, als er von weitem gewirkt hatte. Sein Bauch füllte die Bomberjacke. Er beugte sich halb über Olga. Um ihm in die Augen zu sehen, hätte sie den Kopf in den Nacken legen müssen. Sie entschied sich dagegen und musterte seinen

Hosenschlitz, den eingetrockneten Fleck daneben, stellte sich vor, welch trauriges Geschrumpel dahinter zu finden wäre.

»Komm, lass«, sagte sein Kumpel und zog ihn am Ärmel.

»Ich habe nicht angefangen. Bist du eine Kanakenfreundin oder was?«

»Bitte?« Sie schrak aus ihren Betrachtungen, setzte nun doch einige Zentimeter zurück. Sie bezwang den Wunsch, das Arschloch über den Haufen zu fahren, dachte an Kiki und daran, was sie mit einem Kuchenmesser anrichten konnte. »Sind Sie Rassist oder was?«

»Darauf kannst du Gift nehmen!«

Das also war passiert. Sie waren aus ihren Kellern und Social-Media-Biotopen gekrochen und eroberten die Straße.

»Habt ihr wirklich alles vergessen?«, fragte sie und kam sich vor wie ein altes Weib. »Wozu das führen kann ... der Hass, die Gewalt ... oder wünscht ihr euch das sogar, weil ihr meint, dass ihr die Stärkeren sein werdet? Ich kapier das nicht. Wollt ihr die beschissenste Fehlentwicklung der Geschichte wiederholen?« Warum hielt sie nicht den Mund? Sie wusste doch, dass Diskussionen mit solchen Leuten sinnlos waren. »Wie wär's, wenn du den Rest Menschlichkeit und Solidarität zusammenkratzt, der vielleicht noch in dir schlummert, und dich bei dem Mann –« Ein Tritt gegen das Rad schnitt ihren Appell ab. Die Straßenkehrer verschwanden um die Ecke.

»Menschlichkeit gibt's für Menschen, nicht für Halbaffen. Wir sind solidarisch, und zwar mit der christlichen Mehrheitsgesellschaft, die lange genug mit Füßen getreten wurde.«

»Mit christlich hat das null zu tun.«

»Hat es wohl. Wir üben zum Beispiel Barmherzigkeit gegenüber Behinderten.«

Sein Kamerad lachte unbehaglich und strich sich den spitz ins Gesicht gekämmten Schopf zurecht, seine großen Ohren leuchteten.

»Sogar Kanaken tolerieren wir, wenn sie brav sind und sich anpassen«, fuhr die Halbglatze fort. »Wie dein Knecht da, zum Beispiel. Frisch rasiert, wie ich sehe.«

Sie hatte Adrian vergessen, drehte den Kopf, sah ihn aus dem Augenwinkel seitlich einen Schritt hinter sich stehen, seine obere Gesichtshälfte inzwischen fast so blass wie die untere. Wie südländisch er wirkte, war ihr noch nie aufgefallen. Nun kam es ihr vor, als wäre durch die Wahrnehmung der anderen der Kontrast erhöht worden. Die dunklen Haare, die blasse Haut, die kräftigen Augenbrauen. Von dezenter Latin-Lover-Anmutung auf muslimischer Knecht in zehn Sekunden. Er legte ihr eine zitternde Hand auf die Schulter. Vielleicht war es auch ihre Schulter, die zitterte. »Er ist kein …« Sie brach ab. So durfte sie ihn nicht verteidigen. Als machte seine Herkunft einen Unterschied.

»Bist kein Kanake?«, fragte der Wortführer.

»Kanaken sind Ureinwohner Neukaledoniens«, sagte Adrian.

»Klugscheißer!«

»Ah, ein Kanake, der sich für unser Schulsystem bedanken möchte«, mischte sich der Ruhigere ein, ging an Olga vorbei und baute sich Adrian gegenüber auf. »Sag: Danke!«

»Nein«, sagte Adrian, »das Schulsystem scheint mir völlig versagt zu haben.« Er drückte Olgas Schulter. »Ich bin tatsächlich in keiner der von Ihnen insinuierten Bedeutungen Kanake. Aber ich bin Jude. Schlimm?«

Was war in ihn gefahren? Und seit wann war er Jude?

Der Großohrige schnaubte. »Ich glaub dir kein Wort.« Wieder strich er sich seinen Spitzpony zurecht. Mickey Mouse, dachte Olga.

Zu langsam streckte sie die Hand aus, um Adrian aufzuhalten, der mit einem raschen Seitwärtsschritt einem zufälligen Passanten in den Weg trat. »Entschuldigen Sie! Können Sie uns in einem Streitfall helfen? Gehe ich als Jude durch oder eher als Kanake, wie diese beiden Herren meinen? Oder könnte ich einfach ein durchschnittlicher Wiener sein? Was meinen Sie?«

Olga schnappte nach Luft. War das seine Art, sich in selbstmörderischer Absicht in die zugewiesene Rolle zu fügen, oder begehrte er auf?

Der Angesprochene, groß, bleich, rothaarig, in Jeans und Sakko, war auf die Straße ausgewichen. Doch statt sich abzuwenden und weiterzueilen, blieb er stehen und straffte die Schultern.

Wenn der sich nun mit den Nazis solidarisierte, dann waren sie geliefert. Ihr Herz hämmerte gegen die Rippen. Sie tastete nach ihrem Telefon.

»Mir völlig egal, was Sie sind.« Der Rothaarige musterte die Kanakenjäger und trat zwischen Adrian und seinen Gegner. »Werden Sie belästigt?«, fragte er Olga. Er stellte sich an Adrians Seite, zückte sein Handy und knipste die beiden Angreifer.

Mit Beistand hatte Olga nicht gerechnet. Mickey war zurückgewichen, seine Haltung jetzt deutlich defensiver. »Ich glaube, die Herren wollten sich gerade verabschieden«, sagte sie.

Und das taten sie, ohne Worte. Mit einer jähen Bewegung deutete Mickey im Vorbeigehen einen Schlag in Olgas Gesicht an und lachte auf, als sie zusammenzuckte. Sein Kumpel klopfte ihm grinsend auf die Schulter. »Aufpassen!«, rief er Adrian zu.

Ohne Eile trollten sie sich. Ihr gezwungenes Gelärme klang bedrohlich. Olga hegte keinen Zweifel, dass der nächste dunkelhaarige Typ für diese Niederlage bezahlen würde. Einen Wimpernschlag lang wünschte sie sich, zurück in ihre Krankheit fliehen zu können, um die unvermeidlich scheinende Kapitulation vor den Verhältnissen zu rechtfertigen. Ihre Kraft würde nicht mehr reichen, um sich all dem entgegenzustellen.

Sie wandte sich um, wollte sich bei dem Helfer bedanken, doch der hastete bereits auf den Eingang der U-Bahn zu. Sie rief ihm ihren Dank nach. Lässig hob er die Hand, ohne sich umzudrehen.

»Glück gehabt«, sagte sie.

»Wenn so ab jetzt das Glück aussieht.«

Adrians Stimme vibrierte. Den Tränen nah, dachte sie und blickte auf, las die Wut in seinen Augen, schwarz und tief. Breitbeinig stand er neben ihr, die Hände geöffnet neben den Hüften. Zum ersten Mal, seit sie ihn kannte, sah er aus, als sei er bereit, zu den Waffen zu greifen.

21

Kiki

Schokoglasur im Wasserbad glattrühren mit den Tropfen noch dunklerer Gedanken, die sich in die Paste mischen, sie marmorieren, Schwarz in Dunkelbraun. Bald werden sie da sein. Höchste Zeit für die Glasur. Was ist schon eine unfertige Überraschung wert. Unterraschung. Oder schlimmer: weder über noch unter, weil eine bessere da ist. Die wahre Überraschung, die niemanden mehr überrascht hat als dich. Eine Überrumpelung.

Unter und über, drunter und drüber.

So anders als drinnen, wo alles eingeschlossen war, jeder Mensch, jede Stunde, jede Regung überwacht, verwahrt in Kisten, über enge Pfade getrieben. Jetzt hingegen alle Ordnung verloren oder nur von dir allein verlernt. Was getan werden muss niemals klar bis zu dem Moment, in dem es getan wird. Ist das so oder bist das nur du, dummes Stück?

Du wirst es ihr sagen müssen, bevor sie von selbst dahinterkommt, dass er da ist. Dort hinter der Tür in deinem Zimmer auf deinem Bett sitzt oder liegt und den Polster umarmt. Leise atmet. Oder du legst dich dazu, sperrst die Tür ab, bist einfach nicht da. Das Gesicht in den Händen verbergen und glauben, dass niemand dich sieht.

Aber die Schokoglasur. Und die Lasten, die du mit Würde tragen wolltest. Die über dich ergossen werden ohne dein Zutun, wie du jetzt die Glasur über den Kuchen gießt. Ein schmieriger Batzen zuerst, der zerfließt, sich verteilt, mit den richtigen Bewegungen verstrichen eine glatte und doch geschmeidige Schutzschicht bildet für das Weiche darunter. Eine Rüstung. Wenn alles gut geht. So gut wie bei denen, die mehr Übung haben, geht es nie, ein paar Grate, ein paar Beulen und an den Flanken verletzliche Stellen, durch die der poröse Untergrund scheint. Nicht schlecht, alles in allem. Gut genug. Wenn du das andere auch so hinbekommst.

22

Olga

»Augen zu, bis ich jetzt sage«, gebot Kiki und entschwand durch die Tür.

Olga schloss die Lider, dankbar für den Moment des Innehaltens. Sie lauschte auf die leisen Geräusche, die durch die angelehnte Tür drangen, auf Adrians Atem und die Schwingungen des Zimmers, die anzeigten, dass alles an seinem Platz war. Auch sie. Zurück in ihrem Körper, der sich scheinheilig gab, als wäre nichts gewesen. Zurück in ihrem Heim.

Etwas zu gründlich gelüftet hatte Kiki, aber der behagliche Geruch würde bald wieder Einzug halten. An seiner Stelle roch sie warme Schokolade. Warum sich noch um draußen kümmern, da dort der Gestank von Hass und Willkür wehte und insgesamt ein Klima heraufzog, das sie nicht vertrug und nie vertragen würde und das sich doch nicht ändern ließ. Nicht von ihr, nicht mehr. Wer wollte ihr einen Vorwurf machen, wenn sie die Revolution anderen überließ, wenn sie tagsüber zwischen ihren Büchern und abends bei Schokoladenduft, Whisky und heilsamen Kräuterzigaretten Zuflucht suchte?

»Wie lang denn noch?«, rief Adrian.

Sie öffnete die Lider. Vielleicht, dass sie einen Augenblick lang eingenickt war. Die Tür schwang auf. Ein Holzbrett mit einer prächtigen Schokotorte auf der einen Hand balancierend, in der anderen Kuchenteller, darauf Gabeln, tänzelte Kiki herein. Olga hielt den Atem an, als könnte jeder Lufthauch das prekäre Gleichgewicht stören und Torte und Teller zu Boden schmettern. Wohlbehalten setzte Kiki ihre Last ab. »Jetzt«, zischte sie, »darfst du erst die Augen öffnen.«

»Danke«, sagte Olga heiser. »Aber ich habe nicht Geburtstag.«

»Glaubst du, ich bin blöd? Ich weiß, wann du Geburtstag hast. Es ist natürlich eine Willkommenstorte.« Ihr schroffer Ton klang nach Rührung.

»Und wozu die Kerze?«, fragte Adrian. »Wiedergeburt?«

»Weil es dazugehört, eine Kerze auszublasen, bevor man eine Torte anschneidet.« Olga blies und Kiki schnitt, verteilte gigantische Stücke.

Von draußen war ein Geräusch zu hören. Es klang wie das Öffnen einer Zimmertür.

»Ist noch jemand da?«, fragte Olga.

Kiki lief hinaus, schimpfte vor sich hin, knallte eine Tür zu und kam kurz darauf mit drei vollen Kaffeebechern zurück. »Ich muss dir was sagen.« Sie stellte die Tassen auf den Tisch. Wieder ein Geräusch von draußen. Dann öffnete und schloss sich unverkennbar quietschend die Klotür.

»Wer ist noch hier, Kiki? Wenn du einen Lover hast, stell ihn mir vor! Ich darf doch wohl wissen, wer sich in meiner Wohnung aufhält.«

»Er ist nicht …« Kiki fuhr mit den Händen durch die Luft. »Ich wollte warten, bis *er* weg ist.« Sie ruckte mit dem Kopf in Adrians Richtung, ohne ihn anzusehen.

Er schüttelte den Kopf. »Du musst keine Rücksicht auf mich nehmen. Ich gönne dir jedes Glück.«

»Mir scheißegal, was du mir gönnst«, murmelte Kiki mit gesenktem Kopf. »Verräter!«

Kein Wort hatten die beiden miteinander gewechselt, fiel Olga erst jetzt auf. War die ausgebliebene Umarmung bei der Begrüßung also doch kein Zufall gewesen.

Kiki schnappte, als fehlten ihr die Worte, und sah Adrian kalt an. »Gib mir dein Telefon.«

»Spinnst du?«

»Was soll das?«, fragte Olga.

»Er ruft sonst wieder seine Kiebererfreundin an, muss sich ja um jeden Preis einschleimen bei Ms. Big Tits.«

Der beiläufige Stich ins Herz nahm Olga den Atem. Sie suchte Adrians Blick.

Er wich aus. »Blödsinn«, log er.

Ein Leerraum dehnte sich in ihr, verschmolz mit jenem bereits schrumpfenden, den Can hinterlassen hatte, und fraß sich der seit jeher klaffenden Elterngrotte entgegen. Ein Höhlensystem, das die ohnehin schwächliche Hülle womöglich bald in sich zusammenfallen lassen würde. Der Gedanke an das verbeulte Endprodukt war ein Lächeln wert. Irgendwann war auch mal gut mit Schmerzen.

»Nach unserem letzten unerwarteten Besucher ist eine gewisse Skepsis und Wachsamkeit wohl angebracht«, sagte Adrian.

Draußen ging wieder die Klotür.

»Er braucht unsere Hilfe«, sagte Kiki. »Er ist nicht gefährlich. Du kennst ihn doch, Olga. Er ist ...«

»Wen kenne ich?«

Die Tür zum Vorraum sprang auf. »Mich.«

»Mehmet«, sagte Olga.

Ein Witz war das, was hier anstelle einer geruhsamen Heimkehr auf sie einprasselte. Seltsamerweise kein weiteres Loch in ihren Innereien. Dermaßen erbärmlich sah er aus, der Liebhaber ihres Mannes, ihres Exmannes, ihres toten Exmannes, dass sie tatsächlich Mitleid empfand. Hauptsächlich. Anscheinend war sie dabei, sich zu einer höheren Lebensform zu transformieren.

Adrian war aufgesprungen.

»Setz dich, Adrian, bitte!«, sagte sie und winkte Mehmet näher. »Du auch! Schieb dir den Lesesessel vom Fenster her.«

»Er wird polizeilich gesucht«, protestierte Adrian. »Er steht im Verdacht, Can umgebracht und seinen eigenen Laden in Brand gesteckt zu haben. Wir sollten …«

»Mehmet? Lächerlich!«

»Rate mal, wer der erotischen Chefinspektorin diese Theorie gesteckt hat«, sagte Kiki. »Aber hast du nicht was vergessen, du Hilfspolizist? Mehmet soll auch einen gewissen Emrullah Demirkan getötet haben. War sogar in den Nachrichten. Und ich habe so eine Ahnung, dass das nicht stimmen kann. Also entweder ist Mehmet ein Serienkiller, oder er hat nichts davon getan und die hängen ihm das an, weil er das ideale Opfer ist.«

Mehmet klammerte sich an der Rückenlehne des Sessels fest. »Ideales Opfer klingt gut, danke! Ich habe niemanden umgebracht, Olga, das schwöre ich. Du weißt, dass ich das nie könnte. Die Sache mit Can –«

»Stopp«, rief Kiki. »Sie weiß es noch nicht. Sie war bis vor ein paar Stunden im Spital und hat nichts von draußen mitgekriegt.«

»Selbstverständlich weiß ich es.« Der abgeklärte Ton kam ihr ganz natürlich über die Lippen. »Es gab schließlich reichlich Anzeichen, auch wenn Can immer zu feige war, um es mir zu erzählen.« *Dass du schwul bist, sieht ein Blinder*, lag ihr auf der Zunge. Nicht weil es wahr gewesen wäre, nur um Mehmet dafür zu bestrafen, dass er ihr Can weggenommen hatte. Dann fiel ihr ein, wie ihn der Kummer am Grab niedergeschmettert hatte, wie nah sie ihm in der Untröstlichkeit gewesen war. Sie holte tief Luft, blies die Gemeinheit lautlos hinaus.

»Er wollte dich nicht verlieren«, sagte Mehmet sanft.

»Da hat Unehrlichkeit ja schon immer geholfen.« Sie spürte, wie sich Bitterkeit in ihr Gesicht kerbte, und zwang die Mundwinkel aufwärts. »Aber was soll's. Du kannst nichts dafür. Und er ist weg. Jetzt setz dich schon. Iss Kuchen! Kaffee?«

»Gern.«

Kiki wollte aufstehen. »Ich gehe«, sagte Adrian.

»Wenn du die Neumeyer anrufst, sind wir geschiedene Leute«, sagte Olga freundlich.

»Mach ich nicht.«

Aber er würde es tun, früher oder später, dachte sie. Wenn ihr keine andere Lösung einfiel.

23

Adrian

Vergeblich versuchte er seinen Ärger über Kikis eigenmächtiges Handeln in den Griff zu bekommen, während er Milch für den Mörder aufschäumte. Milch für das Milchgesicht Mehmet. Der ein Mörder sein musste. Andernfalls hätte er, Adrian, ihn zu Unrecht denunziert, sich damit von der Welle haltloser Verdächtigungen mitreißen lassen, die das Land überrollte.

Er leerte den Kaffeesatz in den Müll, bevor er eine Tasse unter die Düse stellte. Ob er Schlaftabletten aus dem Bad holen, sie zerstoßen in das Getränk mischen sollte, um Zeit zum Nachdenken zu gewinnen? Wer konnte sagen, wie ein Mörder, konfrontiert mit seiner Tat, reagieren würde? Es galt jedenfalls, eine weitere Eskalation zu verhindern. Ein weiterer Fall Demirkan mitsamt dem Chaos, das er im Kielwasser mitschleppte, und sie könnten stattdessen gleich Bomben werfen.

Eine andere Variante war, diesmal rechtzeitig Hilfe zu holen. Er fischte das Telefon aus der Hosentasche. Wenn Neumeyer ihn ungehört zurückgerufen hätte und nun ihrerseits auf seinen Anruf wartete – doch immer noch nichts. Er dachte an ihren Tiefseeanglerblick.

Um die Rückkehr ins Wohnzimmer hinauszuzögern, rief er eine Nachrichtenseite auf, ließ sich gleich von der ersten Meldung einfangen. *Überraschendes Bekenntnis nationalistischer Aktivisten* stand da an oberster Stelle, *Aufbegehren der Heimattreuen* darunter. Bekenntnis wozu?

»Ich hab's gewusst!«

Er fuhr herum. Er hatte Kiki nicht kommen hören und erschrak nun regelrecht vor ihrem hasserfüllten Gesicht. Was hatte er *ihr* denn Schreckliches angetan? »Du hast es gewusst?«

Sie riss ihm das Telefon aus der Hand. »War ja klar, dass du dein melonenbusiges Polizistenliebchen verständigen musst, sobald du den Raum verlässt.« War sie eifersüchtig oder galt ihre Sorge wirklich Mehmet? »Und? Rückt jetzt eine Hundertschaft an, um einen Unschuldigen zu verhaften?« Sie senkte den Blick auf das Display, runzelte die Stirn.

»Kiki –«

»Fick dich!«

»Sie haben die Verantwortung für –«

»Das sehe ich selber, bin ja nicht blind.«

Was hielt ihn davon ab, seinem Ärger Luft zu machen, zurückzuschnauzen, wie alle anderen es taten. Er holte Atem, starrte auf ihren wirren Schopf, eine Strähne schokoladenverklebt, kämpfte mit dem Drang, sie zu säubern. Vielleicht lag das Problem ja nicht in seinen Skrupeln, sondern darin, dass die anderen ihre verloren hatten. Fronten, Gräben, unbedachte Aggression auf allen Seiten.

»Kiki –« Sacht legte er ihr die Hände auf beide Schultern. Ein heikles Unterfangen, da seit ihrer Entlassung jeder Berührung, die über flüchtige Begrüßungsrituale hinausging, etwas Unbehagliches anhaftete. Tatsächlich versteinerte sie. »Wir müssen zusammenhalten. Da draußen sammeln sich Kräfte, denen wir vielleicht nichts entgegenzusetzen haben. Ganz sicher nicht, wenn wir uns gegenseitig zerfleischen. Und falls es dich beruhigt: Ich hab nichts mit der Neumeyer.« Unter seinen Fingern entspannten sich ihre Muskeln, sie tat einen tiefen Atemzug, und für einen Augenblick dachte er, sie würde den Kopf an seine Schulter lehnen.

»Ach, scheiß drauf!« Sie schnappte sich die volle Kaffeetasse und marschierte hinaus, sein Handy wie ein Feldzeichen vor sich hertragend. Er folgte ihr. Sie drückte Mehmet die Tasse in die Hand. »Das glaubt ihr nicht! Hört mal: Blablabla, da ist es … *bekennt sich die T.I.P. (Tafelrunde Identitärer Patrioten) sowohl zu den Attacken auf afghanische Migranten in Wien und Klagenfurt als auch zu dem Brandanschlag auf den türkischen Friseursalon in der Ottakringer Straße sowie zur Hinrichtung des türkischen Agenten Emrullah Demirkan, der vor –*«

»Was?« Olgas Stimme überschlug sich.

»Oh«, hauchte Mehmet, mit beiden Händen an seine Tasse geklammert.

»… *Emrullah Demirkan, der vor vierzehn Tagen mit durchschnittener Kehle am Ufer des Donaukanals aufgefunden wurde. Die T.I.P. versteht sich laut eigenen Angaben als Gegenpol sowohl zu dschihadistischen als auch zu freimaurerischen Vereinigungen. Eine Geheimorganisation also, die als übergeordnete Plattform diverser patriotischer bis rechtsradikaler Bünde im ›kulturdeutschen Raum‹ fungieren will. ›In Anbetracht eines schwachen Staates und einer Regierung, die allen Beteuerungen zum Trotz den islamistischen Horden weiterhin nicht mit der gebotenen Entschlossenheit entgegentritt, ist es die patriotische Pflicht der Zivilgesellschaft* …‹«

»Damit bin ich raus, oder?« Mehmets Stimme bebte. »Wenn sie das wissen, dann bricht doch das ganze Konstrukt zusammen. Dann können sie nicht mehr denken, dass ich Can …«

»Da wäre ich mir nicht so sicher.« Adrian schüttelte den Kopf. Mehmet zu erklären, warum der Mord an Demirkan nicht notwendigerweise mit den anderen Anschuldigungen zusammenhing, lag nicht in seinem Interesse. Da mindestens eines der Bekenntnisse erlogen war, stellte sich die Frage: »Und Sie haben Ihren Laden tatsächlich nicht selbst angezündet? Warum sind Sie dann untergetaucht?«

»Du bist so ein Arsch!«, stellte Kiki fest.

Er nahm ihr sein Telefon aus der Hand, steckte es ein und

schickte ihr ein kleines Lächeln. Sie rümpfte die Nase. Immerhin war der Hass aus ihren Augen gewichen.

»Lass«, sagte Mehmet und berührte sie mit einer Hand am Unterarm. »Ist doch logisch, dass er die Wahrheit wissen will. Schließlich bringe ich euch alle in Gefahr, indem ich hier aufgetaucht bin. Es ist nur … niemand wollte mir helfen. Alle haben Angst. Da ist mir Olga eingefallen. Seit Cans Tod …« Er hielt inne. »Du bist der einzige Mensch, den ich kenne, Olga, der niemals Angst hat.«

»Erst die Torte, jetzt Blumen«, sagte Olga. »Ich bin gerührt. Wer war es also? Wer hat deinen Laden in Brand gesteckt? Und wer hat Can getötet?«

»Demirkan!«, rief Kiki. »Wer sonst? Er hat uns selbst gestanden –«

»Halt die Klappe!«, fiel Olga ihr ins Wort. »Denk dran, dass Mehmet in dieser Sache nicht den gleichen Wissensstand hat wie wir und dass es auch so bleiben soll.«

»Aber es stimmt. Dieser Demirkan war bei mir, nachdem Kiki den Laptop geholt hat. Er hat sich nicht vorgestellt, aber es war der Typ aus den Medien. Er oder einer seiner Leute muss mich beobachtet haben. Atib gleich nebenan … Die haben wahrscheinlich mein Büro abgehört, wer weiß, wie lange schon. Keine Ahnung, wie solche Sachen funktionieren, ich bin nicht James Bond. Jedenfalls wusste er von Cans Computer und dass ich ihn ihr gegeben hatte. Es war das erste Mal, dass ich ihn aus dem Safe geholt habe …« Mehmet rang nach Atem. »Er hat mich …« Sein Gesicht verkrampfte sich. »Er hat mir wehgetan. Ich bin nicht wie Can. Oder wie du, Olga. Ich habe ihm deine Adresse verraten. Ich schäme mich dafür.«

»Dazu hast du auch allen Anlass«, dachte Adrian. Oder murmelte es, denn Kiki beschoss ihn mit einem Todesblick, bevor sie nach Mehmets Hand griff.

»Hast du ihm das Passwort verraten, das du für mich angelegt hast?«, fragte sie.

Mehmet schüttelte den Kopf. »Danach hat er nicht gefragt, nur nach deiner Adresse.«

»Das ist der Beweis!«

»Wofür?«, fragte Adrian.

»Dass Mehmet abgehört wurde. Demirkan wusste das Passwort, hat es uns doch unter die Nase gerieben.«

»Was noch immer nicht erklärt, wer deinen Laden in Brand gesetzt hat«, merkte Olga an. »Es sei denn, wir glauben trotz allem, dass es diese TIP-Nazis gewesen sind.«

»Er muss es gewesen sein. Demirkan. Er ist einer von denen«, sagte Mehmet.

»Von *denen*?«, fragte Adrian genervt. Abhängig vom jeweiligen Standpunkt schien es heutzutage für jeden *die* zu geben, denen man die Verantwortung für alles Elend zuschieben durfte. Für wen er selbst wohl zu *denen* gehörte?

»*Kartalar*«, sagte Mehmet, als erklärte das irgendetwas.

Kiki fuhr auf. »Das Wort habe ich gelesen. In Cans Aufzeichnungen.«

Mehmet sandte ihr einen dankbaren Blick. Was für ein Jammer, dass er schwul war, dachte Adrian. So kitschig, wie die beiden sich anhimmelten, würden sie ein wunderbares Paar abgeben.

»Kennt ihr nicht? In der türkischen Community hat inzwischen jeder von ihnen gehört, wenn nicht schlimmer. *Kartalar* – die Adler, so nennen sie sich. Vor circa einem halben Jahr sind sie aufgetaucht. Gerüchte behaupten, dass der türkische Geheimdienst dahintersteckt. Jedenfalls bekommen sie Unterstützung von dort. Genaues weiß man nicht, und es ist besser, nicht zu fragen. Can hat sich darum natürlich nicht geschert und ist gleich voll eingetaucht. Er hat vermutet, dass die Organisationen, die den Verband der islamischen Glaubensgemeinschaft dominieren – ihr wisst schon: Millî Görüş, Atib –, sozusagen einen Exekutiv-Ableger brauchen, weil sie ja offizieller Kontakt der Regierung sind. Da sollte man nicht durch brutale Einschüchterung von Landsleuten auffallen. Obwohl sonnenklar ist, dass die *Kartalar* in ihrem Interesse handeln. Inzwischen zittern alle. Jeder kann einer von ihnen sein, auch Frauen machen mit, überwachen unislamisches Verhalten. Wer Alkohol trinkt, kein Kopftuch trägt und so weiter, den nehmen sie sich vor. Und ein schwuler Türke – das geht gar nicht. Erst Verwarnung, dann Drohungen und schließlich Gewalt.«

»Faschisten aller Länder, vereinigt euch!«, sagte Olga düster.

»Aber Demirkan kann dein Geschäft nicht angezündet haben«, warf Adrian ein. »Er war zu dem Zeitpunkt schon tot.«

»Dann war es eben einer seiner Leute oder die Nazischweine haben sich sozusagen als Subunternehmer betätigt. Ich war es jedenfalls nicht.«

»Joint anyone?«, fragte Olga.

Mehmet hob den Zeigefinger. Kiki stand auf und machte sich an die Arbeit, inzwischen ausgesprochen routiniert, wie Adrian bemerkte.

Olga nahm zwei Züge und gab den Joint an Mehmet weiter. »Dreh doch mal den Computer auf«, wandte sie sich an Kiki. »Was du da vorgelesen hast, dieses Bekenntnis der identitären Idioten …«

»Patrioten.«

Olga schnalzte ungeduldig mit der Zunge. »Die hören sich vom Zugang ganz ähnlich an wie diese Adler. Selbstherrliches Faschistenpack unterschiedlicher Couleur, aber dafür ganz geheim, sprich feige. Gesinnungsterror, das ist der eigentliche Terror, vor dem wir Angst haben müssen. Was gibt es noch über die?« Sie nahm den Joint wieder entgegen.

Adrians Telefon vibrierte in seiner Hosentasche. Eine unbekannte Nummer. Neumeyer womöglich, privat? Er hob ab. Doch es war eine zittrige Stimme, brüchig vor Leid. Eine Klientin. Kaum zu glauben, dass diese Schiene mitten durch das Chaos weiterlief.

Er verließ den Raum, schwang seine Stimme auf einen professionellen Pegel ein und landete in der Parallelwelt. Ein plötzlicher Herztod, eine untröstliche Witwe, zum Glück erwachsene Kinder. Er konzentrierte sich darauf, maximale Empathie zu empfinden, ließ sich ganz auf den Schmerz der Frau ein, betrachtete ihn liebevoll von allen Seiten und schickte tröstliche Wellen durch den Hörer – und diesmal funktionierte es wie früher. Er hörte sie gefasster werden. Er hatte es doch noch drauf.

Als er ins Wohnzimmer zurückkehrte, saßen alle drei mit dümmlich klaffenden Mündern nebeneinander auf dem Sofa und starrten auf den Monitor, aus dem eine bürokratisch anmutende Stimme drang.

»… verstehen wir unsere Aktivitäten als Weckruf an diese Regierung, den zahnlosen Kuschelkurs zu korrigieren, den sie zur Beschwichtigung des europäischen Molochs eingeschlagen hat. Respektieren Sie den Willen des Volkes, das mit der Wahl der rechten Parteien die patriotische Wende eingefordert hat! Kehren Sie mit stählernem Besen den Unrat aus dem Land, statt den Integrationisten weiterhin stillschweigend freie Hand zu lassen.«

Einen Arm auf die Sofalehne gestützt, spähte Adrian von der Seite auf den schlanken Mann in Jeans, Karohemd und Trachtenjacke, auf dessen Kopf eine kegelförmige schwarze Kapuze saß. Die runden Löcher für Augen und Mund waren mit Stoffgittern versehen, wie Adrian sie bisher nur bei Burkas gesehen hatte. Durch das Mundgitter stachen einige rotblonde Barthaare. Noch vor wenigen Jahren hätte man über diesen Irren gelacht, hätte ihn als geltungsbedürftigen Loser abgetan und sich schulterzuckend abgewendet, doch nun … Gänsehaut.

»Wo, so fragen wir, sind die zu Beginn der Legislaturperiode versprochenen Internierungslager, in denen sogenannte Asylsuchende konzentriert gehalten werden sollten? Wie kommt es, dass weiterhin Geld für Deutschunterricht in den Äther geblasen wird, wenn die Deportation ethnokultureller Fremdkörper einziges Ziel sein muss? Abschiebung in Militärflugzeugen, das hat man uns bereits vor Jahren in Aussicht gestellt. Die Großmut des Volkes ist bis zum Bersten auf die Probe gestellt worden.«

»Fascho, verpiss dich, keiner vermisst dich«, sang Kiki im Flüsterton.

»Doch nicht nur den Wirtschaftsflüchtlingen der vergangenen Jahre gehört endlich der Marsch geblasen. Auch die Türkeninvasion, die inzwischen ganze Stadtviertel kebabisiert hat, muss nicht nur gestoppt, sondern gnadenlos zurückgetrieben werden. Wer sich nicht integriert, hat das Land zu verlassen. Mitteleuropa hat lange genug den anatolischen Bauernstand durchgefüttert.

Die würdelose Anbiederung der Regierung an die globalen Eliten, der Kniefall vor den Brüsseler Bonzen hat uns bewogen, den gewaltlosen Widerstand aufzugeben. Nur ein Schlag ins Gesicht wird unsere Gegner von unserer Entschlossenheit überzeugen. Die exemplarische Bestrafung eines türkischen Barbiers, der islamistischer Geschlechtertrennung Vorschub …«

Mehmet keuchte. »Wenn nicht einmal ich ausreichend integriert bin … Ich habe Germanistik studiert und … ich bin Österreicher.«

»Vergiss es«, sagte Olga. »Es wird nie genug sein für die. Wenn sie einen Sündenbock brauchen, lügen sie sich die Welt zurecht. Ist ja nicht das erste Mal.«

»… jetzt auch die türkische Geheimdienstmafia begreifen muss, dass ihren Umtrieben im mitteleuropäischen Kulturraum ein Ende mit Schrecken gesetzt wird. Aggressionen kulturfremder Störenfriede werden von nun an nicht länger geduldet, sondern mit Feuer und Schwert sanktioniert. Die Zeit der Milde ist vorbei! Als

Sofortmaßnahme von staatlicher Seite fordern wir die Schließung aller Moscheen und Bethäuser sowie islamischer Kindergärten und Privatschulen. Von Mohammedanern, die unsere Gastfreundschaft weiterhin in Anspruch nehmen wollen, verlangen wir, ihren Integrationswillen in Wort und Tat zu bekunden! Wir bedanken uns hiermit bei den Patrouillen der Burschenschaften, die es in den vergangenen Tagen unternommen haben, Salafisten und Kopftuchträgerinnen zu einem angepassten Erscheinungsbild zu bewegen und jene zu ermutigen, die diesen Schritt bereits getan haben. Sollte diese freundliche Maßnahme nicht zu dem erwünschten Ergebnis führen, wird die T.I.P. in exemplarischen Kommandoaktionen weitere Anreize setzen. Im Eskalationsfall werden wir nicht vor der Abhaltung weiterer Blutgerichte zurückscheuen …«

»Schluss!«, rief Olga. »Das ist ja nicht auszuhalten!«

»Aber müssen wir den Feind nicht kennen, um ihn zu bekämpfen?«, fragte Kiki.

»Wir wissen jedenfalls inzwischen, dass er hemmungslos lügt«, sagte Adrian.

»Was soll denn jetzt werden? Wo soll ich hin?«

Adrian betrachtete Mehmet, der die Hände zwischen die Oberschenkel geklemmt hatte und Olga flehend ansah. Was für ein Jammerlappen. Einerseits. Andererseits hatte er selbst wohl ein ähnlich erbärmliches Bild abgegeben, als Olga und Kiki ihn erstmals mit der Verschwörungstheorie konfrontiert hatten. Man musste sich erst an den Irrsinn gewöhnen, der in den Alltag einbrach wie Horrorclowns in einen Kindergeburtstag.

»Wir kümmern uns schon um dich«, sagte Kiki im Kindergartentantenton.

»Vielleicht wäre jetzt der richtige Zeitpunkt, um deine Polizistin anzurufen«, meinte Olga. »Frag sie, ob Mehmet unter diesen Umständen wieder heim kann.«

»Heim?« Mehmet schüttelte den Kopf. »Was ist, wenn sie wiederkommen? Und diese kranken Nazi-Horden da draußen …«

»Meinetwegen kannst du ein paar Tage hierbleiben, Mehmet«, entschied Olga. »Aber zurück in Mutters Schoß geht nicht. Und du willst auch nicht weiterhin auf der Fahndungsliste stehen.«

»Du hast recht.«

Olgas huldvolles Nicken belustigte Adrian. »Eure Hoheit gestatten also den Anruf bei Chefinspektorin Neumeyer? Ich darf zu bedenken geben, dass sich bisher niemand zur Ermordung deines Exmannes bekannt hat. Wer, wenn nicht unser Gast hier, soll das gewesen sein?«

»Na, wer schon«, schnappte Kiki. »Demirkan natürlich, wie gehabt. Das ist die offizielle Version. Warum sollten wir der widersprechen? Einen besseren Grund, warum er Cans Jacke getragen hat, gibt es nicht.«

»Er hat Cans Jacke getragen?«, fragte Mehmet und sah schon wieder so entzückend verwirrt aus, dass Adrian ihm am liebsten eine geschmiert hätte.

»Was mich noch interessieren würde«, bohrte er weiter. »Wie ist Cans Computer überhaupt in Ihren Safe gelangt?« Befriedigt nahm er Mehmets alarmierten Blick zur Kenntnis.

»Interessanter Aspekt«, sagte Olga.

Kiki murmelte versonnen vor sich hin. Adrian glaubte das Wort Aladin zu verstehen. Kaum zu glauben, dass er mit dieser albernen Person zusammen gewesen war. Mehmet kaute auf der Haut neben dem Nagel seines Mittelfingers, und selbst diese unsichere Geste wirkte unerklärlich erotisch. Oder doch eher obszön. Er sah Olga mit seinen Kulleraugen an, ohne zu blinzeln. Was für ein Theater.

»Du kannst uns vertrauen«, flüsterte Kiki.

Mehmet holte tief Luft. »Ich war dort«, stieß er hervor. »Danach.«

»Nach?« Während Olga das Wort dehnte, wich die Farbe aus ihrem Gesicht.

»Er hing dort«, sagte Mehmet heiser. »Ich wusste gleich …«

»Sie haben ihn einfach hängen lassen?« Die Empörung ließ Adrians Stimme quietschen.

»Warum hast du ihn nicht …?« Energielos schüttelte Olga den Kopf.

»Ich habe es versucht.« Mehmet schluchzte auf. »Ich wollte ihm die Hose hinaufziehen, zuallererst. So eine Demütigung. Aber ich konnte es nicht ertragen, ihn zu berühren. Seine Haut war so …«

»Tot«, sagte Olga gefasst.

Wie ein dunkler Komet zog das Wort einen Schweif der Stille hinter sich her. Ein brauchbares Bild vielleicht für eine Trauerrede. Oder doch eher: die Stille im Kielwasser des Wortes?

Gebrochen von Olga und Kiki, die gleichzeitig zu reden anfingen. »Es hätte wohl sowieso keinen Unterschied gemacht.«

»Was für ein grauenhaftes Erlebnis«, hauchte Kiki und schmachtete den Friseur an. »Dann hast du den Laptop mitgenommen, um seine Recherchen zu retten.«

Mehmet sah auf seine Füße. »Ich habe ihn mitgenommen, um ihn zu säubern. Die Bilder von unseren Urlauben. Die Gedichte, die ich ihm … Ich habe alles entfernt.«

»Nicht wirklich«, sagte Kiki.

Mehmet schrak hoch.

»Mach dir keine Gedanken.« Kiki tätschelte seinen Arm, und Mehmet verschränkte seine Finger mit ihren.

»Ist das alles?«, fragte Olga.

Mehmet nickte.

»Neumeyer.« Olga nickte Adrian zu. »Ich muss mich hinlegen.«

Doch Neumeyer hob nicht ab.

24

Kiki

Du hörst ihn atmen. Du liegst oben, er liegt unten. Ein Gedanke zum Feuchtwerden, zum Auf-die-Fingerknöchel-beißen-und-trotzdem-Stöhnen. Die Hand jetzt nicht zwischen die Beine, das geht nicht. Weil er da unten liegt, am Boden, und du liegst oben, im Bett. Und er ist verdammt noch mal schwul. Denk an ihn wie an eine Frau, eine Freundin. Und warte wenigstens, bis er eingeschlafen ist. Noch wälzt er sich.

Sag was! Irgendwas, das nicht geil klingt, das dich auf andere Gedanken bringt. Mädchengespräch minus Männer. Mode vielleicht. Oder Frisuren. Das ist gut. Bloß nichts mit Gefühlen. Einen Friseur fragen, wo er zum Friseur geht. Auch blöd.

»Wie alt bist du eigentlich?«

»Siebenunddreißig, wieso?«

»Nur so.« Drei Jahre jünger, das geht. »Siehst jünger aus.« Und jetzt, wie weiter? »Tut mir leid.«

»Was?«

»Dass du hier am Boden liegen musst. Keine Ahnung, warum Adrian ausgerechnet heute auf dem Sofa schläft. Er bleibt normal nicht über Nacht.«

Noch komischer, dass nicht beide Männer im Wohnzimmer schlafen. Warum liegt Mehmet hier und nicht dort? Du hast es ihm angeboten, ein Fehler, und er hat angenommen.

»Vielleicht ist er eifersüchtig.«

»Adrian? Wegen uns? Quatsch!«

»Aber ihr habt mal was miteinander gehabt, oder? Er schaut dich an, als hätte er Rechte.« Seine Stimme klingt sinnlich wie immer, wenn er sich nicht fürchtet.

»Gar nichts hat er. Ewig her. Er ist wie ein Bruder für mich.

Einer, den ich derzeit nicht leiden kann. Ich denke, es ist wegen Schattenberg. Olga. Weil sie heute erst aus dem Spital gekommen ist.«

»Er traut mir nicht, und er kann mich nicht ausstehen.«

»Er hat schlechte Erfahrungen gemacht.« Du denkst an Demirkan und ganz automatisch weiter: Ob du auch Mehmet töten könntest, wenn er Schattenberg angreift? Würde er natürlich nie.

»Hast du noch eine Decke? Mir ist kalt.«

»Leider nicht.« Die Stille klingt, als wollte er fragen, ob er zu dir ins Bett darf. Unmöglich unter diesen Umständen. »Ich würde dich ja fragen, ob du dich bei mir im Bett aufwärmen willst, aber …«

»Würde ich gerne, wenn es dich nicht stört.«

So ganz auf geschwisterlich, arme Bauernfamilie, alle in einem Bett. Kann man sich vorstellen, wie es da zugegangen ist. Hier aber hoffnungslos. Als ob ein Fake-Bruder nicht mehr als genug wäre. Kommt überhaupt nicht infrage! »Stört mich gar nicht. Ist aber eng.«

Du rutschst an die Wand, liegst immer noch auf dem Rücken. Er schlüpft neben dir unter die Decke. Seine kalten Füße berühren deinen warmen linken, sein Atem an deiner Wange. Er weiß nicht, wohin mit seinen Händen. Du schon. »Ich mach Platz.«

Du drehst dich zur Wand. Keine Sekunde Schlaf wirst du finden. Die ultimative Folter im Frauengefängnis: schwule Märchenprinzen, die sich zu liebeshungrigen Insassinnen legen. Die gefährlichen Frauen natürlich gefesselt, um die Prinzen zu schützen. Doch es gibt keine Folterprinzen im Knast. Es gibt nur einen und der liegt bei dir, peinigt dich exklusiv, rückt näher. Strahlt jetzt wie ein Reaktor, deine Haut schon dunkelrot, wellt sich, springt auf und fällt ab in trockenen Fetzen, dein Fleisch verkocht, die Knochen bröckeln.

»Ich bin so allein, seit er weg ist, Kiki, so elendsallein.«

Allein seit ein paar Wochen. Was weiß er schon. »Alle sind einsam, fast immer.«

Er schnupft. »Alle brauchen Nähe, fast immer. Lass mich dich halten.«

Wider Willen lächelst du, während Tränen über deine Lippen rinnen. Du rückst ihm eineinhalb Zentimeter entgegen. Er legt den Arm um dich und schmiegt sich an, von oben bis unten, ein Gefühl, für das du nach so vielen Jahren nicht nur eine Nacht auf Schlaf verzichten würdest, sondern Monate, Jahre, für immer. Falls du gleich ohne weitere Berührungen aufschreist, Spontanorgasmus, braucht sich keiner zu wundern. Aber noch geht es. Einer seufzt.

»Wir könnten ...«, sagt Mehmet nach einer Weile, »uns mit unseren Körpern gegenseitig trösten.«

Du spürst die ganze Zeit schon am Hintern, dass er das könnte, aber: »Du bist schwul.«

Er lacht leise. »Ich weiß. Aber ich habe auch mit Frauen geschlafen. Ist nicht so übel. Nur nicht so schön wie mit Männern.«

»Stimmt.« Denn natürlich hast du drinnen auch manchmal mit Frauen. Irgendwie muss man ja, wenn man nicht irre werden will. »Schon komisch, dass ihr alle so unentschieden seid. Can, du ...«

»Can war nicht schwul. Er hat nur mich geliebt. Manchmal kann man sich auch gegen seine Neigung verlieben.«

Will er dir Hoffnungen machen? Klar, dass er alle haben kann. »Nur ein Spiel, oder?« Du fühlst dich schmelzen, zweite Wahl immer noch besser als Ladenhüter.

»Kein Spiel.« Er gräbt sich mit der Nase in deine Haare, atmet in deinen Nacken, dass du erschauerst. »Wir sind uns nahe, von Anfang an. Als ob wir auf derselben Welle schaukeln würden, trotz aller Unterschiede. Ist doch so.«

»Ist wohl so.« Du bist geschmolzen und er weiß längst, dass du es dir vom ersten Moment an gewünscht hast. Er will nur noch ein bisschen spielen, während du verdampfst. »Okay. Wärme und Trost. Notnageln sozusagen.«

Wieder lacht er leise. »Gegenseitige Erlösung.« Seine Hand unter deinem Shirt. In deiner Hose, an deinem Hintern.

»Religiöse Praktik.«

»Nächstenliebe.«

»Ich die Caritas. Du Rotes Kreuz.«

»Roter Halbmond.«

»Volles Programm.«

25

Olga

Die Bücher endlich wieder zu riechen, inmitten der bunten und doch strengen Grafik raumhoch aneinandergereihter Rücken zu sitzen und zu spüren, wie viel Wissen um das Leben sich hier konzentrierte. Sie schloss die Augen, sog das Bukett des Ladens ein: Druckwerke, trockenes Holz, alte Mauern, ein Hauch Kaffee und das Unbeschreibliche, das tausende Menschen über Jahrzehnte, Jahrhunderte hinterlassen hatten. Befriedigung, ach was, Glück erfüllte sie nach der langen Abstinenz im Spital. Besser noch als bei der ersten Zigarette, die sie sich am Vortag angezündet hatte, sobald sie durch das Portal in die Freiheit gerollt war.

Sie hob die Hände, strich über den braunen Karton mit der heutigen Lieferung. Die Taubheit in ihren Fingern war nicht ganz verschwunden, doch ein wenig Verheißung drang durch zu den Nerven, schlug Freudenfunken bis ins Hirn. Sie konnte nicht bis Mittag auf Margit warten, wollte die Kiste selbst öffnen, wie sie es noch vor zwei Jahren getan hatte. Ihr Job war es gewesen, den Neuankömmlingen ihre Plätze zuzuweisen, sie auf die Tische zu schichten, assoziativ umzugruppieren oder gelegentlich nach Farben zu sortieren, um jenen Kunden ironisch entgegenzukommen, die von einem Wunschbuch nichts weiter in Erinnerung behalten hatten. *Es wurde im Fernsehen besprochen, diese Sendung mit dem Sie wissen schon, und es war blau.* Nur die Regale musste seit langer Zeit Margit bestücken.

Sie nahm das Stanley-Messer aus der Lade, schob die Klinge heraus, gar nicht so einfach mit diesen Händen. Automatisch ging da gar nichts. Sie durchtrennte das Klebeband an einer Seite und sah befriedigt einen Spalt aufspringen, der auf maximale Füllung der Kiste deutete. Obwohl inzwischen die meisten Bücher in Folie eingeschweißt waren, meinte sie Druckerschwärze und Papier zu riechen.

Ob irgendjemand auf der Welt diesen einfachen Vorgang so genoss wie sie? Eines der wenigen Geschenke, die ihre Geißel ihr gönnte.

Sie wollte den Bücherkarton verschieben, um an die andere Seite zu gelangen, doch er war so schwer, dass sie stattdessen lieber den Rollstuhl rangierte. Zwei Versuche benötigte sie, um das Tape tief genug zu ritzen, dass die Spannung, unter der die Kiste stand, die restlichen Fasern zerriss. Für den langen Schnitt an der Oberseite reichte ihre Kraft nicht mehr. Zu wenig Druck und der Winkel war falsch. Sie legte das Messer ab, stützte die Hände auf den Packtisch und erhob sich zum ersten Mal seit ihrem Schub ohne Hilfe. Mit dem linken Unterarm auf der Kiste stabilisierte sie ihren Stand und tastete nach dem Messer. Sich jetzt nur nicht schneiden. Sie tauchte die Klinge ein, die wie durch Butter fuhr. Einfach gerade durchziehen.

Die Türglocke klingelte, ein Luftzug traf sie an der Wange.

»Einen Moment bitte«, sagte sie ohne hinzusehen und pflügte vorsichtig mit flach gehaltener Klinge durch das braune Band.

»Wir müssen mit dir sprechen.«

Sie fuhr halb herum, rutschte ab. Diese rauchige Stimme. Die Klinge fraß sich bis zum Anschlag zwischen die Deckelklappen, hackte in ein Buch. »Scheiße!« Sie presste die Lippen zusammen, ließ das Messer fallen und sank plump zurück in den Sitz. »So was Blödes! Entschuldige, Münire, der Fluch galt nicht dir! Ich freue mich, dich zu sehen.«

Und das tat sie. Dass Cans Mutter sich aufgerafft hatte, sie zu besuchen, war nach all den Jahren der Missstimmung eine unerwartete Genugtuung und womöglich sogar ein zerstörtes Buch wert. Wobei sie kaum wiederzuerkennen war mit den kurzgeschorenen weißen Haaren, die Trostlosigkeit in den Augen nur ungenügend kompensiert durch die sorgfältige Schminke, die dunkelroten Lippen.

»Und du hast Semih mitgebracht!« Groß war er geworden, ihr Ex-Neffe. Nichts, was man sagen konnte. »Darf ich euch einen Kaffee …?«

Weder Münire noch ihr Enkel revanchierten sich für ihr Lächeln. Semih musterte die Spitzen seiner Skaterschuhe.

»Es wäre besser, wenn du zusperrst«, sagte Münire.

»Wird uns schon niemand stören um die Zeit.«

»Bitte, Olga!«

Sie seufzte und sah durch das Schaufenster auf die Straße. Wenn jetzt Kundschaft im Anmarsch war, würde sie ablehnen. »In Ordnung.« Sie fuhr zur Tür, betätigte den Riegel und drehte das Komme-gleich-Schild nach außen. Als sie wendete, sah sie Semih das Messer nehmen und mit einem mühelosen Ratsch bis zum Rand des Kartons durchziehen. Er klappte die Deckelhälften um und trat zurück. Noch immer sah er sie nicht an.

»Setzt euch doch!« Sie wies auf die beiden Thonet-Stühle neben dem runden Marmortisch. »Das erste Mal, dass ihr hier seid.«

»Und wir sind nicht zum Smalltalk gekommen, Olga. Es geht um Cans Tod.« Mit beiden Händen umklammerte Münire die Bugholzlehne des Sessels, ohne ihrer Aufforderung zu folgen.

Es lag nicht nur an den Worten selbst, dass Olgas Eingeweide sich zum Knoten ballten. Schwerer wog, *wie* Münire sie gesagt hatte: flach und schleppend, ohne die sonst stets spürbare Aggression. Stand sie unter Psychopharmaka?

»Semih!« Münire zog ihren Enkel am Ärmel.

Semih nahm seinen Rucksack ab, öffnete ihn und zog einen Laptop heraus, legte ihn vor Olga auf den Tisch. Er stellte den Rucksack auf dem Boden ab und setzte sich ihr gegenüber, den Kopf weiterhin gesenkt.

Ihr Puls beschleunigte sich, warum, war ihr nicht klar. Sie wartete, dass er auspackte, ihr zeigte, was auch immer er ihr zeigen wollte, ein Video vermutlich. Doch der Junge hatte sich auf seine Hände gesetzt, sein Blick offenbar gefesselt von einer Macke in der Tischkante.

Die plötzliche Erkenntnis ließ sein Gesicht vor ihren Augen verschwimmen, es in einen Wirbel mit der Bücherwand dahinter taumeln und wieder zum Stillstand kommen. Sie hob die Hände, noch langsamer als sonst, öffnete den Klettverschluss der Hülle und zog das Gerät heraus. Es war, was es nicht sein konnte. Cans Laptop, der Apfel verklebt mit dem Anarcho-A. Sie hörte sich schnaufen. Mit jedem Atemzug schien die eingesogene Luft Tränen in ihre Augenwinkel zu drücken. Obwohl es keinen Grund zu weinen gab. Semih hatte Kiki den Laptop abgenommen. Kein Geheimdienst, keine Politik, nur ein dummer Streich. Mit dem Ausatmen die Tränen wieder einsaugen und die Oberlippe steif machen. »Warum?«

Münire setzte sich nun doch. »Haydi konuş bakayim!«, zischte sie Semih an.

»Meine Mutter«, flüsterte der Junge. »Sie wollte, dass ich ihn hole.«

»Merve? Hätte ich mir denken können. Aber warum? Nur um mir eins auszuwischen? Herrgott, jetzt rück schon raus damit!«

»Ich musste«, krächzte Semih kaum hörbar und räusperte sich, »musste mit ihr und diesem Volkan, der auch ein *Kartal* …« Seine Stimme verlor sich. »Sie hat gesagt, wir erweisen Allah einen Dienst und dass Onkel Can sein ganzes Leben immer haram Sachen macht und uns mit in den Schmutz zieht. Dass ich ein Mann werden muss.«

Unvermittelt schlug er krachend die Stirn auf den Tisch und holte erneut Schwung, als Münire ihn mit der Linken am Schopf erwischte und ihm mit der anderen Hand eine ungezielte Ohrfeige verpasste. Semih wollte aufspringen, doch sie riss ihn am Kopf zurück.

»Stopp!«, schrie Olga. »Bist du irre? Lass ihn sofort los!«

»Er muss für seine Taten geradestehen, und er weiß das«, sagte Münire und lockerte ihren Griff. »Du weißt das, aşkım, wir haben darüber gesprochen. Kein anderer Weg für deine Seele.« Semih nickte schluchzend, und Münire drehte sein Gesicht zu sich. »Sag die Worte!« Sie ließ ihn los.

Semih sah Olga blinzelnd an, die Lippen zusammengepresst, die Fäuste geballt. »Wir haben Onkel Can getötet«, presste er hastig hervor und barg den Kopf an der Schulter seiner Großmutter.

Wir haben Onkel Can getötet. Ein Echo, von einer Schädelwand zur anderen geworfen, multiplizierte sich in ihrem Kopf. *Can getötet.* Die Wörter verfingen sich in ihren Hirnwindungen, wollten begriffen werden. Sie hatten Can getötet, Semih und – »Wer?«

»Mein Fleisch und Blut, meine Tochter Merve«, sagte Münire bitter. »Die Fackel des neuen Islam.« Sie deutete ein Ausspucken an, von einer peitschenden Kopfbewegung begleitet.

Semih schrak hoch, verkroch sich in seine verschränkten Arme.

»Pah! *Dişi kartalar*, die Adlerweibchen, nennen sie sich, wachen über den Glauben und die Ehre des Türkentums. *Kazlar!* Ich schäme mich, dieses Kind geboren zu haben. Nimmt den Hijab, küsst den Staub unter den Füßen dieser fundamentalistischen Drecksäcke, *Kartalar*, immer den Überblick, schauen bald in jeden Kochtopf, ob ja kein Schweinefleisch … Seit Sinan sie verlassen hat, erkenne ich mein eigenes

Kind nicht mehr. Erst treibt sie ihre Tochter aus dem Haus, dann macht sie ihren Sohn zum Mörder im Namen Allahs. Wozu hat Atatürk uns befreit, wozu?«

»Das frage ich mich auch«, sagte Olga und wunderte sich, dass sie inmitten des Wahnsinns überhaupt noch in der Lage war, einen Gedanken zu fassen. »Aber warum Can?«

»Wegen diesem Jungen natürlich, diesem verkommenen Weichling. Türkische Männer sind nicht homosexuell! Er hat Can in diese … Sache hineingezogen. Hätten sie *ihn* …« Sie hob die Hand, um Olgas Protestlaut abzuwürgen. »Natürlich wäre auch das nicht korrekt gewesen. Aber das Gesetz ist eine Sache, die Liebe einer Mutter die andere. Nie hätte Merve mich in diese Lage bringen dürfen, mich und Cem und ihren eigenen Sohn. Ihren Sohn! … Aber sie musste ja die Familienehre retten, Blutrache zur höheren Ehre Allahs und des Propheten, wie in den finstersten Zeiten. Barbarisch! Raubt mir meinen Sohn, richtet ihn hin wie …« Immer lauter wurde sie, trommelte sich mit der Faust an die Brust, das Gesicht schmerzverzerrt.

Olga hielt die Luft an, wartete darauf, dass Cans Mutter fortfuhr, den Raum mit ihrer Verzweiflung zu füllen, weil sonst sie selbst zu einer Reaktion gezwungen wäre. Doch da war nichts, was rauswollte.

So war das also gewesen. Ein Ehrenmord. Man las das gelegentlich, und wie alle anderen Grausamkeiten schien es immer weit entfernt. Bis es einen selbst erwischte.

Sie kämpfte gegen den Impuls, in die Küche zu fahren und Kaffee zu machen. Einfach irgendeine alltägliche Handlung setzen, um dem Ungeheuerlichen die Macht zu nehmen. Die Liebe ihres Lebens, mitten in Wien von der eigenen Familie in sorgfältiger Inszenierung ermordet, weil das angeblich einem Gott gefiel – nichts Neues eigentlich. Die Götter töteten, und das Leben lief weiter mit Kaffee und Keksen und endlosen

Reihen bunter Bücherrücken. Abraham schnallt seinen Sohn auf den Opferstein. Nur ein Scherz, nicht einmal Isaak nachhaltig verschnupft. Gehäutete Kinder für den Regengott der Mayas. Eine Kalebasse Agavenschnaps drauf und dann vögeln, damit der Nachschub nicht ins Stocken gerät. Wer sich auf Götter verließ, musste verrückt sein.

Und jetzt das. Die Lösung des Rätsels. Eine Lösung, die keine Erleichterung brachte.

Sie hörte den Boiler anspringen und löste ihren Blick von dem Regal im Rücken ihrer Besucher, die sie ansahen, als wäre ihr Stichwort längst gefallen. Welche Zeile war ihr zugedacht?

»Kaffee?«, fragte Olga.

»Du stehst unter Schock«, sagte Münire. »Ich verstehe das, aber wir müssen entscheiden, was jetzt geschehen soll.«

»Und dafür brauche ich Kaffee.« Olga wendete und machte sich in der Küche zu schaffen. Weil sie die Tassen im Oberkasten nicht erreichen konnte – wie oft hatte sie gesagt, dass mindestens zwei saubere auf der Arbeitsplatte stehen sollten? –, klaubte sie drei schmutzige aus dem Geschirrspüler und hielt sie kurz unter fließendes Wasser. Sie bereitete Kaffee, stellte die sicherheitshalber nur halb gefüllten Tassen auf das Tablett auf ihrem Schoß, lud Zucker und Milch dazu.

Sie fuhr zurück in den Verkaufsraum, wo Münire und Semih saßen, wie sie sie verlassen hatte. Die Haarsträhne, die sich über die Stirn des Jungen ringelte, unbewegt, Münires Hand wie an ihre Brust getackert. Als existierte die Realität tatsächlich nur, wenn Olga sie betrachtete.

»Semih, hilf mir mit dem Tablett.«

Ein Funke in Münires Augen, Hoffnung vielleicht.

»Danke«, flüsterte der Junge.

»Danke?«

»Dass du noch mit mir sprichst.« Er hob das Tablett von ihrem Schoß und verteilte die Tassen.

»Wir müssen Semih schützen, Olga. Er ist doch ein Kind, oder fast ein Kind, gerade sechzehn Jahre. Sein Leben darf nicht zerstört werden durch den Fanatismus seiner Mutter.«

»Warum kommt ihr damit ausgerechnet zu mir?«

»Erster Grund: Cem hat mir verboten, mich gegen die Familie zu wenden. Er sagt, wir dürfen nicht auch noch unsere Tochter und unseren Enkel verlieren. Aber ich trage Verantwortung. Der Junge hat sich mir anvertraut, und er geht zugrunde daran. Es muss eine Lösung geben. Ich brauche deine Hilfe. Da ist niemand sonst.«

So geräuschvoll hatte sie gar nicht schnupfen wollen. Die kampfbereite Hilflosigkeit dieser strengen Frau brachte sie ebenso sehr aus der Fassung wie die indirekte Respektsbezeugung. Major Czermaks genüssliche Beschreibung des Tatorts kam ihr in den Sinn. Grund genug, tief Luft zu holen und sich in Erinnerung zu rufen, dass Can es überstanden hatte, dass nichts, was sie dachte, fühlte oder tat, ihn zurückholen würde.

Konnte sie damit leben, nicht zu wissen, was genau geschehen war? Sie sah Semih an, der sie aus dunklen Augen voller Angst und Vertrauen fixierte. Sein Blick erinnerte sie an den der Kleinkinder, die im Schwimmbad von ihren Müttern durch das Wasser geschwenkt wurden. Dass Semih noch immer so schauen konnte, wo er doch beim letzten Bad unter Wasser gedrückt worden war.

»Wie?«, fragte sie ihn.

»K.o.-Tropfen«, antwortete Semih mit Kinderstimme.

»Und die Sache mit der Reckstange?«

Semih zuckte, als wollte er aufspringen, und sah dann nur zu Boden. »War eine Idee von Onkel Volkan. Pinke Schwuchteln brauchen das, hat er gesagt. Und anne hat gesagt … Mama meine ich …«

»So viel Türkisch kann ich gerade.«

Semih kramte in seinen Hosentaschen, klopfte auf seine Jacke, zog ein verdrücktes Päckchen Zigaretten heraus. »Sie hat gesagt, dass er noch ein letztes Mal seinen Spaß haben soll. Wie sie das gesagt hat … Ich habe sie nicht mehr gekannt. Sie hat so fremd ausgeschaut.« Mit Daumen und Zeigefinger streifte er sich Tränen von den Nasenflügeln. »Sie hat ihm die Hose runtergezogen.« Er sprang auf. »Ich geh eine rauchen.«

»Ich komme mit«, sagte sie.

»Nein.« Münire fuhr auf. »Ihr bleibt! Wir müssen das abschließen.«

Olga seufzte und Semih blieb stehen, trat von einem Bein auf das andere.

»Okay.« Sie überlegte, was noch zu klären war, bevor sie eine Entscheidung fällte. Eine Zigarette hätte geholfen, doch sich inmitten der Bücher eine anzustecken, hatte sie sich schon vor Jahren verboten. »Okay. Dieser Volkan?«

»Zurück in der Türkei«, sagte Münire.

»Es war seine Krawatte?«

Semih nickte.

»Und der Laptop, warum habt ihr den nicht gleich mitgenommen? Wozu später das Risiko, ihn aus einem vollbesetzten Kaffeehaus zu stehlen?«

»Weiß nicht genau. Nachdem diese Tante angerufen hatte, deine Assistentin oder was, ist anne ausgezuckt. Hat mich sofort losgeschickt in Onkel Cans Wohnung, den Computer suchen. Von wegen Familienfotos, hat sie gekeift, und dass du was ganz anderes suchst. Ich wollte nicht dorthin zurück, aber …«

»Sie hat also doch einen Schlüssel.« Olga verbiss sich die *verlogene Schlampe*.

Semih verdrehte die Augen. »Nicht direkt.«

»Was soll das heißen?«

»Sie hat so einen Typ mitgeschickt. Schlüsseldienst oder so. Der hat aufgesperrt und mir beim Suchen geholfen.«

»Einbruchdiebstahl, sehr nett!«

»Pah!«, schaltete sich Münire ein. »Das gilt nicht in der Familie.«

»Anne war total wütend, dass wir den Computer nicht gefunden haben. Dann hat sie dich angerufen. Und mich hat sie zu dem Friseur geschickt, aber ich habe mich nicht getraut, mit ihm zu reden, weil … er und Onkel Can …« Semih schniefte. »Ich habe mir überlegt, wenn jemand das mit Betty machen würde und dann zu mir kommen … Ich würde spüren, was er getan hat, und ich würde ihn …« Er fiel in sich zusammen. »Keine Ahnung.«

»Wer ist Betty?«, fragte Münire.

Olga spürte ihre Gedanken zäher werden. Doch dies war nicht der Moment für ein Schläfchen. »Bring mir bitte eine Tablette aus der Küche, Semih, rechte obere Lade, weiß-gelbe Packung. Und ein Glas Wasser.«

»Ritalin?«, fragte Semih, als er ihr die Tablette in die Hand drückte.

»Hilft mir im Notfall, mich zu konzentrieren. Ich kann nicht einfach einschlafen, wenn ich allein im Laden bin oder mitten in einem Vertretergespräch. Und momentan wäre es auch ungünstig.« Sie spülte die Pille hinunter. »So, und jetzt gehen wir eine rauchen!«

Diesmal schwieg Münire. Olga schloss auf, umfuhr draußen die Kiste mit den Mängelexemplaren und ließ sich von Semih Feuer geben.

»Was ist mit dir?«, fragte sie. »Wie ein Salafist schaust du nicht gerade aus. Bist du gläubig?«

»Ehrlich?«

»Logisch, sonst bräuchte ich nicht zu fragen.«

»Ich …«, er beugte sich zu ihr herab, flüsterte: »… scheiß auf die ganze Glaubenskacke.« Er richtete sich wieder auf. »Anne ist völlig durchgeknallt deswegen. Sibel hat es nicht mehr ausgehalten und ich auch nicht. Der ganze Kopftuchscheiß und das Misstrauen, bloß weil du einen türkischen Namen hast. Wozu soll das gut sein? Macht nur Feindschaft. Das war nicht so, als ich klein war. Da war es allen scheißegal, ob ich Türke bin. Fast allen. Dabei bin ich ja nicht mal einer, bloß ein Urlaubstürke.« Er zog vehement an seiner Zigarette, die Mundwinkel abwärts gekrümmt, und schlug einen bedeutungsvollen Ton an. »Wenn du mich fragst: Glaube ist auch nichts anderes als Politik. Opium für das Volk und so. Faschistische Wichser überall.«

Olga schnaubte. »Du machst es mir leicht.«

Wieder Tränen in seinen Augen. »Sie werden mich einsperren, oder?« Er zündete sich eine zweite Zigarette an der ersten an und sog geräuschvoll Rotz auf, schluckte.

Immerhin spuckt er mir nicht vor die Ladentür, dachte sie. Ob sie Bedingungen stellen sollte? Wenn du auf der Stelle mit dem Rauchen aufhörst und mir versprichst ... Doch wer war sie, einem Vorschriften zu machen, der von seiner Mutter gezwungen worden war, die Ermordung seines Onkels, nun ja, mindestens mitanzusehen?

»Schauen wir mal«, sagte sie und dämpfte ihre Zigarette aus.

26

Kiki

Es ist ein Ros entsprungen. Ros, nicht Ross, und entsprungen meint auch etwas anderes, das weißt sogar du. Trotzdem, und obwohl du gar nicht entsprungen bist, sondern ganz normal entlassen wurdest, hast du es dauernd singen müssen, damals, gnadenloser Ohrwurm. Warum jetzt wieder? Übersprungshandlung.

Ob es wirklich nötig war, den Mann auch noch zu fesseln, fragt Mehmet. Er sieht ängstlich aus, wieder mal, große Augen, weicher Mund. Weiß man natürlich nicht, ob es nötig war, aber sicher ist sicher, weil – Demirkan. Potenzielle Todesgefahr und deshalb keine Wahl. Kannst du Mehmet aber nicht eins zu eins erzählen, weil der ja glaubt, dass die Rechten Demirkan erledigt haben. Unwahrscheinlich, dass er Mörderinnen mag.

Tatsache jedenfalls, dass der angebliche Journalist jetzt auf dem Sofa sitzt, aufrecht gehalten von Kissen, Hand- und Fußgelenke mit Kabelbindern verschnürt. Er schläft den Schlaf der Betäubten. Drei Tabletten im Kaffee. Eine hast du übrig gelassen, weil Schattenberg sie brauchen könnte. Tatsache ist auch: Du hast mindestens so viel Angst wie Mehmet. Weil jeder Weg in den Abgrund führt.

Möglichkeit eins: Der Mann, den du mit Mehmets widerstrebender Hilfe betäubt und gefesselt hast, ist kein echter Journalist, sondern ein deutscher Demirkan. Einer von den Nazis, die mit dem MIT das Komplott ausgeheckt haben, und der jetzt Demirkans Mission vollenden soll, Cans Computer an sich zu bringen. Deutsch, nicht österreichisch, erstens wegen dem Dialekt: *Äch wöhde mir das gern ma pasöhnlich durchkucken.* Deutsch zweitens, weil das auf seinem Personalausweis steht, den du in seiner Jacke gefunden hast. Karsten Krantz.

Was machst du dann mit dem? Lässt du ihn gehen, dann holt er seine Leute.

Möglichkeit zwei, durch den Presseausweis gestützt: Er ist wirklich Journalist und hat mit Can zusammengearbeitet. Olga wollte ihm Cans Laptop geben. Hat er behauptet. Sie hätte ihn angerufen und er spontan gleich in den nächsten Flieger, weil das mit dem Laptop unfassbarer Glücksfall.

Wenn das wahr ist, was geschieht, wenn er aufwacht? Er wird dich anzeigen wegen Körperverletzung und Freiheitsberaubung, und wer daraufhin seiner Freiheit beraubt wird, ist klar, nämlich du, dummes Stück. Darum wahrscheinlich das entsprungene Ros.

»Bitte, Kiki, hör auf, wie ein aufgescheuchtes Huhn herumzurennen und Weihnachtslieder zu summen! Lass uns nachdenken.«

»Ich denke am besten im Gehen.«

»Gehen ist okay, aber …« Mehmet schwenkt hektisch seine Arme durch die Luft.

Er ist immer noch schwul, und er wird dich nicht lieben. »Wem schreibst du?«

»Ich schau nur was nach.«

Telefon ist eine Idee. Du fragst jetzt Olga. Erstens, ob sie einen Karsten Krantz kennt und ihn angerufen hat. Zweitens, ob sie wirklich weiß, wo Cans Computer ist, und wenn ja, woher sie das weiß. Und drittens, was du machen sollst. Fertig gedacht, und ganz von allein bleibst du stehen.

Mehmet geht zum Schreibtisch, öffnet eine Lade, dann die nächste, nimmt eine Schere heraus.

»Was machst du?«

Er antwortet nicht, huscht zum Sofa und müht sich mit den Kabelbindern ab, durchtrennt sie, richtet sich auf und seufzt erleichtert, lächelt sogar. »Ich habe ihn gegoogelt. Kein Nazi. Er ist wirklich Journalist, beim *Spiegel* sogar, und hat mit Can gearbeitet. Er hat von einem Karsten gesprochen.«

Obwohl das kein Beweis ist, wenn er ihn nicht persönlich kennt, weil ein Nazi die Identität des Journalisten gestohlen haben könnte, bist du froh. Du stellst dich neben Mehmet. Er legt dir den Arm um die Schultern und drückt dich kurz.

»Ziemliches Durcheinander«, sagt er.

27

Adrian

»Bitte, hören Sie auf, mich anzurufen! Ich kann Ihnen nicht helfen.«

»Sie wissen doch noch gar nicht, was ich will. Vielleicht kann ich *Ihnen* helfen.« Wäre ja nicht das erste Mal, dachte er, grantig über die Abfuhr.

Stille.

»Ich hätte eventuell eine wichtige Information für Sie, bräuchte aber zuerst eine von Ihnen. Bitte! Ich weiß nicht, an wen ich mich sonst wenden sollte.«

»An das nächste Bezirksinspektorat, das BVT, einen Anwalt, je nach Anliegen.« Er hörte Neumeyer seufzen. »Warten Sie, ich gehe mir einen Kaffee holen.«

»Darf ich Sie zum Abendessen einladen, und wir besprechen das Ganze inoffiziell?«

»Leider immer noch eine schlechte Idee, schlechter als je zuvor.« Automatengeräusche, Plätschern, dann leise: »Hören Sie, ich stehe hier extrem unter Druck. Ich wurde beschuldigt, der Presse unautorisierte Tipps über fragwürdige Weisungen geleakt zu haben. Ohne Major Czermaks Fürsprache wäre ich suspendiert worden. Extratouren kann ich mir gerade so gar nicht leisten.«

»Das ist ja furchtbar. Wie kommt man denn auf solche Anschuldigungen?«

Sie schwieg.

»Sie haben doch nicht wirklich …?«

»Was haben Sie denn nun für Sorgen?«

»Sie meinen, abgesehen von den marodierenden Nazis?«

»Wir kriegen das in den Griff. Sie wollten mit mir reden. Worüber?«

»Na schön. Da sich diese T.I.P. zu dem Brandanschlag und dem Mord an Demirkan bekannt haben, ist der Friseur vermutlich aus dem Schneider, oder?«

»Friseur aus dem Schneider. Sehr hübsch. Sie fragen, weil?«

»Angenommen …«

»Sie kennen seinen Aufenthaltsort?«

Er seufzte.

»Falls Sie von ihm hören, sagen Sie ihm, dass er sich unverzüglich bei der nächsten Dienststelle melden muss. Seine Zeugenaussage wird dringend benötigt.«

»Vorausgesetzt, ich wüsste, wo ich ihn erreiche, könnte ich mir vorstellen, dass er angesichts der aufgeheizten Stimmung Angst davor hat, wiederaufzutauchen.«

»Ich würde gerne sagen: Vor uns braucht niemand Angst zu haben. Er soll sich auf mich, nein, besser auf Major Czermak berufen. Ich rede mit ihm.«

»Wenn Sie sagen, er wird wegen einer Zeugenaussage gesucht, bedeutet das doch, dass er als Täter nicht mehr infrage kommt.«

»Derzeit gehen wir davon aus. Wobei Bekenntnisse extremistischer Organisationen, gleich welcher Ausrichtung, natürlich mit Vorsicht zu genießen sind.«

»Und im Hinblick auf den Mord an Can Toprak gilt weiterhin Demirkan als Täter?«

»Was wollen Sie von mir? Glauben Sie, ich kann telefonisch und in Unkenntnis dessen, was mir der Zeuge zu sagen hat, Amnestien aussprechen?«

»Sie haben recht, entschuldigen Sie. Ich hatte gehofft, Sie könnten ihn informell an einem privaten Ort befragen, da er nicht mehr unter Verdacht steht.«

»Nicht mehr unter unmittelbarem Tatverdacht. Kann er Licht in die Angelegenheit bringen? Hat er etwas gesehen?«

»Er ist in seinem Geschäft von Demirkan bedroht worden. Gibt es nicht so etwas wie freies Geleit? Könnten Sie ihm das zusichern, falls es mir gelänge, ein Treffen zu arrangieren?«

»Dazu bin ich nicht befugt.« Geräuschvoll atmete sie in den Hörer.

Ihm war, als spürte er einen leichten Luftzug. Es prickelte in seinem Ohr. Jetzt nicht an Sex denken.

»Lassen Sie mich das mit meinem Kollegen besprechen«, sagte Neumeyer.

Er räusperte sich. »Natürlich. Rein hypothetisch, bitte.«

»Rein hypothetisch. Ich melde mich.«

28

Olga

»Musst du ausgerechnet jetzt staubsaugen?«

Kiki draußen im Vorraum reagierte nicht, anscheinend finster entschlossen, ihr Teil dazu beizutragen, dass auf allen Ebenen Ordnung geschaffen wurde.

»Nach dem, was ich herausgefunden habe, sind die Türken in Österreich abgeblitzt«, sagte der Journalist mit verwaschen klingender Stimme. Der grobschlächtige Karsten Krantz mit dem Bauerngesicht, dem sie vor Jahren im Rahmen irgendeiner Presseehrung begegnet war. Wie damals fiel es ihr schwer zu glauben, dass sich hinter dieser harmlosen Fassade ein raffinierter Geist versteckte. *Unwahrscheinlich wie Quantenphysik im Bretterverschlag*, hatte sie zu Can gesagt. *Wie Diogenes in seinem Fass*, hatte er geantwortet, hatte Lobenshymnen auf ihn gesungen. Can, der immer noch tot war. Idiot.

Krantz rieb sich das Gesicht. »Die MIT-Leute, meine ich, die versucht haben, militante Neonazis für die Drangsalierung ihrer Landsleute zu inter… inster… Verfluchte Kacke, was war in dem Kaffee, den mir deine bescheuerte Freundin serviert hat?«

»Nur eine Schlaftablette«, sagte sie leichthin. »Aus für mich nachvollziehbaren Gründen, die ich dir leider nicht im Detail darlegen kann. Wenn der Kaffee nicht hilft, dann leg dich noch mal hin. Kannst Kikis Bett nehmen, als Wiedergutmachung. Ich krieg hier gleich Besuch.«

Karsten Krantz stand auf, kreiste mit den massigen Armen, trampelte lahm auf der Stelle. »*Instrumentalisieren*, wollte ich sagen. Im Gegensatz dazu ist bei uns die Kacke am Dampfen.

Zumindest regional ist die Verschwörung nachweislich aufgegangen.« Seine Bewegungen stockten. »Ich brech zusammen. Eine Schlaftablette? Eine?«

»Die Verschwörung ist also erwiesen?«

»In Nürnberg und Stuttgart habe ich zuerst mit Can und dann mit der Kollegin Theiss von der *Süddeutschen* eine Reihe von Zeugen ausfindig gemacht und jede Menge Belastungsmaterial gefunden. Im Raum Köln-Düsseldorf und in der Frankfurter Gegend habe ich alleine recherchiert. Plus: Es gibt ein Geständnis eines reuigen Mitglieds eines türkischen Geheimbundes –«

»Ein *Kartal*?«

Krantz gab einen zustimmenden Laut von sich. »Sind die hier schon in aller Munde? Schöner Geheimbund.« Er massierte den Rand seiner Ohren von oben nach unten, zog seine Ohrläppchen lang. »Akupressur. Soll gegen Müdigkeit helfen.« Kreisend rieb er sich den Hinterkopf. »Meine Freundin schwört darauf«, überschrie er den näherkommenden Staubsauger, der in diesem Moment verstummte. Er warf sich wieder auf das Sofa. »Anderswo ist die Beweislage eher mager, beziehungsweise muss man sich angesichts mangelnder Personalressourcen ja irgendwie beschränken. Dafür haben die Kollegen in Schweden und den Niederlanden ganze Arbeit geleistet.« Er schien tatsächlich aufzuleben. Ohrenmassage oder Journalistenstolz.

»Na, wieder munter, KK? Mehr Kaffee?«

Kiki tanzte herein. In ihrer unnatürlichen Fröhlichkeit erkannte Olga eine der vielen Ausdrucksmöglichkeiten ihres schlechten Gewissens. KK ignorierte sie, rieb jedoch mit den Daumen über seine geballten Fäuste.

»Nächste Woche erscheinen zeitgleich Leitartikel in *Spiegel*, *Süddeutscher*, *Vrij Nederland*, *Politiken* und hier im *Profil*. Da habe ich zwar versucht, Cans Part zu übernehmen, aber ohne seinen Input …« Er klopfte auf die abgegriffene Ledertasche, in der er Cans Computer verstaut hatte. »Er hat es echt im Blut gehabt. Verdammt schade um ihn. Zwischenzeitlich haben wir unsere Recherchen dem Bundesamt für Verfassungsschutz und den entsprechenden Behörden der anderen Länder übergeben. Hier habe ich allerdings keinen direkten Ansprechpartner gefunden. Bin mal neugierig, ob was passiert.«

Von der Straße drang Geschrei herauf.

Krantz stützte die Hände auf die Oberschenkel, als könnte er sich so abstoßen. Sie musste an Münchhausen denken, der sich am eigenen Schopf aus dem Sumpf zog. »Scheint sich ja einiges zu tun da draußen. Ich werde mich mal umsehen und dann auf den Weg ins Hotel machen. Kucken, was ich da rausziehen kann.« Wieder klopfte er auf die Tasche, die an seiner Hüfte lag.

»Und was ist ausgerechnet in Österreich schiefgegangen, falls man das so nennen kann?«, fragte sie.

KK gähnte. »Zwei Theorien. Erstens: gemütlicherer Volkscharakter.« Er lachte krächzend auf. »Nicht lustig? Bin wohl nicht ganz auf der Höhe.« Er warf Kiki, die eine gigantische Tasse Milchkaffee vor ihm abstellte, einen unfreundlichen Blick zu, trank trotzdem. »Dann eben zweitens: Die hiesigen Nazis haben ihre Hoffnung in eure Regierung gesetzt. Wozu geheimbündlerische Aktivitäten, wenn rechte Recken in den Ministerien sitzen, Polizei und Geheimdienste kontrollieren?« Sein Kopf sank zurück, er schloss die Augen.

»Wer Hoffnung in die Falschen setzt, ist selbst schuld, wenn man ihn verletzt«, leierte Kiki.

»Hä?«

»Ich mein ja nur. Jetzt sind sie von der Koalition enttäuscht, unsere Nazis. Fühlen sich sozusagen von den Rechten an der Babyklappe abgelegt, weil denen der Machterhalt nun doch wichtiger ist als die Rettung des Abendlandes. Nicht mal richtig antisemitisch wollen sie mehr sein.«

»Da müssen die Dumpfen die Sache natürlich in die eigenen Hände nehmen«, pflichtete Olga bei. Sie lauschte. »Mach mal das Fenster auf und schau nach, was da los ist.«

»Garantiert wegen dem Sternmarsch«, sagte Kiki. »*Am Rande der genehmigten Demonstration für den Erhalt der Leitkultur rechnen die Behörden mit Ausschreitungen gewaltbereiter Anarchos aus dem In- und Ausland*, haben sie gesagt.«

Es läutete. Kiki änderte ihren Kurs. »Das wird Mehmet sein oder Adrian. Zu früh für unseren special guest, oder?«

»Adrian wollte anrufen, bevor er kommt«, antwortete Olga. »Wo ist Mehmet überhaupt?«

»Frische Luft schnappen.« Wieder einmal drückte Kiki den Öffner des Haustors, ohne nachzufragen. Kurz darauf hörte Olga den Lift brummen, die Wohnungstür stand also bereits offen.

»Hast du Mehmet erzählt, wer Can –« In Anbetracht möglicher Zuhörer im Stiegenhaus brach sie ab. »Weiß er, was ich vorhabe?«

»Klar. Mit so was darf man niemanden überraschen.« Kiki war wieder näher gekommen, senkte die Stimme. »Deshalb wollte er ja raus, trotz allem. Runterkommen, damit er, na ja, ihr nicht im Affekt ein Küchenmesser in den Bauch sticht oder so.«

Karsten Krantz war eingeschlafen. Sein Hinterkopf lehnte an der Wand, und er schnarchte unregelmäßig. Ganz neu, dass andere schliefen, während sie wach war. Mehr als wach, nach der zweiten Ritalin. So wach, dass ihr nach dem Rollator war, nach quälend langsamen, rastlosen Schritten quer durchs Zimmer. Auch nicht das Wahre. Außerdem konnte sie heute nicht auf den Rollstuhl verzichten, musste beweglich bleiben. »Hey, Krantz!«, rief sie, doch er rührte sich nicht.

Draußen hielt der Lift. »Und Sie sind?«, hörte sie Kiki in strengem Ton fragen. Hätte sie besser machen sollen, bevor sie alle Türen aufriss.

»Lassen Sie den Blödsinn. Erst bestellt sie mich her, dann will sie mich nicht reinlassen? Olga!«

»Passt schon«, rief sie.

Die Tür knallte zu. In Mantel und Schuhen stürmte Merve ins Wohnzimmer. Ihre Haare waren zu einem strengen Knoten gefasst, doch sie trug keinen Hijab. *Geschieht dir recht, du selbstgerechte Salafistenschlampe!* Die Genugtuung krepierte, bevor Olga den Gedanken vollendet hatte. War es wirklich Grund zur Freude, wenn die einen Extremisten von den anderen in die Schranken gewiesen wurden?

»Wer ist das?« Mit dem Kinn deutete Merve auf Karsten Krantz, der sich noch immer nicht rührte. Angewidert verzog sie das Gesicht beim Anblick des Engels und der Flagge.

»Setz dich.«

»Nicht nötig, ich bleibe nicht lang.« Merve trat dicht an den Rollstuhl heran. »Los, raus damit, wo ist mein Sohn?«

Olga zwang sich, den Blick nicht zu heben. »Das erfährst du, wenn wir ein paar andere Dinge geklärt haben.«

»Wie du willst.« Merve kramte in ihrer Handtasche, zog das Telefon heraus. »Bei deiner Vergangenheit wird es die Polizei sicher interessieren, dass du meinen Sohn entführst und mich in erpresserischer Absicht hierher lockst.«

»Davon gehe ich aus. Noch mehr dürfte sie allerdings das Geständnis einer islamistischen Brudermörderin interessieren.«

Merve taumelte zurück, als hätte sie der Schlag, den Olga ihr in den Bauch gewünscht hatte, tatsächlich getroffen. »Du hast nicht die geringste Ahnung, du …« Sie presste die Lippen zusammen, starrte ins Leere. Endlich sagte sie kalt: »Ich weiß nicht, wovon du sprichst. Hat mein Sohn wieder eine seiner Lügengeschichten erzählt?«

Olga schwieg. Draußen knallte es. Ein Schuss, eine Explosion?

Wieder läutete es. Kiki, die hinter Merve gelauert hatte, ging zur Tür, hob den Hörer ab. »Ja, bitte?«

Sie drückte den Summer.

»Setz dich!«, forderte Olga Merve erneut auf, und diesmal hockte die sich auf die Kante des gelben Fauteuils. »Ich will einen Deal mit dir aushandeln.«

»Hätte ich mir denken können, dass es dir nur um deinen Vorteil geht. Wir reden unter vier Augen oder gar nicht. Der hier muss weg.«

»Ich krieg ihn nicht wach. Es wird so gehen müssen.«

»Was willst du also? Geld?«

»Sicher, was sonst? Ich möchte eine angemessene finanzielle Kompensation für den Tod meines geliebten Exmannes.«

»Du kannst dir nicht vorstellen, was draußen los ist!«, rief Mehmet im Vorraum. »Da brennen Autos! In Wien!« Sie hörte Kiki flüstern, dann einen unterdrückten Wehruf. Mehmet stand auf der Schwelle. Mit einer Hand stützte er sich am Türrahmen ab, die andere lag an seiner Kehle.

»Der? Was macht der hier?«, sagte Merve kraftlos.

Mehmet fixierte sie, ohne zu blinzeln. Seine Brust hob und senkte sich, als bereitete ihm jeder Atemzug Schmerzen. Wenn er jetzt bloß nicht zusammenbrach. Doch Kiki flüsterte ihm etwas ins Ohr und er straffte sich. Wie aufgezogen marschierte er zum Lesesessel, der Merve gegenüberstand. Er setzte sich und musterte die Mörderin mit glänzenden Augen. Kiki nahm hinter ihm Aufstellung und legte ihm eine Hand auf die Schulter.

»Es gibt …« Olga hielt inne, wartete, bis Merve die Aufmerksamkeit wieder auf sie richtete. »… zwei Möglichkeiten.«

»Was? Wollt ihr mich umbringen?«

Olga wiegte den Kopf, tat, als dächte sie ernsthaft über die Frage nach. »Nein. Wenn wir allerdings in der primitiven Gesellschaft leben würden, die du dir anscheinend wünschst …«

Sie hielt inne, schloss kurz die Augen, weil Hass und Verbitterung schmerzhaft in ihrem Magen fraßen. Wegatmen. Cool bleiben. »Zwei Möglichkeiten also. Möglichkeit eins: Semih geht zur Polizei und gesteht, erzwungene Beihilfe zu dem von dir und deinem Verwandten geplanten Mord geleistet zu haben. Ihr landet beide im Gefängnis. Möglichkeit zwei: Du stellst dich der Polizei, verrätst deinen Komplizen, gestehst den gemeinschaftlichen Mord an deinem Bruder und rettest damit deinen Sohn, der zur fraglichen Zeit bei seinen Großeltern war.«

»Ich habe nichts Unrechtes getan. Allah –«

»Halt den Mund und hör mir zu!«

Der Journalist schrak auf, sah sich verwirrt um. »Wer?«

Olga hob die Hand. »Zuhören habe ich gesagt, alle! Allah hat Can keine K.o.-Tropfen verabreicht. Er hat ihn auch nicht mit einem Schlips an einer Reckstange aufgeknüpft. Das war deine Idee, Merve, das hast du getan! Sag: Wie ist das, wenn man seinem eigenen Bruder die Hose runterzieht, während er im Todeskampf zuckt? Hat dir das gefallen? Ich sehe das immer vor mir und frage mich, was für ein Mensch …« Ungesagt blies sie den Rest des Satzes aus. Magensäure ätzte schon bis in ihre Kehle. Die Situation schien mit einem Mal so unwirklich: die überscharfen Konturen der erstarrten Gestalten rundum, alle Blicke auf sie geheftet, kein Ton zu hören, ein Stolpern in der Zeit, die nur für sie alleine weiterlief.

Von draußen drang nun allerdings Lärm herein, ein Donnerschlag, Geschrei, ein Krachen. Mehmet sog scharf die Luft ein. Sie musste es zu Ende bringen. »Du hast deinen Bruder ermordet, Merve. Was auch immer Allah davon hält – in dieser Welt bist du dafür verantwortlich. Und du wirst dafür büßen.«

»Du hast keinen Beweis«, schnappte Merve. »Sie können mich nicht verurteilen aufgrund der Aussage eines psychisch labilen Kindes.«

»Er ist kein Kind mehr, dafür hast du gesorgt. Aber wir können das gerne dem Gericht überlassen. Schlimmstenfalls wird eben nur Semih für die Tat geradestehen. Er ist dazu bereit.«

Merve stieß einen klagenden Laut aus, hob das Gesicht und haspelte eine arabisch klingende Formel.

»Gut«, sagte Olga. »Warten wir einen Moment, ob Allah für dich einschreitet. Holst du uns inzwischen bitte etwas zu trinken, Kiki? Wasser, ausnahmsweise.«

Wieder war von draußen eine Explosion zu hören, dann Sirenen.

Karsten Krantz räusperte sich und machte Anstalten, sich zu erheben. »Klingt, als sollte ich dringend –« Olga hob leicht die Hand und bedachte ihn mit einem strengen Blick. Schweigend sank er zurück in die Sofakissen.

So wirksam wie an diesem Abend hatte sie sich seit vielen Jahren nicht gefühlt. Sie fuhr zum Fenster, winkte Kiki, die eben mit Krug und Gläsern hereingekommen war, es zu öffnen, und lehnte sich hinaus, blickte in Richtung Lerchenfelder Straße.

Ihre Stadt war kaum wiederzuerkennen. Qualm und Brandgeruch, Geschrei und Feuerschein, dessen Quelle von hier nicht auszumachen war. Der Frühling, so kam es ihr vor, ausgeblasen von einem kalten Wind. Ein Pulk seriös gekleideter Männer, umgeben von Securities, bewegte sich auf die Innenstadt zu, vorbei an wenigen Schaulustigen, die sich zwischen Polizeikräften in vollem Harnisch verkrochen. Frauen waren nur an den zahlreichen geöffneten Fenstern zu sehen. Eine Gruppe schwarz vermummter Gestalten kam aus der gegenüberliegenden Gasse gerannt, warf Steine und Flaschen auf die Prozession, querte die Straße und stürmte unter ihrem Fenster vorbei, von Polizisten gehetzt, teilte sich auf und stob in unterschiedliche Gassen davon. Etwas flog hinter einem Vorhang aus einem Fenster, ein Molotowcocktail, sprengte die

Demonstranten auseinander und explodierte krachend. Schreiend wurde eine brennende Jacke abgestreift.

Sie setzte zurück, ohne umzudrehen. Wozu noch ihr selbstgefälliger Versuch, Ordnung zu schaffen?

Kiki beugte sich zu ihr, flüsterte: »Darum kümmern wir uns später.« Sie schloss das Fenster.

Mehmet hustete. »Ich werde bezeugen, dass ich gesehen habe, wie ihr aus seiner Wohnung gekommen seid.«

»Spinnst du?« Kiki wirbelte herum. »Dann musst du doch auch zugeben, dass du danach dort warst, seine Leiche gesehen und nichts unternommen hast!«

Mehmet schniefte und hob trotzig das Kinn.

»Ist es denn wahr?«, fragte Krantz. »Haben Sie sie das Haus verlassen sehen?«

»Wir waren verabredet, Can und ich.«

»Das ist keine Antwort. Haben Sie …«

Olga wendete und schoss zurück zum Tisch. »Mehmet steht hier nicht unter Anklage!«, fauchte sie. »Uns reicht es, zu wissen, dass er im Notfall zu diesem Opfer bereit wäre.« Sie konzentrierte sich auf Merve, die getroffen, aber nicht gebrochen schien. Zähes Luder.

»Was ist mit Semih? Wie soll er ohne mich …?«

»Was?« Kiki lachte auf. »Ein anständiges Leben führen? Vielleicht wird er sogar schwul und …« Sie verstummte unter Olgas tadelndem Blick, biss sich auf die Lippe.

»Münire und Cem werden sich um ihn kümmern.«

»Du hast mit meinen Eltern geredet? Sie stellen sich auf deine Seite? Gegen mich?«

Einsickern lassen und zusehen, wie das in ihr fraß.

Und schon wieder die Türglocke. Taubenschlag.

»Jetzt sollte ich aber wirklich …«, sagte Karsten Krantz, ohne sich zu rühren.

»Du hast ja, was du brauchst«, sagte Olga.

»Richtig.« Er sah sie an, dann Merve und Mehmet, schüttelte den Kopf.

Sollte er ruhig noch bleiben.

»Es wird voll!«, rief Kiki.

Olga lächelte. Es war ihr egal, wer da kam. Vermutlich Adrian und seine Polizistin, die Merve mitnehmen würde, sobald sich der Aufruhr draußen gelegt hatte.

Doch selbst wenn es ein *identitärer Patriot* wäre, verfolgt von einem Antifa-Kämpfer, dem wiederum ein Polizist auf den Fersen war – alle würden sich einfügen müssen in die aberwitzige Versammlung. Existenzen aus allen Richtungen der ausgefransten Ränder der Gesellschaft, die in dieser Stunde hier zusammenfanden, sich nicht die Köpfe einschlugen, miteinander redeten.

Sternmarsch.

29

Adrian

Schalom.

30

Kiki

Stichpunkte für ein Sonett

Eingeschlossen
Fast verloschen
Freigekommen
Abgebrannt

Aufgenommen
Angekommen
Mitgezogen
Aufgeblüht

Vorgestoßen
Blut vergossen
Angezündet
Abgebrüht

Aufgerieben
Wach geblieben
Zugegeben
Aufgelöst

Fest verschworen
Nicht verloren

31

Olga

Es ist noch nicht zu Ende.

Anmerkungen und Dank

Die erste Inspiration zu diesem Roman verdanke ich meiner ehemaligen Freundin *Gabriela*. Ihre Auseinandersetzung mit der MS, der Kampf mit den Einschränkungen, die sie mit sich bringt, und ihr kreativer Einsatz für Inklusion haben mich inspiriert, einen Roman um eine Protagonistin zu ersinnen, die wie sie auf den Rollstuhl angewiesen ist. Eine Heldin sollte das sein, die ihre körperlichen Defizite nicht durch irgendwelche besonderen Kräfte kompensieren kann, wie es sonst in der Literatur oft der Fall ist. Eine, die sich trotzdem weigert, sich und ihr Leben durch Krankheit und Behinderung definieren zu lassen, und durch ihre Handlungen selbstverständlich die Teilhabe an der Gesellschaft einfordert. Von diesem Gedanken bis zu den fiktiven Charakteren und letztlich zum fertigen Roman vergingen Jahre.

Sowohl das Thema MS als auch der politische Plot erforderten natürlich Recherche. Neben den Auswirkungen der MS, die ich im Lauf einer langjährigen Freundschaft mit Gabriela noch nebenbei und ohne Ziel wahrgenommen hatte, waren mir die Auskünfte der *Multiple Sklerose Gesellschaft Wien* eine große Hilfe. Meine wichtigste Quelle für Empfindungen und Erfahrungen im Zusammenhang mit der Krankheit war und ist *Margot Sepke*, die mit unendlicher Geduld meine neugierigen Fragen beantwortete. Ihre präzisen Schilderungen haben mir ermöglicht, mich in meine Protagonistin Olga hineinzuversetzen und zu fühlen, zu denken und aufzuschreiben, was selbst in den verzweifelten Momenten in ihr vorgeht. Auch den Begriff »Kopfmüdigkeit« hat sie mir geschenkt. Ärztliche Auskunft erhielt ich von einem Neurologen, der ungenannt bleiben möchte.

Von den Veränderungen und dem allgemeinen Klima in der türkischen Community haben mir *Fevzi*, *Gulcan*, *Murat* und *Emre* erzählt. Angesichts der undemokratischen Entwicklung und möglicher Repressalien nenne ich sie nicht mit vollem Namen. Fevzi verdanke ich auch die türkischen Einsprengsel und den Namen der erdachten Geheimgesellschaft Kartalar (Adler).

Britta Mühlbauer und *Rainer Neumüller* danke ich fürs aufmerksame Testlesen ebenso wie *Christian von Ditfurth*, der mir vor allem wichtige Hinweise zur Entrümpelung und gleichzeitigen Anreicherung meines ersten Kapitels lieferte. *Anne Kuhlmeyer* hat Kikis psychische Verfassung für plausibel befunden und *Manfred Arthaber* mir die täglichen Geschäfte eines Buchhändlers beschrieben.

Dank auch an das Team von *Ariadne* für das anspruchsvolle Lektorat, die tolle Grafik und das schöne Gefühl dazuzugehören.

Und selbstverständlich sind auch diesmal mein Mann *Stephan* und meine Mädels *Veronika* und *Anita* so sehr Teil meiner Welt, dass ohne sie kein Werk wäre, was es ist.

Anne Kuhlmeyer bei Ariadne

Drift

Ariadne 1225 · ISBN 978-3-86754-225-8

Regen ohne Ende. Straßen und Brücken versinken in schlammigen Fluten. Ein Grüppchen Überlebender sitzt fest: Fremde, unfreiwillig zusammengepfercht, bis eingefahrene Verhaltensweisen kollidieren. Und der Pegel steigt …

»Anne Kuhlmeyer entwirft gekonnt ein Thriller-Szenario, doch das ist nur der Anfang. Es geht um die Magie der Literatur, um die Kraft des Erzählens angesichts einer Wirklichkeit, die in hohem Maße verunsichert.« Joachim Feldmann, *CulturMag*

Dagmar Scharsich bei Ariadne

Die gefrorene Charlotte

Ariadne 1048 · ISBN 978-3-88619-548-0

Berlin 1989, die Zeit scheint stillzustehen. Arglos und geduldig schiebt Cora den Leihbücherwagen durch die Charité. Dann bekommt sie zum 30. Geburtstag sechs Puppen geschenkt, und plötzlich ist nichts mehr so, wie es immer war. In Coras Familie bricht der Tod ein, sie erhält dubiose Botschaften, Leute verschwinden in Richtung Ungarn, ringsum spitzt sich die Atmosphäre zu.

»Von einer erstaunlichen schriftstellerischen Meisterschaft: Ein Feuerwerk von umwerfend originellen Metaphern in allerbester Brecht'scher Tradition.« *Stiftung Lesen*

Der grüne Chinese

Ariadne 1180 · ISBN 978-3-86754-180-0

Opulenter historischer Krimischmöker. 2009: Die eigensinnige Antiquarin Marie gerät an Heftchenkrimis aus der Kaiserzeit – und Sütterlin-Manuskripte. Ein Rätsel und ein zweiter Erzählkosmos voller Action: Wanda von Brannburgs Abenteuer im Jahre 1909. In Berlin trifft die junge Frau auf Künstler, Schurken, Idealisten und eine politische Intrige …

Anne Goldmann bei Ariadne

Das Leben ist schmutzig

Ariadne 1194 · ISBN 978-3-86754-194-7

Ein altes Mietshaus in der Wiener Vorstadt, wo jede und jeder Geheimnisse hat, wird zum Tatort …

»Kaleidoskopartig, warmherzig und geradezu sensationell unzynisch.« *Spiegel online*

»Sehr präzise, sehr liebevoll und mit einer ganz eigenwilligen Spannung. Ein paradoxes Meisterstück.« *Berliner Zeitung*

Triangel

Ariadne 1202 · ISBN 978-3-86754-202-9

Vollzugsbeamtin sucht Frieden im Grünen. Doch unterm Rosengarten lauert ein grausiges Geheimnis, und zwei Männer drängen sich in ihr Leben – der eine will Liebe, der andere Geld.

»Der entlassene Strafgefangene, die Justizbeamtin, der Liebhaber – ein Reigen der Unehrlichen. Enorm.« *KrimiZEIT-Bestenliste*

»Eine eigenwillige Geschichte von Scham, Angst und Befangenheit, die nicht mehr loslässt. Und in ihrer Raffinesse an die Britin Celia Fremlin erinnert.« *Perlentaucher*

Lichtschacht

Ariadne 1220 · ISBN 978-3-86754-220-3

Lena ist neu in der Stadt, schlägt sich mit Jobs durch, hofft Freunde zu finden. Eines Abends sieht sie, wie eine fremde Frau vom Dach gestoßen wird. Wem soll sie sich anvertrauen?

»Das ist Hitchcock. Und Highsmith. Ein schleichendes, sprachlich schönes, hochwirksames Gift.« *Die Welt*

Das größere Verbrechen

Ariadne 1234 · ISBN 978-3-86754-234-0

Theres hat sich ein geregeltes Leben zurechtgestrickt, als ihr Kokon mit einem Schlag erschüttert wird. Ein Mord geschieht, und Stück für Stück dringt die traumatische Vergangenheit ans Licht …

Monika Geier bei Ariadne

»Monika Geier schreibt mit einer verblüffenden Leichtigkeit hervorragende Kriminalromane. So meisterhaft wie die besten britischen Krimis.« Elmar Krekeler, *Die Welt*

Wie könnt ihr schlafen

Ariadne 1110 · ISBN 978-3-88619-840-5

Jungkommissarin Boll wird in die Pampa geschickt. Da wartet ein Herrenhaus mit einer alten Babyleiche: Dorfhorror mit feinen Pointen.

Neapel sehen

Ariadne 1136 · ISBN 978-3-88619-866-5

Die Lehrerin Aurelie liegt tot im Steinbruch. Alle Finger zeigen auf die Containersiedlung. In brütender Hitze findet Bettina Boll eine Blutspur.

Stein sei ewig

Ariadne 1150 · ISBN 978-3-88619-880-1

Boll soll die Provinzvariante eines Kunstraubs aufklären. Böse Überraschung: Ein kalt inszenierter Mord schockt die Architekturfakultät.

Schwarzwild

Ariadne 1174 · ISBN 978-3-86754-174-9

Verdächtige Knochen im Wildschweingehege. Eine spurlos verschwundene Wandersfrau. Kriminalkommissarin Bettina Boll forscht nach.

Die Herzen aller Mädchen

Ariadne 1184 · ISBN 978-3-86754-184-8

Bettina Bolls große Chance: Das BKA will ihre Hilfe. Es geht um Geheimnisse in sehr alten Büchern und um Bomben …

Die Hex ist tot

Ariadne 1216 · ISBN 978-3-86754-216-6

Eine Serie geöffneter Gullideckel: kein Fall für die Kripo. Nur dass im Gulli eine Leiche steckt. Boll ringt mit bösen Hexen …

Alles so hell da vorn

Ariadne 1223 · ISBN 978-3-86754-223-4

Im Frankfurter Puff wird ein Bulle erschossen, eine junge Hure ist auf der Flucht. Bettina Boll sucht die perfide Vorgeschichte.